Apfelbaumhenker

Ilse-Maria Dries

Apfelbaumhenker

Ein Kriminalroman aus der Fränkischen Schweiz

Impressum

Die Deutsche Nationalbibliothek
Bibliografische Information der Deutschen Nationalbibliothek
Die Deutsche Nationalbibliothek verzeichnet diese Publikation
in der Deutschen Nationalbibliografie; detaillierte bibliografische Daten
sind im Internet über http://dnb.d-nb.de abrufbar.

Ilse-Maria Dries:
Apfelbaumhenker
Copyright © Fahner Verlag, Lauf a. d. Pegnitz, 2019
Umschlaggestaltung: Fahner Verlag, Lauf
Druck und Bindearbeiten: Scandinavianbooks

ISBN 978-3-942251-46-4

Die hohen Tannen atmen heiser
im Winterschnee, und bauschiger
schmiegt sich sein Glanz um alle Reiser.
Die weißen Wege werden leiser,
die trauten Stuben lauschiger.

Da singt die Uhr, die Kinder zittern:
Im grünen Ofen kracht ein Scheit
und stürzt in lichten Lohgewittern, –
und draußen wächst im Flockenflittern
der weiße Tag zur Ewigkeit.

Rainer Maria Rilke

Hochsommer 1966

Die vierzehnjährige Rosemarie Häfner saß gebeugt und abgrundtief verzweifelt am Küchentisch aus massivem Eichenholz, dessen raue unebene Oberfläche von Kerben und Furchen durchzogen war, in dem alten Bauernhaus, das sie zusammen mit ihren Eltern bewohnte. Sie hielt ihr Gesicht eingebettet in beide Hände und weinte bittere Tränen.

Rosemarie war hoch gewachsen für ihr Alter, schlank und dennoch kräftig von der Arbeit auf dem Hof und den Feldern. Ihre glänzenden ebenholzfarbenen Haare hatte sie zu zwei Zöpfen geflochten, die über ihren Rücken fielen. Die großen veilchenblauen Augen beherrschten ihr schmales Gesicht mit der geraden zarten Nase. Ihr voller herzförmiger Mund war vom Weinen verzerrt.

Sie war ein sehr schönes Mädchen, fleißig, von einem lieben Wesen und strebsam in der Schule. Ihre Eltern, hart arbeitende Kleinbauern, waren sehr stolz auf sie.

Sie trug ein blaues Leinenkleid, das die Farbe ihrer Augen betonte, darüber war eine weiße Schürze gebunden, die von einer durchbrochenen Spitzenborte gesäumt wurde.

Es war früher Nachmittag, draußen brannte die Julisonne erbarmungslos, und sie schwänzte den Handarbeitsunterricht bei dem strengen Fräulein Sauerbier, was sonst nicht ihre Art war.

Aber sie musste mit ihren Eltern reden, dringend, sie konnte das Gespräch nicht mehr länger hinauszögern. Die Last, die sie schier erdrückte, wollte sie mit Vater und Mutter teilen. Dann würde es ihr besser gehen. Sie war sich ganz sicher, ihre fürsorglichen Eltern würden sie nicht im Stich lassen.

Sie dachte kurz an ihre Klassenkameraden Willi, Erich und Andreas, die nun bereits fröhlich und über den gestohlenen Nachmittag jubelnd auf ihren klapprigen Fahrrädern zu dem kleinen, dunklen, von langen Schilfgräsern umwachsenen See mitten im Wald unterwegs waren. Wie gerne wäre sie dabei gewesen.

„Nimm dich doch zusammen, Romy", ermahnte sie sich nachdrücklich und erhob sich.

Sie erwartete ihre Eltern erst in etwa einer Stunde. Dann pflegten sie ihren Nachmittagskaffee zu trinken und eine Pause zu machen, bevor sie in den Stall mussten, um die Kühe zu füttern. Rosemarie beschloss ihre Eltern mit frischen Waffeln zu überraschen. Das ging relativ schnell und besonders ihr Vater mochte sie mit Zimtgeschmack und etwas Rum-Aroma. Darüber ein wenig Puderzucker und Kirsch-Kompott. Kurz bevor sie die Eltern zurückerwartete, würde sie noch frischen Filterkaffee aufsetzen.

Schließlich zog aromatischer Kaffeeduft durch die Küche, der Tisch war liebevoll gedeckt, aber ihre Eltern kamen nicht.

Elisabeth und Lorenz Häfner saßen auf ihrem altersschwachen stumpfroten Traktor der Marke Güldner, Modell G25, und tuckerten gemächlich in Richtung ihres Dorfes. Das Gefährt war vor vielen Jahren, mit einer Höchstgeschwindigkeit von 19 km/h, etwas ganz Tolles gewesen. Inzwischen natürlich nicht mehr, aber für sie tat er gute Dienste und kam noch mit wenigen Reparaturen durch den TÜV.

Sie freuten sich auf den Kaffee und auf ihre nachmittägliche Rast. Elisabeth Häfners rotes Kopftuch flatterte fröhlich im heißen Sommerwind. Sie saß mit geschlossenen Augen und mit dem Rücken zu ihrem Mann hinter dem Fahrersitz auf einer einfachen Holzbank, die zwischen die beiden Radkästen geschraubt war.

Das Ehepaar hatte beschlossen vor der Heimfahrt noch ihre Obstplantage aufzusuchen und die reifen Sommeräpfel zu ernten. Die Sorte Pirus, süß-säuerlich im Geschmack, mit ihren leuchtend roten Backen, ließ sich auf dem Markt sehr gut verkaufen. Sie waren auf jeden Pfennig angewiesen und sparten eisern für die Aussteuer ihre Tochter. Sie sollte es später einmal besser haben.

Lorenz Häfner bemerkte im wackligen Seitenspiegel seines Traktors das Fahrzeug nicht, das sich mit rasender Geschwindigkeit näherte. Der Bauer, ein bedächtiger Mann, hätte sonst abgebremst und rechts auf dem Rain angehalten. Kurz vor dem schmalen Feldweg rechter Hand, der zu der Plantage führte, holte er, wie immer, ganz weit nach links aus, um im Bogen einzubiegen. Einen Blinker setzte er nicht. Der Fahrer des zweifarbig lackierten Opel Kapitän, ausgestattet mit Panoramafenstern und Heckflossen, missverstand das Manöver falsch und dachte der Traktor wollte nach links abbiegen. Er verringerte seine Geschwindigkeit nur leicht und setzte an, um rechts zu überholen. Fast hätte er es auch geschafft. Doch als er noch drei Autolängen hinter dem Güldner war, zog dieser nach rechts. Der Personenwagen krachte mit mehr als einhundertvierzig Stundenkilometern in den Motorblock zwischen Vorder- und Hinterreifen des G25. Das Geräusch beim Zusammenprall war markerschütternd.

Der Opel Kapitän flog nach dem Aufprall wie ein Geschoss in den flachen Straßengraben, wurde wieder herauskatapultiert und überschlug sich auf dem abschüssigen Acker mehrmals, bevor er auf dem Dach liegenblieb. Der Fahrer konnte später schwerverletzt geborgen und mit dem Hubschrauber in die Uniklinik Erlangen geflogen werden.

Elisabeth Häfner wurde vehement aus ihrem Sitz gerissen, flog in hohem Bogen durch die Luft und krachte dann auf den Asphalt. Dabei erlitt sie einen Schädelbasisbruch und war auf der Stelle tot.

Ihr Ehemann Lorenz geriet unter den Motorblock des Traktors und brach sich dabei das Genick.

Nachts vor dem Nikolaustag, dem 06. Dezember 2018

Die alte, geräumige, heruntergekommene Feldscheune lag geschützt in einer Senke zwischen einer Wiese und weitläufigem Ackerland. Ein schmaler Weg führte an ihr vorbei, an dem sich ein Bach entlangschlängelte. Die gefrorene Erde war schneebedeckt und der Wasserlauf an ruhigen Stellen mit einer dünnen Eisschicht überzogen. Auf dem Dach der Scheune türmte sich mindestens ein halber Meter Neuschnee und um ihre dicken Wände pfiff der Winterwind.

Die Mondsichel und der Sternenhimmel wurden von rasch ziehenden grauschwarzen Wolken immer wieder verdeckt. Dadurch herrschte eine undurchdringliche Dunkelheit und es war bitterkalt.

Der Bau schien verlassen, doch durch die schmalen, teilweise zerbrochenen, rechteckigen Fensterscheiben, die sich unterhalb des Daches aneinanderreihten, schimmerte ein schwaches gelbes Licht.

Zu dem mächtigen, schief in den Angeln hängenden Tor, in das eine kleine Tür eingelassen war, führten Fußspuren durch den weichen Schnee.

Im Inneren des Gebäudes warf ein altmodischer, gusseiserner Holzofen durch eine verrußte Scheibe einen kleinen Lichtschein in den zugigen hohen Raum, in dessen Ecken beklemmende Finsternis herrschte.

Um einen runden Tisch vor der Feuerstelle waren sieben Männer versammelt. Jeder von ihnen hatte sich alleine auf den Weg zu ihrer regelmäßigen, heimlichen Zusammenkunft gemacht.

Eigentlich handelte es sich vielmehr um eine konspirative Versammlung.

Die Bauern trugen wärmende Mäntel und unterschiedliche Kopfbedeckungen. Ihre Gesichter waren vom Alter gezeichnet, faltig und von Furchen durchzogen. Einigen wuchs ein wilder Bart.

Sie nannten sich die „Wächter vom Walberla" und verstanden sich als eine Art moralische Instanz.

Als Zeichen ihrer Zusammengehörigkeit hatte sich jeder von ihnen ein ineinander verschlungenes, doppeltes W auf den Oberarm tätowieren lassen.

Sie lauschten nun mit grimmigem Gesichtsausdruck dem ausführlichen Bericht eines der Männer.

Daraufhin blickten sie sich entschlossen und in stiller Übereinkunft an, ergriffen die Hände ihrer Sitznachbarn und sprachen feierlich: „Der Lump muss büßen!"

Dienstag, 06. Dezember

In der kleinen fränkischen Ortschaft unterhalb des Walberla wurde, wie jedes Jahr an diesem Tag, nach Einbruch der Dunkelheit auf dem Dorfanger das Nikolausfest gefeiert.

Die Veranstalter, unter anderem der Stammtisch des Sportlerheimes mit dem Namen „Trinkfeste Schluckspechte", hatten sich bei den Vorbereitungen große Mühe gegeben.

Aus einer mit bunten Weihnachtsmann-Lichterketten verzierten Holzbaracke mit weiter Luke wurden Glühwein und Bier, für die Kinder Limonade und heißer Zitronentee, ausgeschenkt. Auf dem schneebedeckten Platz waren verstreut weiße Pavillons und Schirme aufgebaut. Becken mit glühenden Kohlen und Heizpilze spendeten Wärme in der frostigen Winternacht.

Aus einem Kassettenrekorder dudelten laut stimmungsvolle Weihnachtslieder und auf dem Grill dufteten Bratwürste und Schweinesteaks.

Einige der Besucher hatten sich einen Spaß daraus gemacht, sich als Nikoläuse oder Engel zu verkleiden.

Zu fortgeschrittener Stunde steigerte sich die Stimmung, ein spontan gegründeter Chor interpretierte die beseelten Lieder auf eigenwillige Weise und die Bar wurde eröffnet.

Zuvor waren, als Höhepunkt des Abends, bereits am Vortag abgegebene, liebevoll verpackte Geschenke von einem bärtigen Weihnachtsmann mit dickem Bauch an die Besucher verteilt worden. Dazu trug er mit kräftiger Stimme Schüttelreime vor, die die beschenkte Person trefflich und witzig beschrieben. Bei jedem Vers jubelten die Gäste und klatschten begeistert.

Nur Anneliese Schüpferling nicht. Als sie begriffen hatte, dass sie in diesem Jahr kein Geschenk von ihrem Gatten Konrad erhalten würde, kam es zu einer spontanen Ehekrise. Kein Geschenk! So ein geiziger Patron! Anneliese war zutiefst empört, hatte sie doch eigens zu diesem Fest wie Messing glänzendes Engelshaar in ihre magentafarbenen Locken geflochten und auf ihren guten Mantel zwei goldene Flügelchen genäht. Ganz putzig und er hat es noch nicht einmal bemerkt.

Alle Beschwichtigungsversuche seitens ihres Ehemannes liefen ins Leere. Achselzuckend wandte er sich ab, holte sich ein Bier und debattierte mit einigen Kumpels über das letzte Fußballspiel der ersten Mannschaft.

Anneliese tobte innerlich. Erst als ihr ihre Freundin Luise Walz, die das ganze Ausmaß dieses Dramas mitbekommen hatte, einen Becher mit dampfendem Glühwein in die Hand drückte und ihr aufmunternd zublinzelte, beruhigte sie sich ein wenig.

Dennoch zog sie konsequenten Sexentzug, so wie bei dem Schauspiel „Lysistrata" von Aristophanes, dem sie im Sommer mit den Damen der Gymnastikgruppe auf der Ruine Neideck fasziniert gefolgt war, ernsthaft in Erwägung.

Die ausgelassene Feier setzte sich fort und keiner bemerkte die beiden Nikoläuse, die sich den Weg durch den Schnee, den Hügel zur Kirche hoch, bahnten.

Der alte Pfarrer, Baptist Gößwein, ließ sich seinen Gänsebraten schmecken. Er war neunundachtzig Jahre alt, glatzköpfig, groß gewachsen und erheblich übergewichtig. Bis auf kleinere gesundheitliche Beschwerden aufgrund seines hohen Alters war er erstaunlich fit und geistig auf der Höhe.

Er bewohnte, seit er, wie er meinte, in den wohlverdienten Ruhestand gegangen war, das alte Pfarrhaus, das ihm die Kirchengemeinde weiterhin kostenlos zur Verfügung gestellt hatte.

Die alte, stattliche Villa wirkte ein wenig verwahrlost, ebenso wie der große Garten, der sie umgab. Der weiße Lack der hölzernen Sprossenfenster war stellenweise abgeblättert, ihre hellen Umrandungen und die grauen Hausmauern hätten einen frischen Anstrich vertragen können. Im Sommer rankte sich das Weinlaub ungehemmt über die breite vordere Fassade und den spitzgiebeligen Erker.

Die weite Steintreppe, die zur weiß eingefassten, dunkelgrünen Haustür führte, war leicht abgesackt und von Moos überwuchert.

Im Garten wuchsen die Bäume, Sträucher und Rosenstöcke, wie es ihnen beliebte.

Baptist Gößwein hatte sich sein Nikolaus-Festmahl selbst zubereitet. Als sich seine Haushälterin noch um sein leibliches Wohl gekümmert hatte, hatte er ihr häufig und gerne beim Zubereiten der Speisen zugeschaut und die eine oder andere Leckerei stibitzt. Manchmal hatten sie auch zusammen gekocht.

Zur knusprigen Gänsekeule gab es Apfelblaukraut und rohe Klöße. Dazu genoss er ein Glas schweren Burgunder.

Passend zum Festessen trug er eine dunkle Hose und ein weißes Hemd. Das Kaminfeuer in der Bibliothek mit wertvollen antiquarischen Büchern, Erstausgaben, religiösen Schriften und gestapelten Bildbänden flackerte fröhlich und verbreitete eine angenehme Wärme. Aus den Lautsprechern seiner Stereoanlage erklang Tannhäuser.

Nachdem er das Geschirr in die Küche getragen hatte, machte er es sich mit einem Glas Cognac an einem kleinen, quadratischen Nussbaumtisch bequem, auf dem sich sein Schachbrett befand. Nachdenklich betrachtete er die Positionen der aufgestellten Figuren. Der alte Pfarrer spielte diese Partie gegen sich selbst.

Sein alter Freund, Wilhelm Bärenreuther, der ehemalige Apotheker der kleinen Ortschaft, und sein langjähriger, treuer Schachpartner, litt aufgrund seines Altersdiabetes an einer unbarmherzig fortschreitenden Sehschwäche und konnte die edlen, fragilen Figuren aus Elfenbein nicht mehr gut erkennen.

Bei ihrer letzten Partie vor einigen Wochen hatte er den Läufer mit einem Bauern verwechselt und voll unbändigem Zorn das wertvolle Schachbrett vom Tisch gefegt. Die gut gemeinten Beschwichtigungsversuche von Baptist Gößwein hatten nicht zum gewünschten Erfolg geführt.

Schmunzelnd vollführte der Pfarrer soeben einen strategisch geschickten Zug, der auch schon einem ehemaligen russischen Schachweltmeister bei einem internationalen Turnier zum Sieg verholfen hatte, als es an der Haustüre klingelte.

Es war schon spät, aber er freute sich über jeden Besuch, egal zu welcher Zeit, der seine Einsamkeit unterbrach.

Mittwoch, 07. Dezember

Langsam, im Gänsemarsch, stiegen schwarz gekleidete Personen kurz vor Mitternacht im fahlen Mondlicht den Pfad hoch in Richtung Schlossberg, dem Dorf Haidhof gegenüber, zur ehemaligen Burganlage.

Schneebedeckte hohe Tannen säumten den steilen Weg und absolute Stille lag über dem Wald.

Die jungen Leute stammten aus den umliegenden Ortschaften und waren Anhänger der Gothic-Kultur, sogenannte Goths. Themen wie Tod und Vergänglichkeit faszinierten sie ebenso wie die damit verbundene Selbstinszenierung.

Sie trugen lange schwarze Mäntel, schwarze Schnürstiefel, die Gesichter waren blass geschminkt, kunstvoll mit Kajalstift gezogene Ornamente umrahmten die Augen und die Fingernägel waren schwarz lackiert. Rosenkränze schaukelten zwischen dem Nasen- und dem Ohrenpiercing. Auf die gestylte Haarpracht hatten sie aufgrund der Kälte verzichtet und Wollmützen aufgesetzt. Natürlich in Schwarz.

Es wurde erzählt, dass sich innerhalb der damals existierenden mächtigen Burgmauer ein kleiner Friedhof für die Bewohner befand und dieser mystische Platz war, wie schon öfter in der Vergangenheit, ihr Ziel.

Charakteristisch für Goths war ihre Friedfertigkeit. Sie wollten sich auf dem früheren Friedhof bei Kerzenschein Gedichte und Textpassagen namhafter Poeten vorlesen, die den Tod thematisierten.

Als sie den Bergkamm erklommen hatten, entzündeten die jungen Männer ein Lagerfeuer in einer geschützten trockenen Versturzhöhle, wo sie auch ihr Feuerholz lagerten. Schwarze Kerzen wurden angezündet.

Sie ließen eine Flasche Wodka kreisen und Brits Freund Phillip, dessen weiß geschminktes Gesicht im Feuerschein unheimlich wirkte, begann feierlich und mit ausdrucksvoller Stimme ein Gedicht von Johann Wolfgang von Goethe vorzutragen, den „Totentanz":

Der Türmer, der schaut zu Mitten der Nacht
Hinab auf die Gräber in Lage;
Der Mond, der hat alles ins Helle gebracht;
Der Kirchhof, er liegt wie am Tage.
Da regt sich ein Grab und ein anderes dann:
Sie kommen hervor, ein Weib da, ein Mann,
In weißen und schleppenden Hemden.

Phillip legte theatralisch eine Pause ein. Seine Freundin schauderte.

Brit, eigentlich Brigitte aus Seidmar und Bäcker-Azubi im dritten Lehrjahr, fand diese geheimnisvollen Treffen und das Rezitieren von Gedichten total ätzend. Außerdem fürchtete sie sich nachts auf diesem finsteren, unheimlichen Berg. Flüchtige Schatten huschten durch die Höhle und wirkten wie blutrünstige Wölfe, die sie fressen wollten. Ihr war kalt. Viel lieber läge sie jetzt in ihrem kuscheligen Bett. Sie würde „Sex and the City", ihre Lieblingsserie, auf DVD schauen und Kartoffelchips knuspern.

Nur ihrem Freund zuliebe nahm sie an diesen bescheuerten Treffen teil. Morgen früh um vier Uhr wurde sie in der Backstube erwartet.

Sie nippte an der Flasche und schüttelte sich. Brit mochte keinen Wodka.

Plötzlich verspürte sie ein dringendes Bedürfnis. Entschuldigend blickte sie zu Phillip und trat aus der Höhle.

Vorsichtig, um nicht auszurutschen, bewegte sie sich im Schein des Mondes auf eine Gruppe von hohen Fichten zu. Leichter Schneefall setzte ein. Brit zitterte vor Kälte, als sich ihr eine Wahrnehmung aufdrängte. Die Wahrnehmung eines Stilllebens, das nicht hierher gehörte, eigentlich nirgendwohin.

Sie blinzelte durch die feinen Schneeflocken, näherte sich mit rasendem Herzklopfen dem Baumstamm, der durch seine bizarre Form ihre Aufmerksamkeit erregt hatte, und starrte entsetzt auf das Arrangement, das sie entdeckt hatte.

Angeleuchtet vom hellen Mond saß eine Gestalt im Schnee, den Rücken an einen dicken Stamm gelehnt. Brit konnte einen Strick erkennen, der den Oberkörper des alten Mannes am Baum fixierte. Seine mächtige Glatze war mit glitzernden Schneekristallen bedeckt. Das Gesicht wirkte schmerzlich verzerrt. Auf der breiten Stirn klebte irgendetwas. Seine aufgerissenen leblosen Augen starrten in die kalte Winternacht. Brit stieß einen durchdringenden Schrei aus, der die Rotfüchse in ihre Bauten flüchten ließ.

Als der Notruf einging, lag Mandy Bergmann, Kommissarin bei der Kriminalpolizei in Bamberg, umgeben von duftenden Schaumwölkchen in ihrer Badewanne. Die langen, durchtrainierten Beine ruhten entspannt auf dem Rand. Sie hatte vor Kurzem ihren siebenunddreißigsten Geburtstag gefeiert und beschlossen ihre kurzen schwarzen Haare wachsen zu lassen. Die großen, sonst wachsamen brauen Augen bildeten die Form von Mandeln und blickten nun schläfrig. Ihr breiter Mund mit den vollen Lippen und die zarte, etwas breite Nase in dem schmalen Gesicht wirkten auf Männer äußerst anziehend. Sie nippte an ihrem heißen Kakao mit schmelzenden gelben und rosafarbenen Marshmallows und fragte sich, ob sie wohl jemals einen Partner finden würde, der zu ihr passte. Vielleicht lag es an der unregelmäßigen Arbeitszeit und den oft langen Schichten, dass sie keinen Mann kennenlernte. Bei ihrem letzten Fall war sie dem smarten Obstgroßhändler Oskar Beer begegnet, der sie fasziniert hatte, doch der war verheiratet. Unglücklich zwar, wie er behauptete, aber das spielte keine Rolle.

Als ihr Handy klingelte, lauschte sie den Worten, sprang aus der Wanne und schlüpfte in schwarze Jeans und einen dicken dunkelroten Rollkragenpullover. Sie entschied sich für gefütterte Lederstiefel mit Kreppsohle und einen Daunenanorak, außerdem steckte sie Handschuhe ein und zog sich eine rote Strickmütze über die nassen Haare.

Kommissar Gerd Förster stand in seiner kleinen Küche und brühte Espresso für sich und seinen bezaubernden Gast auf. Er war dreiundvierzig Jahre alt, eins neunzig groß und schlank. Seine dunkelblonden, welligen Haare fielen ihm über die Ohren. Er trug einen weiten blauen Pullover, der seine meerblauen, sanften Augen betonte. Charmant lächelte er Babett an: „Möchtest du Zucker für deinen Espresso?", fragte er sie.

„Oh ja, ich mag ihn gerne süß." Sie strahlte ihn an. „Und vielen Dank für den romantischen Abend, Gerd."

„Keine Ursache, Babett, es war mir ein Vergnügen."

Er hatte sich getraut Babett auf den stimmungsvollen Weihnachtsmarkt in Forchheim einzuladen. Die zierliche junge Frau gefiel ihm ausnehmend gut. Allerdings bereitete ihm der Altersunterschied Sorgen. Die lebensbejahende, fröhliche, schöne Germanistikstudentin war sechzehn Jahre jünger als er. Er hatte sie in seiner Stammkneipe kennengelernt, in der sie kellnerte, um ihr Studium, das sie sehr ernst nahm und mit Enthusiasmus bewältigte, zu finanzieren.

Ihr rötlichblondes, halblanges Haar umrahmte ihr Gesicht, das von großen graugrünen Augen dominiert wurde. Wenn sie lachte, war ihm, als ob die Sonne aufging.

Als sie den Forchheimer Rathausplatz erreicht hatten, war es bereits dunkel gewesen. Ein riesiger, mit unzähligen weißen Lichtern geschmückter Weihnachtsbaum beherrschte den Platz.

Neben dem alten Brunnen drehten sich von bunten Glühbirnen angestrahlte Tiere und Fahrzeuge auf einem Kinderkarussell und das Jauchzen der Knirpse klang durch die eisige Luft.

Eine prachtvoll geschmückte Pferdedroschke, gezogen von zwei starken Kaltblütern, bahnte sich vorsichtig den Weg durch die zahlreichen, weihnachtlich gestimmten Besucher.

Babett hatte sich eine lustige Nikolausmütze mit geflochtenen Zöpfen aufgesetzt und nur ihren schönen Mund burgunderrot geschminkt.

Das Forchheimer Rathausensemble, eingerahmt von strahlenden Lichterketten, mit seinen spätmittelalterlichen Fachwerkfassaden bildete die Kulisse für den einzigartigen, inzwischen weltweit bekannten Weihnachtskalender.

Die Glocken der St. Martinskirche schlugen halb sieben, als der Forchheimer Engel, aufmerksam beobachtet von der fröhlichen Menschenansammlung, feierlich das siebte Türchen öffnete. Auf der Tribüne vor dem Rathaus spielte ein Posaunenchor einfühlsam alte Weihnachtsweisen.

Zunächst schlenderten sie durch die mittelalterlichen, hohen Rathaushallen und bestaunten die kunstvoll hergestellten Waren des Traditionshandwerkes. Gerd Förster erstand für seine Eltern sechs in Watte verpackte, glänzend rote, mundgeblasene Christbaumkugeln und eine Spitze in Form eines schillernden Paradiesvogels.

Babett verliebte sich in einen geflochtenen rustikalen Weidenkorb, der, so wie sie behauptete, perfekt auf die Glasablage in ihrem Badezimmer passen würde und für ihre Schminkutensilien wie geschaffen war.

Dann folgten sie der Budenstraße, um die sich die hell erleuchteten Marktstände gruppierten, vom Rathausplatz zu Forchheims fürstbischöflicher Residenz, der Kaiserpfalz, deren oktogonaler Turm sich imposant über das weihnachtliche Treiben erhob. Der Duft von gebrannten Mandeln und erhitztem Heidelbeerpunsch hing verlockend in der Luft.

Gerd Förster spürte auf einmal, wie sich eine kleine, behandschuhte Hand zutraulich in seine Lederjackentasche schob und seine Finger zärtlich umfing. Er lächelte seine Begleiterin glücklich an.

Sie stiegen in den Graben der Residenz zu der lebenden Krippe. Als Babett ein kleines Schaf hinter den wolligen Ohren kraulte und dieses in begeistertes Blöcken ausbrach, freute sie sich wie ein Kind. Der alte, graue Esel, der an Strohhalmen knabberte, sah kurz auf, dann widmete er sich erneut seinem Abendessen.

Sie folgten dem Krippenpfad durch die historische Altstadt und bewunderten die Kunstwerke von Sankt Martin, der Fuchsen Krippe, der Marienkapelle, des Katharinenspitals und schließlich des Klosters Sankt Anton.

Gerd Förster warf einen Euro in den Schlitz und die Krippe erwachte zum Leben. Eine Magd schöpfte Wasser aus einem Brunnen, ein Hirte hob seinen Stab und ein Junge scheuchte eine Gänseherde in einen Pferch. Im Stall lag das in Decken gehüllte Jesuskind, umsorgt von seinen Eltern. Die anrührenden Szenen wurden von einem glimmenden Holzfeuer beleuchtet, über dem ein Topf hing. Leise Musik begleitete das Schauspiel.

Auf dem Weg zurück zum Rathausplatz entdeckten sie hinter der Martinskirche eine Buchhandlung. Links und rechts neben der Eingangstür standen hohe Laternen, in denen dicke rote Kerzen einladend flackerten.

Gerd Förster fand beim Stöbern im Antiquariat einen Bildband über die Entstehungsgeschichte der Eisenbahn, das perfekte Geschenk für seinen Vater. Er beschloss Mandy einen Frankenkrimi zu Weihnachten zu schenken und wählte eine Geschichte aus, in der eine geizige Bäuerin mit einem Herzen aus Stein eine wesentliche Rolle spielte. Unter Donnergrollen wurde sie selbst in felsiges Gestein verwandelt.

Babett entdeckte eine antiquarische Ausgabe von „Die Stimmen von Marrakesch" von Elias Canetti. Dieses literarische Werk könnte sie vielleicht für ihr Studium gebrauchen.

Der Kommissar lud seine Begleiterin zu einem Becher Glühwein ein. Das vorragende Dach des Standes schützte sie vor dem einsetzenden Schneefall.

„Prost", sagte Babett, die sich an dem Getränk die Finger wärmte und hineinpustete. „Was für ein schöner Abend."

Die beiden standen eng beieinander und unterhielten sich angeregt und lebhaft. Babett war nun im achten Semester, und sie diskutierten das Thema ihrer Masterarbeit Die Studentin hatte einige interessante Ideen, die sie dem Kommissar erläuterte. Zum Beispiel Elias Canetti und sein Verhältnis zu Frauen. Er hörte ihr aufmerksam und geduldig zu und äußerte seine Meinung. Babett war entzückt über so viel ehrlich gemeintes Interesse.

Über eine Geschichte, die er erzählte, konnte sie sich ausschütten vor Lachen. Sie hatten denselben Humor.

Er mochte es, wie sie sich gab. Ungekünstelt und offen der Welt gegenüber. Nicht so berechnend wie seine Exfreundin Laura.

Gerd Förster servierte den Espresso und sie sahen sich lange in die Augen. Als er überlegte, ob er es wagen sollte, Babett zu küssen, klingelte aufdringlich sein Handy.

Sieglinde Salome Silberhorn, Polizistin bei der Wache in Forchheim, lief unter dem winterlichen Sternenhimmel Schlittschuh. Das hatte sie seit ihrer Kindheit nicht mehr getan und es machte ihr riesigen Spaß, obwohl sie ansonsten völlig unsportlich war.

Begleitet wurde sie von Eberhard, der soeben einen eleganten Kreis um sie zog. Sieglinde hatte ihn bei ihrer letzten Ermittlung kennengelernt, als er sie aus einer extrem misslichen Lage befreit hatte.

Die dreiunddreißigjährige Polizistin war klein und wog ein paar Pfunde zu viel, was ihr erheblichen Kummer bereitete. Ihre vollen Wangen in dem runden Gesicht färbten sich durch die Kälte rosa und ihre mausbraunen, störrischen Haare verbargen sich unter einer buntgestrickten, schwedischen Wollmütze mit lila Bommel, der lustig wippte. Eberhard fand, dass sie aussah wie die Schwester von Michel aus Lönneberga, ganz süß.

Er war ein kräftiger Mann mit einem wilden Bart und lieben Augen. Das Lehrerkollegium an der Pretzfelder Hauptschule schätzte ihn als engagierten Pädagogen. In seiner Freizeit betätigte er sich als Nebenerwerbslandwirt auf dem Hof seiner alten Mutter.

Eberhard hatte Sieglinde an diesem Abend zu seinem Fischweiher im Wald oberhalb von Leutenbach eingeladen. Im Blockhaus unweit des Teiches brannte ein Feuer im Kamin und auch aus dem selbstgebauten Backsteingrill vor der einsam gelegenen Hütte loderten gelbe Flammen in die Nacht. Am Rand des Gewässers steckten hohe, dicke Fackeln, die die Eisfläche erhellten.

Der Teich war im Oktober abgefischt und das Wasser bis auf circa zwanzig Zentimeter abgelassen worden. Nur deshalb war es möglich, darauf Schlittschuh zu laufen. Wäre der Wasserstand höher und das Gewässer nicht komplett abgefischt worden, würden die Karpfen, Weißfische und Rotfedern durch die Geräusche aufwachen, an die Wasseroberfläche steigen, an der Eisschicht haften bleiben und jämmerlich ersticken.

Eberhard half seinem Gast aufmerksam den Uferrand hinauf. Sie setzten sich vor den Grill auf eine Holzbank mit dicken Polstern und wärmten sich auf. Er legte Holzscheite nach, wendete die Bratwürste auf dem Grill und schenkte Sieglinde einen Becher dampfenden, nach Nelken duftenden Punsch ein.

Eberhards Mutter hatte für sie Kartoffelsalat mit vielen Zwiebeln zubereitet, den sie sich zu den dunkel gegrillten Bratwürsten schmecken ließen.

Die Polizistin beobachtete fasziniert die Flammen und konnte sich nicht erinnern, wann sie das letzte Mal so einen romantischen Abend verbracht hatte.

Ihre beste Freundin Marlene, eine begnadete Haarstylistin, wäre über eine derartige Abendgestaltung entsetzt gewesen. Sie erwartete zumindest einen Pizzeriabesuch und eine Einladung ins Kino, und danach natürlich Abtanzen in einer Disco.

Sieglinde Salome Silberhorn machte sich gerade mit großem Appetit über ihre dritte Wurst her, als sie das Vibrieren ihres Handy in der Jackentasche spürte.

Donnerstag, 08. Dezember

Phillip hatte sich bereit erklärt, am dunklen Parkplatz unterhalb des Schlossberges auf das Eintreffen der Polizei zu warten und sie zu der Leiche zu führen. Er trat von einem Bein auf das andere und versuchte sich aufzuwärmen, doch die Kälte kroch unerbittlich durch seinen mageren Körper. Er rauchte eine Zigarette und fühlte sich gar nicht mehr als cooler Goth wie vorhin bei seiner inszenierten Lesung über den Tod. Der junge Mann ängstigte sich alleine und spähte nervös in die Finsternis. Was, wenn der Mörder noch immer durch den verschneiten Wald schlich?

Seine aufgewühlten Freunde hatte er streng aufgefordert zusammen am Lagerfeuer zu warten und sich keinesfalls alleine auf dem Berg zu bewegen.

Als die Kommissare, Sieglinde Silberhorn, weitere Polizisten, die Techniker der Spurensicherung, und als Letzter der Rechtsmediziner Karl-Heinz von Hohenfels endlich eintrafen, begannen sie unter der Führung von Phillip im Schein von Taschenlampen den Kamm zu erklimmen.

Der Pathologe, Mitte vierzig, mittelgroß, mit intelligenten braunen Augen, legte auch in dieser beklemmenden Nacht großen Wert auf seine elegante Kleidung. Nicht umsonst hatte man ihm im Kollegenkreis den liebevoll gemeinten Spitznamen Carlo Colucci zugedacht.

Gehüllt in einen karamellfarbenen Kaschmirmantel, dazu passenden Wildlederstiefeln und mit einem schicken hellbraunen Hut auf dem Kopf stapfte er rasch den Berg hinauf. Dankbar atmete er die kalte Luft ein. Man hatte ihn aus dem Tiefschlaf gerissen und für einen doppelten, starken Espresso war keine Zeit gewesen. Den Abend hatte er auf einer von Flutlicht angestrahlten, anspruchsvollen Langlaufloipe verbracht und in sportlichem Tempo zwanzig Kilometer zurückgelegt. Nach einem langen, anstrengenden Tag in seinem Institut und dem Geruch des Todes hatte er diesen Ausgleich dringend nötig.

Tückische Eisplatten auf dem schmalen steilen Pfad erschwerten ihr Vorwärtskommen. Einmal rutschte Sieglinde Silberhorn aus und verlor das Gleichgewicht. Gerd Förster erwischte in letzter Sekunde ihren Jackenärmel und zog sie wieder auf die Füße. Schaudernd blickte die Polizistin auf den steilen zerklüfteten Berghang, den sie beinahe hinabgestürzt wäre.

Still liefen sie weiter und wichen schweren schneebedeckten Tannenzweigen aus.

Als sie die bleichgesichtige, verstörte Gruppe am Lagerfeuer erreichten, löste sich die weinende Brit aus den tröstenden Armen ihrer Freundin und zeigte dem Polizeiteam völlig aufgelöst den Weg zu dem toten alten Mann.

Vorsichtig bewegten sie sich ein paar Schritte über den Kamm, durch unheimliche Felsformationen hindurch, über glatte Holzstege, die über kleine Schluchten führten, zu der Tanneninsel.

Dort angekommen hielten sie erschüttert inne, als sie schemenhaft im milchigen Mondlicht eine Gestalt wahrnahmen. Erste Strahler wurden aufgestellt, deren erbarmungsloses Licht auf die Leiche fiel.

Mandy Bergmann fand als Erste ihre Sprache wieder: „Ob er lebendig hier festgebunden wurde und dann jämmerlich erfroren ist?", fragte sie mit leiser Stimme.

„Das kann ich auf Anhieb nicht sagen. Ich muss ihn mir näher anschauen und untersuchen", erwiderte der Rechtsmediziner, sichtlich geschockt. „Auffällig ist die verzerrte Mimik. Wäre er noch am Leben gewesen, hätte er sicherlich verzweifelt um Hilfe gerufen und vehement versucht den Strick zu lösen. Aber beim Einschlafen vor dem sicheren Kältetod hätten sich seine Gesichtszüge wenigstens etwas entspannen müssen. Das Drama hier ist anders abgelaufen."

Gerd Förster ging in die Hocke und betrachtete aufmerksam das von Eiskristallen überzogene Gesicht des Opfers: „Was ist denn das, da, auf seiner Stirn?"

Mandy folgte seinem Blick: „Es sieht aus wie ein breites Kreppband, wie man es zum Abkleben bei Malerarbeiten verwendet. Da steht doch etwas drauf." Sie leuchtete mit ihrer Taschenlampe auf den Gegenstand, der fest auf der Stirn der Leiche haftete.

„Ich kann eine Zeichnung erkennen. Einen Baum mit Früchten, sie sehen aus wie Äpfel, mit einem Menschen, der an einem dicken Ast an einem Strick baumelt, als wäre er erhängt worden. Daneben Buchstaben."

Sieglinde Silberhorn fühlte blankes Entsetzen und Übelkeit in sich aufsteigen.

Die Kommissarin versuchte die Schrift zu entziffern.

„Jetzt hab' ich es, da steht:

JEDER VERRÄTER STIRBT FRÜHER ODER SPÄTER!"

Der Kommissar Gerd Förster saß um acht Uhr in einem der Besprechungsräume im Polizeipräsidium in Bamberg und gähnte. Soeben hatte er die Heizung aufgedreht. Es war kühl in dem nüchternen Raum und er war froh, dass er heute Morgen in einen Wollpullover, den er über seinem weißen Hemd trug, geschlüpft war.

Lange nach Mitternacht waren er und seine Kollegen erst ins Bett gekommen.

Der Rechtsmediziner Karl-Heinz von Hohenfels hatte den Leichnam mit klammen Fingern untersucht, die Techniker der Spurensicherung machten im Schein der Lichtstrahler Fotos und durchsuchten die Umgebung des Tatortes. Mandy Bergmann und er hatten die erschütterten Gothic-Jugendlichen befragt und Sieglinde Silberhorns Bleistift war über die Seiten ihres Notizblockes geflitzt.

Als sie ihre Arbeit beendet hatten, wurde der schwere tote Mann den Berg hinuntertransportiert und nach Bamberg in die Rechtsmedizin gebracht.

Seine Kollegin Mandy Bergmann traf ein und fröstelte. Sie trug ein karmesinrotes, bis zu den Waden reichendes, schmales Wollkleid, das von einem breiten, schwarzen Ledergürtel auf ihren Hüften betont wurde. Die hohen Absätze ihrer geschnürten, schwarzen Stiefel ließen ihn über die Frage nachsinnen, wie sie damit wohl sicher durch den Schnee kam. Die schräg auf dem

Kopf sitzende Baskenmütze und ihr Lippenstift harmonierten perfekt mit dem Farbton ihres Kleides.

Sie lächelte ihren Kollegen an: „Guten Morgen, Gerd, was für eine Nacht, ich habe von weiß geschminkten Fledermäusen geträumt, die über einer düsteren Burgruine kreisten. Vielleicht hätte ich doch auf meine Oma hören und Köchin werden sollen. Gegessen wird immer, hat sie gesagt. Ich bin unausgeschlafen, hungrig und brauche dringend einen Kaffee. Wo steckt Sieglinde?"

Wie auf Kommando erschien die Polizistin mit verwuscheltem Haarschopf sowie hellwachen Augen und balancierte ein Tablett. Düfte von Kaffee und frischen Butterhörnchen durchzogen das Zimmer.

„Fantastisch", freute sich Mandy und griff sich ein warmes Gebäckstück. „Guten Morgen, Carlo, möchtest du einen Kaffee?"

Der Rechtsmediziner machte einen übernächtigten Eindruck – er hatte die Nacht in Gesellschaft des toten, alten Mannes verbracht. Er trug seinen offenen Arbeitskittel über eine hellbraune Bundfaltenhose. Ein weißer Hemdkragen ragte aus dem V-Ausschnitt des sandfarben und schokoladenbraun karierten Pullunders. Den Knoten der Seidenkrawatte hatte er ein wenig gelockert.

„Gerne, Mandy", entgegnete er. „Ein starker Kaffee wäre jetzt genau das Richtige."

Er hatte kurz vor ihrer Teamsitzung einen Anruf seiner Tochter Isabella erhalten, die ihn dringend sprechen musste. Als sie zwei Jahre alt war, hatte ihre Mutter ihn verlassen. Sie warf ihm vor, die Nächte öfter mit Leichen zu verbringen als mit ihr. Er und Isabella, die ihm mit ihren brünetten Haaren, den dunkelbraunen Augen und der breiten Stirn sehr ähnlich sah, trafen sich regelmäßig. Mindestens einmal im Jahr verbrachten sie einen gemeinsamen Urlaub, auf den sich beide immer riesig freuten. Dieses Mal planten sie in den Winterferien eine Woche Skiurlaub im Bayerischen Wald. Der rustikale Gasthof lag, etwas abgelegen von der großen Verkehrsstraße, romantisch an einer Bachschleife des Regen. Früher war hier das Wasser für die Glasindustrie gestaut worden. Blickte man morgens aus dem Fenster, grasten zahme Rehe nahe am Haus. Isabella hatte bereits an zwei Skikursen teilgenommen und raste furchtlos und elegant hinter ihrem Vater her, auch die steilsten Abfahrten hinunter. Dabei ließ sie keinen Buckel aus und flog jauchzend mit waagrecht wehendem Schal durch die Luft. Am Abend in der urigen Wirtsstube würden sie sich gnadenlose Backgammonturniere liefern.

Schon als kleines Mädchen forschte Isabella in Tümpeln und Weihern nach Molchen, Lurchen und Kaulquappen, denen sie in bauchigen Glasgefäßen einen neuen Lebensraum schuf und die sie mit wissenschaftlicher Aufmerksamkeit beobachtete.

Als sie mit sechs Jahren mit dem schärfsten Küchenmesser einen toten Frosch sezierte, löste dieser Vorfall bei ihrer Mutter eine mittelschwere Krise aus. Ein langes Telefonat mit Karl-Heinz, das überwiegend aus Vorwürfen bestand, war die unvermeidliche Folge gewesen.

Inzwischen war Isabella zwölf Jahre alt und ihre Interessen verlagerten sich in Richtung coole Klamotten, Facebook-Bekanntschaften und Jungs.

Seine unternehmungslustige Tochter wollte am kommenden Abend mit ihren Freundinnen eine Teenie-Disco im Jugendclub besuchen. Die Veranstaltung ging von achtzehn bis zweiundzwanzig Uhr und es wurde kein Alkohol ausgeschenkt. Dennoch hatte ihre Mutter den Besuch dieses Events strikt verboten.

Nun musste Karl-Heinz intervenieren, das war der Anlass des Telefonats gewesen. Der Deal lautete folgendermaßen: Er regelte die sichere Teilnahme an diesem Fest und Isabella zeigte sich bereit im Skiurlaub jeden Tag eine halbe Stunde Latein mit ihm zu büffeln.

Der Rechtsmediziner nahm nachdenklich einen Schluck von seinem Kaffee. Mit diesem Auftrag lag wahrhaftig keine leichte Aufgabe vor ihm.

Gerd Förster blätterte in seinen Unterlagen und ergriff das Wort: „Danke, Kollegen, dass ihr so zeitig auf den Beinen seid. Das war eine lange, kalte Nacht am Schauplatz dieses schrecklichen Verbrechens. Wenn es denn dort geschehen ist und die

Leiche nicht nur dort abgelegt wurde. Ich gehe davon aus, dass eine schwierige Ermittlungsarbeit vor uns liegt." Er fasste die ersten Erkenntnisse zusammen.

Die Identität der Leiche war ihnen durch die Aussage von Brigitte Schwandtner bereits bekannt. Es handelte sich um den alten Pfarrer Baptist Gößwein, der von ihr, festgebunden an einem Baumstamm auf dem Schlossberg in der Nähe von Haidhof, gefunden worden war. Die junge Frau hatte ihn wiedererkannt. Sie brachte ihre Oma regelmäßig zu den Seniorentreffen in das Gemeindehaus, an denen Baptist Gößwein auch manchmal teilgenommen hatte. Anhand der Fotoaufnahmen hatte der Kommissar heute Morgen ihre Aussage im Internet überprüft. Er war auf Bilder gestoßen, die am letzten Geburtstag des alten Pfarrers gemacht worden waren. Der Landrat hatte ihm persönlich gratuliert. Es war tatsächlich das Opfer. Dennoch musste ihn ein Angehöriger oder eine ihm nahestehende Person identifizieren. Er hatte im alten Pfarrhaus neben der Kirche gewohnt.

Mandy zog sich die Mütze vom Kopf und nahm eifrig den Faden auf: „Wir müssen das Haus durchsuchen und die Nachbarn befragen, ob sie merkwürdige oder verdächtige Beobachtungen gemacht haben. Wir müssen mit den Angehörigen sprechen. Hatte er Feinde, gibt es Erben? Hat ein katholischer Pfarrer überhaupt Erben? Was hat der Strick zu bedeuten und vor allem dieses Kreppband? Diese Aussage, ist das eine Prophezeiung, die nun eingetreten ist? War der alte Pfarrer tatsächlich ein Verräter und was hat er verraten? Was hat diese Zeichnung zu bedeuten? Ein Erhängter an einem Apfelbaum?" Grübelnd schüttelte sie den Kopf.

„Und wer setzt einen alten Mann mitten im Winter auf einen Burgstall. Ist er dort erfroren?", sinnierte Sieglinde Silberhorn, die noch immer völlig entsetzt war.

Ihre fragenden Blicke richteten sich auf Karl-Heinz von Hohenfels.

Der Rechtsmediziner unterrichtete sie über seine bisherigen Untersuchungsergebnisse: „Baptist Gößwein war bereits tot, als er auf den Schlossberg gebracht wurde. Er ist anderswo gestorben und wurde dorthin transportiert. Als er entdeckt wurde, war er bereits seit mindestens vierundzwanzig Stunden tot, vielleicht auch etwas länger. Ich schätze den Eintritt des Todes auf die Zeitspanne zwischen zweiundzwanzig Uhr am Dienstagabend und zwei Uhr Mittwochnacht. Durch die eisige Kälte bedingt, die in jener Nacht herrschte, kann ich leider nicht präziser werden."

Der Strick hatte seiner Ansicht nach nur eine Funktion. Er hatte die Aufgabe, ein Vornüberkippen der Leiche zu verhindern. Der alte Mann sollte aufrecht am Baum sitzen. Vielleicht damit man die Botschaft auf seiner Stirn erkennen konnte. Weil sie dem oder den Mördern so wichtig war.

„Er ist also nicht erfroren", stellte Mandy fest.

„Nein, ganz sicher nicht."

„Und woran ist Baptist Gößwein gestorben?"

Carlo antwortete bedächtig: „Die Ergebnisse der toxikologischen Untersuchung liegen noch nicht vor. Aber ich konnte hellrote Schleimhautblutungen bei dem Leichnam feststellen, die auf die Einnahme von Kaliumcyanid hinweisen."

„Zyankali, du vermutest, der Pfarrer ist mit Zyankali vergiftet worden?", hakte der Kommissar nach.

Der Rechtsmediziner nickte: „Ich gehe davon aus, aber wie gesagt, wir müssen das Resultat der Untersuchung abwarten, um völlig sicher zu sein. Ich habe euch auf die unnatürliche Mimik des Opfers am Tatort hingewiesen. Entgegen der landläufigen Meinung, die Einnahme von Kaliumcyanid würde zu einem schnellen, leichten Tod führen, dauert der Todeskampf einige Minuten. Die vergiftete Person schreit und windet sich in teuflischen Krämpfen. Erst dann stehen Atmung und Kreislauf still. Das Cyanid-Ion blockiert die Sauerstoffbindungsstelle der Zytochrom-c-Oxydase und das hat unausweichlich innere Erstickung zur Folge. Kaliumcyanid besteht aus farblosen Kristallen, von denen der charakteristische Bittermandelgeruch ausgeht. Es löst sich gut in Wasser auf, aber schlecht in Alkohol. Es sind jedoch nur etwa 20–50 % der Menschen aus genetisch bedingten Gründen in der Lage, diesen Geruch wahrzunehmen und so die Gefährlichkeit zu erkennen.

Dennoch verwendeten Selbstmörder, zum Beispiel damals viele Nazifunktionäre, die keinen Ausweg mehr sahen, Zyankalikapseln, sogenannte Blausäurekapseln."

Sie schwiegen schockiert. Dann meinte Mandy: „Dass Baptist Gößwein sich mit Zyankali das Leben genommen hat und ihn dann jemand, der über sehr viel Kraft verfügen muss, den verschneiten Schlossberg hoch geschafft hat, ist wohl äußerst unwahrscheinlich."

Die anderen nickten.

„Obwohl", die Polizistin überlegte. „Vielleicht war er doch lebensmüde, wollte seinen Suizid aber vertuschen, weil er doch Pfarrer war, und in der katholischen Religion ist Selbstmord eine der sieben Todsünden. Er hat mit einem Komplizen verabredet, dass er ihn nach dem Eintritt des Todes auf dem Schlossberg zur Schau stellt, und das Kreppband mit dem Henkerbild dient der Ablenkung."

„Das ist eine sehr scharfsinnige Überlegung, Sieglinde", lobte sie der Kommissar. „Auch diesen möglichen Aspekt dürfen wir nicht aus den Augen verlieren."

Die Polizistin errötete stolz und fuhr sich verlegen durch die Haare, die dadurch noch mehr vom Kopf abstanden.

Karl-Heinz von Hohenfels warf ein: „Der alte Pfarrer machte auf mich den Eindruck, als hätte er gut und gerne gelebt, er war fit für sein Alter, abgesehen von seinem enormen Übergewicht. Er wog hundertdreißig Kilo. Was ich sagen will, ist, dass er an keiner unheilbaren Krankheit litt, die ihn in den Selbstmord getrieben haben könnte."

„Ist dir noch etwas aufgefallen, Carlo?", wollte die Kommissarin wissen.

„Ja, Mandy, er hatte Kinderglühwein getrunken."

„Ja, und? Was ist daran bemerkenswert? Ich trinke auch gerne Kinderglühwein, wenn es kalt ist."

Karl-Heinz lächelte: „Nichts für ungut, Mandy, aber Baptist Gößwein war ein Feinschmecker. Sein letztes Mahl bestand aus Gänsebraten, Blaukraut und Klößen, dazu Rotwein und zum Abschluss Cognac. Danach trinkt man als Gourmet doch keinen

Kinderglühwein. Das ist aromatisiertes, gefärbtes Zuckerwasser, weiter nichts."

Mandy erwiderte etwas gekränkt: „Du vielleicht nicht, andere Menschen vielleicht doch."

Sieglinde berichtete, durch das Lob des Kommissars ermutigt: „Soweit ich weiß, findet in der kleinen Ortschaft, in der der Pfarrer gelebt hat, jedes Jahr am 06. Dezember eine Nikolausfeier auf dem Dorfplatz statt. Es könnte doch sein, dass er das Fest besucht und dort einen Kinderglühwein getrunken hat. Er wollte keinen Alkohol zu sich nehmen, weil der beschwerliche Weg die vereiste Straße bergauf zu seinem Haus noch zu bewältigen war. Er war schließlich hoch betagt."

„Dann muss er nach seinem Festmahl dort gewesen sein", entgegnete der Rechtsmediziner mit Bestimmtheit.

„Also gut", übernahm Gerd Förster das Wort. „Wir beginnen mit einer Hausdurchsuchung. Sieglinde macht sich auf die Suche nach eventuellen Angehörigen und überprüft die finanziellen Verhältnisse des Toten. Mandy und ich reden mit seinen unmittelbaren Nachbarn. Die Gothic-Jugendlichen bestellen wir zur Befragung auf das Präsidium, obwohl ich sie für harmlos halte. Heute Abend besprechen wir unsere Ergebnisse. Ich bedanke mich für die engagierte Runde und wünsche einen erfolgreichen Tag."

Mit dem Durchsuchungsbeschluss in der Tasche begaben sich die Kommissare auf den Weg in das kleine fränkische Dorf. Mandy Bergmann war ungewöhnlich still und grübelte mit gerunzelter Stirn vor sich hin. Dann kam Leben in sie.

„Gourmets pflegen keinen Kinderglühwein zu sich zu nehmen, gepanschtes Zuckerwasser", äffte sie, immer noch beleidigt, Carlo nach. „Und keinesfalls nach einem Festmenü."

Ihr Kollege konnte ein breites Grinsen nicht unterdrücken: „Lass gut sein, Mandy, das hat Karl-Heinz doch nicht böse gemeint. Er kann sich so einen Frevel eben einfach nicht vorstellen."

Die Kommissarin schnaufte empört, dann wurde ihre Aufmerksamkeit abgelenkt. Sie fuhren auf einer gewundenen, schmalen Straße an einem Bachlauf entlang, der von schneebedeckten Weiden und Erlen gesäumt war, die sich sanft im Wind wiegten. Darüber zogen Wolken wie eine aufgereihte Gänseschar über den hohen, blauen Himmel. Gegenüber dem Bach hatte sie vereinzelt stehende Bäume wahrgenommen, die sich durch eine sehr seltsame Form von den anderen abhoben. Die Stämme waren kahl, ohne herauswachsende Äste, nur am oberen Ende bildete sich ein Kranz aus dünnen Zweigen und abgestorbenen, braunen Blättern.

„Die Bäume dort drüben sehen merkwürdig aus." Sie zeigte mit dem Finger auf ihre Entdeckung.

„Das sind Kopfeichen, ein kulturhistorisches Phänomen hier in der Fränkischen Schweiz. Die meisten, immerhin noch rund eintausend Bäume stehen und wachsen rund um den Hetzleser Berg zwischen Neunkirchen, Hetzles, Pommer, Weingarts und Effeltrich. Als die industrielle Revolution in Nürnberg und Umgebung einsetzte, stieg der Bedarf an Leder. Es wurde in Form von Treibriemen für Dampfmaschinen und für die Webstühle in der Textilindustrie benötigt. Einer der größten Abnehmer kam aus Forchheim.

Um das Leder haltbar zu machen, legte man es in einen Sud, die Gerbereilohe. Dafür wurden die Äste der Eichen abgeschnitten, die Rinde geschält, getrocknet, zerkleinert und gemahlen. Die Eichen erhielten durch den Schnitt diese charakteristische Kopfform. Die Einheimischen nannten das spezielle Verfahren ‚Lohe klopfen'.

Nachdem die chemische Gerbung Einzug hielt, sank die Nachfrage nach der Lohe."

„Das ist ja interessant. Was du alles weißt."

„Wenn man hier aufgewachsen ist und in der Schule nicht nur geschlafen hat, sollte man so etwas wissen. Was sagst du zu einem Kaffee in Manuela Hennebergers Konditorei? Das Team der Spurensicherung wird erst in etwa einer Stunde eintreffen.

Wir können in der Zwischenzeit die Aussagen der Gothic-Jugendlichen genauer unter die Lupe nehmen und vergleichen."

„Gute Idee, Gerd."

Die Konditoreibesitzerin Manuela Henneberger saß an einem runden Bistrotisch und redete temperamentvoll auf ihren einzigen Gast ein, der ihr gegenüber verzweifelt und mutlos in einen Korbstuhl gesunken war und apathisch in einem Milchkaffee rührte.

Ihr italienischer Starfriseur in Nürnberg hatte an diesem Morgen wieder einmal ganze Arbeit geleistet. Die blonden Haare waren zu dicken Zöpfen geflochten und wie ein Erntekranz kunstvoll um ihr Gesicht gesteckt worden. Das war ihre Idee gewesen. Eine inzwischen entmachtete, weißrussische Staatschefin, oder war es die Ukraine, egal, diente ihr als Vorbild.

Ihr Lebensgefährte Klausi hatte sie vorhin gefragt, wann er sie zum Heumachen abholen sollte, was sie zu einem verächtlichen Schnauben veranlasst hatte.

Manuela Henneberger unterbrach ungern dieses interessante Gespräch mit ihrer Nachbarin und Sportpartnerin Anneliese Schüpferling, in dem sie soeben den Part der Eheberaterin übernommen hatte. Sie erhob sich und begrüßte die Kommissare, die sie während ihrer Ermittlungen bei früheren, grausamen Mordfällen hier in der Gegend kennengelernt hatte.

Allerdings freute sie sich am meisten über den Besuch des gut aussehenden, charmanten Kommissars.

„Es gibt doch hoffentlich nicht schon wieder eine Leiche im Sautrog?", fragte sie besorgt.

Die Neuigkeit hatte also erstaunlicherweise noch nicht die Runde durch das Dorf gemacht. Der Kommissar beschloss, es dabei zu belassen. Die Bombe würde noch früh genug hochgehen. „Nein, Frau Henneberger", antwortete er freundlich und wahrheitsgemäß, „es gibt keine Leiche im Sautrog. Wir kommen doch immer gerne zu Ihnen und möchten einen Kaffee."

„Für mich lieber einen großen Cappuccino", ergänzte Mandy Bergmann.

„Sehr gerne, die Kaffeebohnen habe ich vorhin erst gemahlen. Sie bekommen also ganz frisch gebrühten Kaffee."

„Das klingt großartig, Frau Henneberger, bei Ihnen wird man immer verwöhnt", nickte der Kommissar.

Stolz über das Lob strahlte sie ihn an. „Dieses Charmepotenzial könnte sich manch ein Bauernlaggl hier im Dorf zum Vorbild nehmen", dachte sie.

Während die Kommissare ihren heißen Kaffee tranken und die Unterlagen sorgfältig studierten, konnten sie nicht umhin, während ihrer eigenen, leisen Konversation Teile des intensiven Gespräches am Nachbartisch mitzuverfolgen.

Anneliese Schüpferling, sonst eine muntere, patente Person, war offensichtlich am Boden zerstört. Ihre magentafarbenen Locken hingen in traurigen Strähnen über die Schultern.

„Konrad hatte also an der Nikolausfeier dieses Jahr kein Geschenk für dich abgegeben?", nahm die Konditoreibesitzerin begierig den Faden wieder auf. Anneliese schniefte: „Nein, stell' dir das vor, Manuela. Ein Geizhals, wie er im Buche steht. Letztes Jahr zu Weihnachten hat er mir ein Set Kochlöffel geschenkt, der Knauser."

„Und jetzt ist dicke Luft bei euch zu Hause?"

Anneliese nickte nun kämpferisch: „Ich schlafe auf dem Wohnzimmersofa und rede nur noch das Nötigste mit diesem ungehobelten Bauern. So wie bei Lysistrata."

„Lysistrata hat auf dem Sofa geschlafen?"

Anneliese wirkte irritiert.

Die Kommissarin biss sich auf die Unterlippe, um nicht laut loszulachen.

Dann flüsterte sie: „Vielleicht ist das Singledasein doch keine so schlechte Alternative."

„Was soll ich denn nur tun, Manuela?" Anneliese grämte sich.

„Die Situation ist völlig verfahren und scheint zu eskalieren", resümierte die Konditoreibesitzerin, die auf eine lange Erfahrung mit Lebenspartnern jeden Schwierigkeitsgrades zurückblicken konnte.

„Da hilft nur noch eines. Ihr müsst zur Eheberatung nach Forchheim, um euren Konflikt aufzuarbeiten. Ich rufe gleich den Landrat an, das ist ein ehemaliger Klassenkamerad von mir. Sonst müsst ihr Wochen auf einen Termin warten."

Anneliese Schüpferling blickte zweifelnd ihre resolute Freundin an: „Da geht der Konrad nicht mit mir hin, von so einem therapeutischen Gequatsche hält er nichts."

„Anneliese, nichts leichter als das, wenn er mitkommt, ziehst du wieder ins Schlafzimmer." Manuela zwinkerte verschwörerisch.

Mandy Bergmann amüsierte sich so gut, dass sie beinahe in die Hände geklatscht hätte ob dieses vortrefflichen Plans.

Bestens informiert über die Eheprobleme von Anneliese Schüpferling trafen die Kommissare bei der Villa des alten Pfarrers ein. Stumm betrachteten sie das schöne, wenn auch etwas in die Jahre gekommene, alte Gebäude.

Die Techniker der Spurensicherung öffneten gerade die Eingangstür, die zu ihrer Verwunderung nicht verschlossen war.

Gemeinsam betraten sie das Haus. Im dunklen Flur hingen an einer altmodischen Garderobe eine dicke Jacke und ein langer, schwarzer Wintermantel. Auf der Ablage darüber ein Hut und eine Kappe mit Ohrenschützern. Auf einem kleinen, rechteckigen Teppich reihten sich ordentlich Schuhe und ein Paar Stiefel.

Die Tür zur Bibliothek stand offen. Das Kaminfeuer war längst heruntergebrannt und Kälte breitete sich aus. Eine Partie Schach wartete auf ihre Fortsetzung. Der Plattenspieler war eingeschaltet, darauf lag eine Schallplatte. Sie war abgespielt worden und der Arm mit dem Tonkopf ruhte nahe dem mittigen Loch. Ein Adventskranz mit zwei angebrannten weißen Kerzen baumelte an einem rot lackierten Ständer, der in der Mitte eines niedrigen Tisches auf einem Weihnachtsdeckchen platziert war. Um die frischen grünen Tannenzweige waren goldene und rote Bänder geschlungen. Kleine gelbe Holzsterne ragten aus dem Kranz.

Die Spezialisten der Spurensicherung verteilten sich im Haus. Gerd Förster und Mandy Bergmann betraten die Küche. Sie stammte wahrscheinlich aus den sechziger Jahren und war aufgeräumt und blitzblank. Nur in der Spüle stapelte sich benutztes Geschirr und in den Töpfen auf dem alten Herd befanden sich noch Essensreste. Der Kommissar nickte seiner Kollegin zu: „Das Menü, von dem Karl-Heinz sprach. Die Reste nehmen wir mit. Zum Abspülen ist der alte Herr anscheinend nicht mehr gekommen."

Mandy machte einen bedrückten Eindruck: „Der alte Pfarrer hat es sich hier in seinem gemütlichen Heim gut gehen lassen. Er hat Feuer gemacht, fein gegessen, Schach gespielt und Wagner gehört. Eigentlich sollte er jetzt hier an seinem Küchentisch sitzen, Kaffee trinken und die Zeitung lesen. Stattdessen ist er tot, wahrscheinlich Opfer eines brutalen Verbrechens. Ob er wohl hier in seinem Haus gestorben ist?"

Gerd Förster erwiderte: „Ich vermute, ja. Er trug, als wir ihn fanden, ein weißes Hemd, eine schwarze Hose und seine Hausschuhe. Allerdings deutet hier nichts auf einen Kampf hin. Alles scheint sich an seinem Platz zu befinden."

Als hinter ihnen ein Scharnier quietschte, fuhren beide erschrocken herum. Eine mit Tapete überklebte Tür, die in den Keller führte, schwang langsam auf. Mandy griff hastig nach ihrer Dienstpistole.

War der Täter noch im Haus? Hatte er sich im Kellergeschoss versteckt?

Aus der düsteren Öffnung spazierte gemächlich und mit erhobenem Schwanz eine wohlgenährte Glückskatze mit smaragdgrünen Augen, die sie herablassend musterte. Das Tier stolzierte an ihnen vorbei zu seinem Futternapf, der leer war. Vorwurfsvoll maunzte die Katze sie an.

„Du Arme, du hast Hunger, nicht wahr?" Der Kommissar blickte sich suchend um und entdeckte eine schmale Tür neben dem Küchenbuffet. Die führte in die gut gefüllte Speisekammer, in der auch Dosenfutter gestapelt war. Er fütterte die Katze, die sich gierig über die Fleischstückchen hermachte und sprach beruhigend auf sie ein.

Der Leiter der Spurensicherung trat zu seinen Kollegen und zeigte ihnen, eingeklemmt in eine lange Pinzette, was er gefunden hatte. „Schaut euch das an, einige weiße Kunststofffasern, circa acht Zentimeter lang, sie lagen auf dem Teppich in der Bibliothek. Woher die wohl stammen?"

Das Schlafzimmer war aufgeräumt, ein Hausmantel hing über einer Stuhllehne und eine geschmackvolle Tagesdecke war über das Bett gebreitet, auf dem am Kopfende ein einäugiger, alter Teddybär saß. Eine sepia getönte Fotografie in einem Goldrahmen zeigte zwei junge, stattliche Männer, die voller Lebensfreude in die Kamera strahlten. Sie waren mit einer Jägeruniform bekleidet und hielten Gewehre in der Hand.

Das Badezimmer, mit einem schwarzweißen Schachbrettmuster ausgelegt und mit einer Wanne auf gewundenen Füßen aus Gusseisen, wirkte geschrubbt. Eine Haftcreme für ein Gebiss lag auf dem Waschbeckenrand.

Im Spiegelschränkchen fanden sie ein exklusives Aftershave, Eternity von Calvin Klein.

Zurück in der Bibliothek zog der Kommissar die oberste Schublade eines antiken Sekretärs mit wertvoller Intarsienarbeit heraus, die ein wenig klemmte. Oben auf den geordneten Papierstapeln lag eine Mappe aus cremefarbenem Büttenpapier. „Mein letzter Wille – Mein Testament – Zweitschrift" war darauf zu lesen.

Gerd Förster klappte sie auf. Es war ein notariell beglaubigtes, kurz gefasstes Schriftstück mit handschriftlicher Unterzeichnung.

„Das ist interessant, Mandy, hör mal zu. ‚Mein gesamtes Vermögen vermache ich im Vollbesitz meiner geistigen Kräfte meiner ehemaligen, treuen Haushälterin Hildegard Gründonner. Sie ist somit meine Alleinerbin. Mein Neffe, Romeo Gößwein, der einzige Sohn meines geliebten, leider schon verstorbenen Bruders, bekommt keinen Cent. Hiermit widerrufe ich im Ganzen nach § 2253 BGB mein Testament vom 02. Juli 2013.'

Darauf folgen Aktenzeichen, Stempel und Datum der Unterzeichnung: 30. November 2018."

Klarissa König war eine zugezogene Neubürgerin in dem kleinen Ort, die mit ihren Ehemann Gregor ein Bauernhaus gekauft und Stück für Stück renoviert hatte. Nach der Arbeit in einer sozialen Beratungsstätte in Bamberg besuchte sie Dorle Coutier auf eine Tasse Kaffee. Eigentlich hieß sie Dorothea.

Die beiden Frauen hatten sich vor einigen Monaten zufällig beim Mountainbikefahren kennengelernt. Dorle hatte Klarissa an einem steilen Hügel flott überholt und war dann nach einigen Metern schwer atmend zum Stehen gekommen. Gemeinsam schoben sie ihre Fahrräder den Berg hinauf und waren dabei ins Gespräch gekommen.

Es stellte sich heraus, dass Dorle Coutier vor etwa einem Jahr ein altes Bauernhaus am anderen Ende des Dorfes gekauft hatte, das sie nach ihrem Geschmack selbst herrichtete.

Klarissa war neununddreißig, schlank, mittelgroß, und mit ihren halblangen, dunkelblonden Haaren und dem hübschen Gesicht eine attraktive Frau.

Dorothea Coutier jedoch, einundfünfzig Jahre alt, groß, schlank, muskulös, war eine Schönheit, der man ihr Alter nicht ansah. Ihre lockigen, hellroten Haare fielen, von einem Mittelscheitel geteilt, weich bis über ihre Schultern um ihr schmales, blasses Gesicht, in dem man zarte Sommersprossen, jedoch keine einzige Falte entdecken konnte. Die großen, hellgrünen Augen unter den fein geschwungenen Brauen strahlten in einem unwirklichen Glanz. Die Oberlippe ihres Mundes war ein wenig voller als die Unterlippe, was ihr apartes Äußeres noch verstärkte.

Sie trug eine weite meergrüne Tunika über dunkelblauen engen Jeans. Die Füße steckten in dicken Wollsocken.

Klarissa war von dieser Frau, die so ganz anders war als die alteingesessenen Dorfbewohner, fasziniert und sie unterhielt sich gerne und immer angeregt mit ihr.

Inzwischen hatte sie erfahren, dass ihre neue Freundin ihren geliebten Mann Bernard, einen Franzosen, durch einen tragischen Unfall verloren hatte. Bei einer exotischen Urlaubsreise in

Thailand wollte ihr Ehemann mit einem erfahrenen Führer auf einem Elefanten in den Urwald reiten. Das ansonsten friedliche Tier war plötzlich unbezähmbar wild geworden und hatte Bernard totgetrampelt.

Sie bewohnten vor diesem schrecklichen Unglück einen alten Leuchtturm, umgeben von Steineichen, Erdbeerbäumen und Mimosen, an der Ostküste von Noirmoutier, einer kleinen Insel im Atlantik unterhalb der Loiremündung bei Nantes.

Bernard hatte Dorothea ein umfangreiches Erbe hinterlassen, allein der Leuchtturm war ein Vermögen wert.

Nach seinem Tod war Dorle in ihr Heimatland zurückgekehrt. Sie war finanziell unabhängig und arbeitete als freischaffende Malerin. In ihrem Bauernhaus hatte sie sich ein von Licht durchflutetes Atelier eingerichtet und veranstaltete hin und wieder viel beachtete Ausstellungen, deren Vernissagen von Kunstinteressierten und Journalisten regelrecht überrannt wurden.

Sie malte gegenständliche Motive in Öl- und Acrylfarben. Transparente Aquarelle gelangen ihr ebenso vortrefflich. Seit einiger Zeit versuchte sie sich als Mosaizistin und legte mit Mosaikfragmenten sanft schimmernde Kunstgebilde aus Glas-, Gold- und Steinteilchen.

Den Terrassenboden hinter ihrem Haus, dem sich eine sanft abfallende Bauernwiese zum murmelnden Bach hin anschloss, zierte ein orientalisches Mosaik aus goldenen, türkisfarbenen, blauen und grünen Steinen, das die Blaue Moschee mit ihren sechs Minaretten in Istanbul am Bosporus darstellte. Über deren glänzender Kuppel schwebte eine silberne Mondsichel.

Die Holzbalken ihres Hauses hatte Dorothea durch eine Fachfirma von Schädlingen befreien lassen und dunkelbraun gebeizt, die Gefache dazwischen kalkweiß gestrichen und mit eigenen Gemälden und gewebten Teppichen verschönert.

Sie stöberte auf ausgedehnten Touren in Antiquitätengeschäften und auf Trödelmärkten nach antiken Möbeln, die sie geschmackvoll mit modernen Einrichtungsgegenständen kombinierte.

Die Malerin hielt in ihrem riesigen Garten zwischen den knorrigen Apfelbäumen Hühner, Ziegen und Schafe. Sie produzierte vorzüglichen Ziegen- und Schafskäse, den sie mit großem Erfolg auf dem Wochenmarkt verkaufte.

Vor einiger Zeit hatte sie sich entschlossen, sich ehrenamtlich in der Gemeindearbeit zu engagieren. Die Künstlerin mochte alte Menschen und ihre Geschichten und hatte sich dem Helferkreis um die Pfarrerin Regina Engeltal angeschlossen.

Inzwischen kümmerte sie sich um zwei alte Dorfbewohner. Die siebzigjährige Gretel Siebenhaar saß seit zwei Jahren im Rollstuhl und Dorle besuchte sie, machte mit ihr Spaziergänge und fuhr mit ihr zum Einkaufen und zum Kaffeetrinken nach Forchheim. Die verbitterte, halbseitig gelähmte Bauersfrau war aufgrund dieser liebevollen Betreuung sichtlich aufgeblüht.

Der sechsundsechzigjährige Wilhelm Bärenreuther, schwer an Diabetes erkrankt, war inzwischen beinahe erblindet und fürchtete um sein rechtes Bein, das unter beunruhigenden Durchblutungsstörungen litt und inzwischen sehr dunkle Flecken aufwies.

Der griesgrämige alte Mann hatte mittlerweile wieder charmante Anwandlungen, seit er von Dorle betreut wurde.

Sie kochte oft für ihn mit, hielt seinen Haushalt in Ordnung, las ihm aus der Zeitung und aus Büchern vor und beschrieb ihm anschaulich ihre Gemälde. Darüber hinaus führten sie lange Gespräche. Diese liebte er ganz besonders.

Dorothea und Klarissa traten aus dem Atelier. Die Künstlerin hatte ihrer Freundin ihr neues Gemälde gezeigt. Ein Ölbild, neunzig auf neunzig Zentimeter, gefasst in einen barocken Goldrahmen, den sie auf einem Flohmarkt entdeckt hatte.

Auf dem Bild war der Hafen von Auray, einer kleinen zauberhaften Stadt in der Südbretagne, am Fluss Loc'h gelegen, dargestellt.

Es zeigte das alte Hafenviertel St. Goustan und dessen weiß, rosa und senfgelb gestrichene Häuser mit ihren bleifarbenen Schieferdächern, die sich einen Hügel bis zur Kirche hinaufzogen.

Davor strudelte der türkisfarbene Fluss durch die dunklen Bögen einer steinernen Brücke. Auf der schmalen Sandbank ruhten bunte Fischerboote.

Auf einem stolzen Gebäude direkt am Hafen war der Schriftzug L'Armoric zu lesen. Der Name stammte von dem keltischen Ausdruck „are mor", vor dem Meer. Das war in der Antike die Bezeichnung für die nordwestliche Küste Galliens gewesen.

Sie hatten vor dem wohlige Wärme ausstrahlenden Kachelofen in bequemen cremefarbenen Ledersesseln auf weichen nachtblauen und petrolfarbenen Kissen Platz genommen.

Klarissa König trank ihre zweite Tasse Kaffee und erzählte lächelnd: „Die Tochter von Gretel Siebenhaar hat mich heute Morgen in der Beratungsstelle aufgesucht. Du weißt ja, sie ist Witwe, zieht drei Kinder groß und das Geld ist immer knapp. Seit du dich um ihre Mutter kümmerst, ist sie entlastet und konnte eine Halbtagsstelle als Verkäuferin in einer Forchheimer Metzgerei annehmen. In den kommenden Weihnachtsferien plant sie nun mit ihren Kindern den ersten Urlaub ihres Lebens. Sie werden vier Tage im Fichtelgebirge verbringen und sind ganz aus dem Häuschen vor Freude."

Dorothea strahlte sie an: „Das freut mich sehr, Klarissa, das ist wirklich eine schöne Nachricht. Die alten Menschen geben mir so viel zurück, und ich habe Zeit. Ich kann ja nicht immer malen oder Käse herstellen." Sie lachte und erkundigte sich, welche Köstlichkeiten Klarissas Ehemann Gregor, ein exzellenter Hobbykoch, zum Abendessen zubereitete.

„Er wurde zu einer Baustelle gerufen und kommt heute spät nach Hause, ich schmiere mir dann ein Brot", berichtete Klarissa.

Dorle schüttelte den Kopf, dass die wilden Locken flogen. Die grünen Augen leuchteten: „Da habe ich eine viel bessere Idee. Ich werde ein typisches südfranzösisches Gericht für uns beide zubereiten. Ziegenkäse mit Honig mariniert und in der Pfanne angebraten, warm serviert auf Rucola, Kirschtomaten und Pinienkernen. Dazu ein Glas eisgekühlten Dom Pérignon, was hältst du davon?"

Mandy Bergmann und Gerd Förster hatten den restlichen Nachmittag mit der Befragung der Nachbarn des toten alten Pfarrers Baptist Gößwein verbracht.

Um achtzehn Uhr trafen sie sich mit der Polizistin Sieglinde Silberhorn und dem Rechtsmediziner Karl-Heinz von Hohenfels in ihrem Büro im Bamberger Polizeipräsidium, um ihre bisherigen Ergebnisse auszutauschen und alle auf den neuesten Stand zu bringen.

Der Kommissar berichtete von der Hausdurchsuchung und zeigte den beiden Kollegen den kleinen Plastikbeutel mit den weißen Kunststofffasern.

Die Polizistin betrachtete den Fund eingehend und schüttelte den Kopf: „Ich habe keine Ahnung, woher diese Fasern stammen könnten, aber ich habe im Laufe des Nachmittages einige interessante Informationen in Erfahrung bringen können."

Emsig fuhr sie fort.

„Baptist Gößwein hinterlässt nur einen Nachkommen, Romeo Gößwein, zweiundvierzig Jahre alt, der völlig aus der Art geschlagene Sohn seines verstorbenen Bruders. Er wohnt mit seiner Freundin Doreen Hauke in einer Sozialwohnung in Ermreuth. Sie leben von Hartz IV und haben eine gemeinsame Tochter, Cayenne Blue, achtzehn Monate alt. Das Jugendamt besucht die Familie regelmäßig. Romeo Gößwein ist kein unbeschriebenes Blatt. Er züchtete Cannabispflanzen auf seinem Balkon und trat als Kleindealer in Erscheinung. Er neigt zu gewalttätigen Ausbrüchen, wenn er etwas getrunken hat. Seinen Führerschein hat er vor neun Jahren verloren, als er die Willy-Brand-Allee in Forchheim mit dem Noris Ring verwechselte und mit 2,3 Promille und hundertvierzig Stundenkilometern flott unterwegs war. Er durchbrach mit seinem Auto ein Brückengeländer und landete auf einer Sandbank in der Wiesent.

Seine junge Freundin versucht sich als selbstständige Nageldesignerin und trägt zum Familieneinkommen so gut wie nichts bei. Geld ist immer knapp."

Die Kollegen lauschten interessiert. „Gute Arbeit, Sieglinde", der Kommissar nickte anerkennend.

„Das ist noch nicht alles", berichtete sie, stolz auf ihre aufschlussreichen Recherchen, weiter.

„Der alte Pfarrer hinterlässt ein nicht unerhebliches Vermögen. Die Raiffeisenbank in Forchheim hat sich erst geweigert Auskunft zu geben und sich auf den Datenschutz berufen, bis die richterliche Verfügung per Fax eintraf." Ihre Wangen glühten vor Eifer.

„Das alte Pfarrhaus gehört ihm und nicht der Pfarrgemeinde wie bisher immer angenommen und behauptet. In Forchheim besitzt er eine Eigentumswohnung, angeblich geerbt, weiter hat er vor vielen Jahren ein Ferienhaus im Bayerischen Wald gekauft, in Waldkirchen an einem künstlichen See. Sein Portfolio weist außerdem ein Aktiendepot und diverse Spareinlagen auf. Es wäre interessant, zu erfahren, wie er das alles am Bischöflichen Amt vorbeigeleitet hat.

Der Leiter der Raiffeisenbank in Forchheim schätzt sein Vermögen auf circa sechshundertfünfzigtausend Euro. Der Erbe kann sich glücklich schätzen."

„Sehr sorgfältig recherchiert, Sieglinde, danke für deine Ausführungen."

Gerd Förster fuhr fort: „Wir haben bei der Hausdurchsuchung ein Testament gefunden. Darin wird sein Neffe Romeo Gößwein enterbt und eine ehemalige Haushälterin, Hildegard Gründonner, als Alleinerbin eingesetzt. Wir müssen mit beiden Personen sprechen. Und mit dem Notar, der das Testament aufgesetzt hat. Vielleicht wurde es geändert und Romeo Gößwein hatte keine Ahnung, dass kein Erbe mehr zu erwarten war. Über eine halbe Million Euro sind ein starkes Motiv, wenn er davon gewusst hat."

Mandy Bergmann übernahm das Wort und schilderte die Befragung in der Nachbarschaft von Baptist Gößwein. „Wir haben mit einer Nachbarin gesprochen, die meint, sie hätte etwas Verdächtiges gehört. Sie führte ihren Hund gegen zweiundzwanzig Uhr dreißig am Dienstagabend spazieren. In dieser Nacht lag keine friedliche Stille über dem Dorf. Die Nikolausfeier auf dem Dorfanger war in vollem Gange und Geschrei und Gejohle von den glühweinbenebelten Gästen schallten durch die Winternacht.

So hielt sie den durchdringenden, schrillen Schrei, den sie plötzlich vernahm und ihren Hund dazu bewegte, sich auf den eisigen Boden zu werfen, mit seinen Pfoten die Ohren zu bedecken und ängstlich zu winseln, für Festgetöse. Als sie allerdings genauer nachdachte, kam das schauerliche Geräusch eher aus dem alten Pfarrhaus. Ein Schrei, dann war Ruhe."

„Bei einer Kaliumcyanid-Vergiftung hätten seine Todesschreie länger andauern müssen", erklärte Karl-Heinz.

„Vielleicht hat ihn jemand zum Schweigen gebracht", mutmaßte die Kommissarin.

Sie überlegte, dann fuhr sie fort: „Der Reim auf dem Kreppband und die Zeichnung gehen mir nicht aus dem Kopf. Womöglich handelt es sich dabei um ein Ablenkungsmanöver."

„Oder um den Schlüssel zu dem Todesfall", führte der Kommissar ihren Gedankengang fort.

„Wie bekommen wir heraus, was es mit dieser kryptischen Botschaft auf sich hat? Und welche Rolle spielt die verlassene Burgruine?"

Karl-Heinz von Hohenfels meldete sich zu Wort: „Ich habe eine Idee. Wir könnten natürlich im Internet recherchieren. Wir könnten aber auch zusätzlich eine Kapazität auf dem Gebiet der hiesigen Geschichte befragen. Mein Vater hat einen alten Freund, einen emeritierten Professor für Historik. Sein Steckenpferd ist die Geschichte der Fränkischen Schweiz. Ein schrulliger Kauz, aber absolut bewandert auf seinem Gebiet. Sein Name ist Professor Doktor Carl-Maria Theodor von Mohrenbrunn und er wohnt zurückgezogen in der kleinen Ortschaft Pommer unterhalb des Hetzleser Berges. Soll ich versuchen über meinen Vater den Kontakt herzustellen? Vielleicht bekommen wir eine Audienz."

„Das hört sich gut an, Carlo", freute sich Mandy. „Bemühe dich doch um einen Termin bei diesem Herrn. Ich bin gespannt, was er uns alles erzählen kann."

Die Kirchturmuhr schlug die volle Stunde, dann ertönten die Kirchenglocken achtmal hintereinander. Der mächtige Kastanienbaum linker Hand der Kirche mit ihrem zweiflügligen, hölzernen Rundportal war handbreit mit Neuschnee bepudert. Straßenlaternen warfen Lichtkreise durch die weißen Nebelfetzen in die Dunkelheit.

In einer gemütlichen Wohnküche saßen zwei Menschen am Tisch vor dem Holzofen, in dem dicke Buchenscheite loderten, und tranken heißen Lindenblütentee mit Honig.

Sie gingen vertraut miteinander um und unterhielten sich mit leisen Stimmen.

Auf einem gezackten Teller mit Motiven von rot blühenden Weihnachtssternen waren selbstgebackene Adventsplätzchen angerichtet. Vanillekipferl, Kokosmakronen, doppelt geschichtetes, rund ausgestochenes Butterteiggebäck mit Brombeermarmeladenfüllung und Haselnusshäufchen mit Schokoladenklecks auf Oblaten luden zum Zugreifen ein. Eine dicke Duftkerze, deren Zimtaroma den heimeligen Raum durchzog, flackerte leicht.

„In früheren Zeiten bewahrten die Bauern ihre Heilmittel gegen gesundheitliche Beschwerden und giftige Substanzen an ein und demselben Platz in ihrem Haus auf.

Das Gift wurde benötigt, um zum Beispiel die Rattenplage im Stall zu bekämpfen oder ihn zu desinfizieren, ebenso wie den Abort.

So geschah es bedauerlicherweise immer wieder, dass ein Kranker im Fieberwahn nach dem falschen Behältnis griff und jämmerlich zu Tode kam.

Die Pharmaindustrie reagierte und führte so gegen 1870 spezielle Flaschen für Gifte ein. Durch ihre besonderen Farben und Formen unterschieden sie sich deutlich von den anderen Gefäßen. Selbst blinde Menschen konnten mühelos ertasten, ob sie eine Giftflasche oder eine Heiltinktur in der Hand hielten. Die Giftflaschen hatten eine dreieckige oder sechseckige Form und waren mit Rillen, Noppen oder tastbaren Totenköpfen versehen. Ihre Farben waren in kräftigen kobaltblauen, smaragdgrünen oder honigbraunen Tönen gehalten."

Eine angenehme Stille folgte. Dann die Frage: „Wollen wir Heinrich Heines ‚Reise von München nach Genua' weiterlesen?"
Kurz darauf erklang eine warme Stimme:
„Hier in Italien ist es ja so schön, das Leiden selbst ist hier so schön, in diesen gebrochenen Marmorpalazzos klingen die Seufzer viel romantischer als in unseren netten Ziegelhäuschen, unter jenen Lorbeerbäumen lässt sich viel wollüstiger weinen als unter unseren mürrisch zackigen Tannen, und nach den idealischen Wolkenbildern des himmelblauen Italiens lässt sich viel süßer hinaufschmachten als nach dem aschgrau deutschen Werkeltagshimmel, wo sogar die Wolken nur ehrliche Spießbürgerfratzen schneiden und langweilig herabgähnen!"

Freitag, 09. Dezember

Die Kommissarin Mandy Bergmann frühstückte ausgiebig und las in aller Ruhe die „Süddeutsche". Der Zeitplan für diesen Tag ließ ihr ein wenig Spielraum. Normalerweise reichte es unter der Woche immer nur für einen schnellen, starken Kaffee und ein Müsli mit Obst und Joghurt. Sie trug einen hellroten Kimono mit einem aufgestickten, weißen Drachen auf der Rückseite, trank von ihrem Pampelmusensaft und studierte interessiert die Besprechung eines Kinofilmes. Ob sie wohl Zeit finden würde, sich diesen Film anzuschauen? Nun, im Moment hatte ihr neuer Fall selbstverständlich Vorrang.

Nachdem sie die Küche aufgeräumt, die Waschmaschine gefüllt und eingeschaltet hatte, packte sie ihre Sporttasche und verbrachte zwei Stunden im Fitnesscenter ein paar Straßen weiter, für das sie eine Dauerkarte besaß.

Gerne hätte sie noch eine Weile in der Sauna zugebracht, die für Frauen und Männer zu unterschiedlichen Zeiten zugänglich war. Darauf legte die Kommissarin großen Wert.

Für dieses Vergnügen blieb jedoch keine Zeit mehr. Sie wollte den Wochenendeinkauf erledigen und anschließend ihr Büro aufsuchen.

Für den Nachmittag hatte Carlo einen Besuch bei dem Geschichtsprofessor in Pommer vereinbart. Er würde ebenfalls mitkommen. Seine Anwesenheit war unabdingbar erforderlich. Fremde Menschen ohne Referenzen und mündliches Leumundszeugnis empfing der Gelehrte niemals. Er hatte ausrichten lassen, dass er auf Pünktlichkeit gesteigerten Wert legte, ebenso auf angemessene Kleidung. Der Rechtsmediziner hatte Mandy empfohlen ein Kostüm mit langem Rock für das Gespräch zu wählen. Dass Frauen heutzutage in Männerhosen herumliefen, dafür hatte der alte Herr überhaupt kein Verständnis.

Weiter wusste Carlo zu berichten, dass er sie eigentlich gar nicht empfangen wollte, er befände sich schließlich permanent in Klausur, beschäftigt mit seinen Studien und es war ihm wichtig, ungestört zu bleiben. Der diskrete Hinweis seines Vaters, es handle sich immerhin um eminent relevante polizeiliche Ermittlungen, stellte sich eher als kontraproduktiv heraus. Empört hatte der Professor die Frage aufgeworfen, ob seine Forschungen etwa nicht von höchster Wichtigkeit seien. Erst das Angebot von Carlos Vater, nach dem Gespräch mit der Polizei den Abend bei einer Partie Schach und einem guten Glas Wein zu verbringen, das natürlich er beisteuern würde, hatte den Gelehrten milder gestimmt.

Gerd Förster steuerte den Audi vorsichtig die schmale, vereiste Landstraße entlang. Auf beiden Seiten erstreckten sich verschneite Wiesen und Felder, hinter denen sich dichter Mischwald den Hetzleser Berg hochzog. Am frühen Morgen hatte es aufgehört zu schneien und die Sonne schien von einem azurblauen Himmel auf den glitzernden Schnee.

Eine fröhliche, rotbäckige Kinderschar tobte mit einem großen Hund, dem jemand einen FCN-Schal um den Hals geschlungen hatte, durch die malerische, friedliche Winterlandschaft.

Einsame Skilangläufer in windschnittiger Sportkleidung glitten elegant auf den gezogenen Loipen dahin.

Mandy Bergmann blickte ihnen sehnsüchtig hinterher: „Die haben es gut, ich möchte auch wieder einmal Langlauf machen."

Carlo versuchte sie zu trösten: „Vielleicht schaffen wir es nächstes Wochenende. Im Fichtelgebirge kann man großartig Langlaufen. Eine der Loipen zieht sich in Serpentinen den Ochsenkopf hoch. Das ist nichts für Anfänger. Wir nehmen es uns ganz fest vor."

Inzwischen hatten sie den kleinen, schmucken Ort Pommer, im Volksmund „Wummer" genannt, erreicht.

Sie passierten eine Gastwirtschaft, die geduckt vor einer Anhöhe lag. Dahinter war ein Stall zu sehen.

„Wenn ihr wollt, lade ich euch nach unserem Gespräch mit dem Professor in dieses rustikale Wirtshaus zum Abendessen ein. Dort erwartet die hungrigen Gäste eine hervorragende, bodenständige, fränkische Küche", schlug Gerd Förster vor. Seine beiden Kollegen stimmten begeistert zu.

Sie ließen ein neu errichtetes Feuerwehrhaus, das die kleine Gemeinde mit Stolz erfüllte, hinter sich und folgten der enger werdenden Straße den Berg hinauf, vorbei an einigen schönen Fachwerkhäusern. Auf halber Höhe bog der Kommissar rechts ab und parkte den Dienstwagen vor einem stattlichen alten Anwesen.

Der einstöckige Bau, ein Kleinod aus dem 19. Jahrhundert, gemauert aus roten Backsteinen, verfügte zur Vorderseite hin über zwei Erker mit Spitzdach. In einem der hohen, schmalen, geteilten Fenster bewegte sich sanft eine blütenweiße Spitzengardine. Die Umrahmungen der Fenster und der Rand unterhalb des Daches waren mit weißer Farbe abgesetzt. In den schmalen Blumenkästen steckten frische, dunkelgrüne Tannenzweige, die mit winzigen, glänzenden, blauen und silbernen Christbaumkugeln verziert waren.

Ein verschnörkeltes, zweiflügliges Gittertor aus Schmiedeeisen stand offen und sie folgten dem kurzen, mit Sand bestreuten Steinplattenweg bis zur massiven, mit kunstvollen Schnitzereien verzierten Holzhaustür, der ein Efeu umrankter Portikus vorgesetzt war. Ein Ring mit einem brüllenden Löwenkopf war in der Mitte der Tür auf Augenhöhe befestigt.

Carlo klopfte energisch. Sie waren auf die Minute pünktlich. Sogleich vernahmen sie schlurfende Schritte, die sich langsam näherten. Dann öffnete sich die Tür.

Ein Mann musterte sie misstrauisch mit wachen Augen unter buschigen Brauen. Mandy schätzte ihn auf etwa Mitte siebzig bis Anfang achtzig. Er ähnelte auf verblüffende Art und Weise Albert Einstein. Sein langes, weißes Haar stand wirr vom Kopf ab. Flüchtig flackerte der Gedanke an Kunststofffasern in ihrem Kopf auf. Der Professor trug eine altmodische Nickelbrille, die vorne auf seiner Nasenspitze saß. Er war mit einer schwarzen Stoffhose, einem weißen Hemd mit Stehkragen, einem Frack und polierten Lackschuhen bekleidet. Eine königsblaue, korrekt sitzende Fliege vervollständigte seine Erscheinung.

Nachdem sie die erste strenge Begutachtung bestanden hatten, ergriff der alte Herr das Wort: „Die Polizei, nun also, treten Sie näher, ich werde Ihnen eine Stunde meiner kostbaren Zeit widmen."

Gerd Förster, der auf seine geliebten Jeans verzichtet und einen seriösen grauen Anzug gewählt hatte, unternahm den vergeblichen Versuch, sich und seine Kollegin vorzustellen.

„Papperlapapp, ich weiß, wer Sie sind. Und ich werde Sie bei Ihren Ermittlungen unterstützen, soweit mir das möglich ist. Der alte Baptist war ein guter Freund von mir. Wir haben so manche Nacht am Schachbrett gesessen. Wenn wir kein Zeitlimit ausgemacht hatten, hat keiner von uns klein beigegeben. Ich habe von seinem mysteriösen Ableben in der Zeitung gelesen. So einen frevelhaften Tod hat er nicht verdient. Meine Haushälterin hat im Studierzimmer aufgedeckt und den Kamin entzündet. Es gibt Bienenstich und Earl Grey. Nur Barbaren trinken Kaffee."

Durch einen breiten, holzgetäfelten Flur erreichten sie das Studierzimmer, das völlig überheizt war. Mandy, die ihre dunklen Haare zu einem Knoten frisiert und auf Make-up verzichtet hatte, fragte sich, ob es angemessen war, die Kostümjacke auszuziehen.

In dem quadratischen Raum, dessen zwei Fenster den Blick in den verschneiten, weitläufigen Garten mit einem hübschen, von geschnittenen Rosenstöcken umgebenen Pavillon freigaben, befanden sich Bücherregale, deren Fächer bis auf den letzten Zentimeter mit Literatur gefüllt waren. Auf einem antiken, ausladenden Kirschbaumschreibtisch häuften sich Lederfolianten, Bücher, Nachschlagewerke, Papiere und Notizzettel.

Die Decke des Zimmers war mit fragilen Stuckarbeiten verziert und an den lachsfarbenen Wänden hingen kostbare, alte Stiche, deren Motive Ritterburgen und Burgruinen aus der Fränkischen Schweiz zeigten. Auf einem Bild konnte Gerd Förster die trutzige Burg Rabeneck erkennen, die bedrohlich über dem Wiesenttal auf einem Felsen thronte. Die kleine Kapelle des Ritterhorstes schwebte auf einem Überhang.

Sie setzen sich um einen niedrigen runden Tisch, auf dem eine weiße Damast-Tischdecke lag und der festlich gedeckt war.

Der Professor ließ sich langsam in einen Sessel sinken. „Der leidige Rheumatismus, wissen Sie. Aber das tut jetzt nichts zur Sache, die Gehirnzellen funktionieren noch hervorragend. Bedienen Sie sich bitte selbst. Also, was kann ich für Sie tun?"

Der Kommissar lockerte unauffällig seinen ungewohnten Krawattenknoten und übernahm das Wort: „Erst einmal herzlichen Dank, Professor von Mohrenbrunn, dass Sie sich Zeit für uns nehmen und uns bei unseren Ermittlungen helfen wollen. Wir stehen erst am Anfang, es deutet jedoch einiges darauf hin, dass es sich um einen schwierigen, komplizierten Fall handelt.

Wie sie bereits der Zeitung entnommen haben, wurde der alte Pfarrer Baptist Gößwein in der Nacht von Mittwoch auf Donnerstag von einer jungen Frau auf dem Schlossberg nahe Haidhof gefunden. Er war nur mit Hemd und Hose bekleidet, seine Füße steckten in Hausschuhen. Um seinen Leib war ein Strick geschlungen, der ihn an einen Baumstamm fixierte. Die Todesursache steht noch nicht endgültig fest, aber aufgrund der Umstände müssen wir von einem Verbrechen ausgehen."

Der Professor hörte aufmerksam zu und nickte: „Das scheint mir die richtige Schlussfolgerung zu sein. Baptist hat seinen Ruhestand genossen. Er war ein Mensch, der in sich ruhte. Welcher gestörte Geist hat ihm das nur angetan? Ich trauere aufrichtig um meinen Freund. Welche Fragen haben Sie an mich?"

Gerd Förster fuhr fort. Sie waren übereingekommen, dass er das Gespräch führen sollte. Sie konnten sich nicht sicher sein, wie der Professor auf eine emanzipierte, energisch auftretende Kommissarin reagieren würde. Mandy hatte zähneknirschend und unter Protest zugestimmt.

„Ein Burgstein ist ein ungewöhnlicher Ort, um eine Leiche zu platzieren. Noch dazu mitten im Winter. Es muss äußerst beschwerlich gewesen sein, sie dort hochzutragen. Und auch riskant. Irgendjemand hätte die Person oder die Personen beobachten können.

Ist es Ihnen möglich, uns etwas über diesen Ort zu berichten? Könnte es sein, dass es eine Verbindung gibt, die mit dieser Ruine etwas zu tun hat? Irgendetwas, das in ihrer Geschichte liegt?

Späte Rache, ein lang zurückliegender Erbschaftsstreit. Ansprüche auf Vermögen oder Adelstitel?"

Der Professor überlegte, zog die faltige Stirn kraus, sodass seine Augenbrauen wie zusammengewachsen wirkten, und begann dann zu dozieren. Die geschichtlichen Erkenntnisse über den Schlossberg bei Haidhof, alternativ auch Burgstall auf der Flöss oder Heidenstein genannt, waren bedauerlicherweise sehr dürftig. Es handelte sich um eine abgegangene, vermutlich hochmittelalterliche Adelsburg, die möglicherweise während der zweiten Hälfte des 12. Jahrhunderts errichtet worden war.

Sie befand sich auf einem schmalen, über hundert Meter langen Bergkamm, der erst in West-Ost-Richtung und dann nach Südosten verlief. Geschützt wurde sie durch eine senkrecht abfallende Felswand.

Ein Felsturm erhob sich im Halsgraben, das war ein künstlich angelegter Graben, der die Teile einer Höhenburg umgab, die nicht durch natürliche Hindernisse geschützt wurden. Dieser Steinturm, der heute noch deutlich zu erkennen ist, hatte die Funktion eines Brückenpfeilers. Es existierte eine stabile Brückenkonstruktion, die dann in eine schräg nach oben führende Zugbrücke überging und am Eingang der Burg endete. Ihre ständische Stellung war unbekannt, es existierten keinerlei urkundliche Nachweise. Es wurde angenommen, dass sie bereits im frühen 13. Jahrhundert verfallen war.

„Dass eine Verbindung zwischen der Burgruine, deren Adelsgeschlecht, Baptist Gößwein und einem Täter besteht, ist nach meinem Dafürhalten sehr unwahrscheinlich. Auf jeden Fall fehlen die erforderlichen urkundlichen Unterlagen, um derartige Verzweigungen nachzuweisen. Ich fürchte, ich kann Ihnen nicht weiterhelfen." Der alte Herr seufzte bedauernd.

„Da ist noch etwas", bemerkte der Kommissar. „Wir haben einen Hinweis bei der Leiche gefunden. Es handelt sich ausschließlich um Täterwissen, es stand nichts davon in den Medien."

„Sie haben mein Wort als Ehrenmann, ich spreche nicht darüber, Herr Kommissar Förster", versicherte der Professor ernsthaft.

Und zu Mandy gewandt fuhr er fort: „Würden Sie mir noch ein Stück von diesem köstlichen Kuchen auflegen, meine Liebe, und uns Tee nachschenken?"

Die Gesichtsfarbe der zur Bedienung degradierten Kommissarin änderte sich unmerklich. Karl-Heinz von Hohenfels unterdrückte mühsam ein breites Grinsen.

Doch es krachte keine Teekanne gegen die Wand. Charmant bediente Mandy Bergmann die Herren.

Ihr Kollege berichtete weiter:

„Auf der Stirn von Baptist Gößwein klebte ein Kreppband mit einem kurzen Reim und einer Zeichnung, mit wasserresistentem Filzstift daraufgeschrieben und -gemalt."

Er holte das durchsichtige Tütchen, in dem das Kreppband geschützt lag, hervor und zeigte es dem Professor. Dieser rückte seine Brille zurecht und studierte es genau.

„Wie perfide und grausam", stieß er keuchend vor Entsetzen hervor.

„JEDER VERRÄTER STIRBT FRÜHER ODER SPÄTER!"

Er starrte einige Sekunden auf die Zeichnung. „Diese Darstellung ist ja höchst interessant und aufschlussreich. Ein Apfelbaum, eindeutig. Mit einem erhängten Menschen, den Kopf noch in der Schlinge. Dazu kommt mir ein denkwürdiges historisches Ereignis in den Sinn. Dabei geht es um Vertrauen und Verrat. Ein klassisches Beispiel, sozusagen. Ich werde Ihnen erzählen, was sich damals, 1553, in Kunreuth zugetragen hat."

Im zweiten Markgrafenkrieg, der viel Unheil über den Ort Kunreuth brachte, versuchte Markgraf Albrecht Alcibiades von Kulmbach-Bayreuth-Brandenburg Forchheim einzunehmen, das unter dem Befehl von Claus von Egloffstein stand. Als ihm das nicht gelang, rückte er äußerst erzürnt gegen das Dorf Kunreuth vor. Er beschoss das Schloss, das sich im Besitz seines großen Widersachers Claus von Egloffstein befand, mit großem Geschütz und ließ die Ortschaft niederbrennen.

Doch die wehrhafte Besatzung des Schlosses gab nicht auf und feuerte zurück. Der Markgraf, der die Geduld verlor, bot daraufhin freien Abzug und Gnade an. Die gutgläubige Besatzung ergab sich.

Neununddreißig Bauern, der Pfarrer und einige Kinder verließen das Schloss. Als Albrecht Alcibiades erkannte, dass er trotz seiner Übermacht diese kleine Truppe nicht hatte besiegen können, gab er vor lauter Wut den Befehl, alle Widerständler im Apfelgarten des Schlosses aufzuhängen. Die tapferen Männer mussten sterben. Die Frauen und Kinder wurden gefangen genommen und verschleppt. Das Schloss wurde niedergebrannt.

Der Gelehrte machte erschöpft eine Pause, trank einen Schluck von seinem Tee und dachte nach. Keiner sagte ein Wort.

„Wie schon erwähnt, es geht in dieser wahren Geschichte um die großen Themen Vertrauensbruch und Verrat. Meiner Ansicht nach, und nun spekuliere ich, soll der Apfelbaum mit der erhängten Person genau das symbolisieren. Nicht in Bezug auf dieses historische Geschehen, sondern ganz allgemein. Es kann ein völlig anderer Verrat gemeint sein. Verstehen Sie mich bitte nicht falsch, ich glaube nicht, dass mein lieber, guter Baptist ein Verräter war, aber der Täter scheint das so zu sehen."

„Und der Burgstein?", Mandy war jetzt fasziniert.

„Ich fabuliere weiter, der Täter beabsichtigte den ‚Verräter' so weit oben wie möglich auf einer Anhöhe zu exponieren, damit alle Welt sieht, was mit einem Menschen passiert, der einen eklatanten folgenreichen Vertrauensbruch begeht."

„Und die Geschichte von Albrecht Alcibiades, wer hat denn ein solch spezifisches Wissen?", fragte Gerd Förster.

Der Professor entgegnete: „Jeder, der sich dafür interessiert, kann es ganz einfach nachlesen."

Alle hingen ihren Gedanken nach. Dann schaute Karl-Heinz von Hohenfels auf seine Armbanduhr. „Die Stunde ist vorbei, Herr Professor, wir danken Ihnen ganz herzlich für diese überaus interessanten Ausführungen. Sie haben dadurch einen neuen, höchst beachtenswerten Aspekt in unsere Ermittlungen gebracht."

„Keine Ursache, ich muss gestehen, dieses Gespräch mit so einem aufmerksamen Publikum hat mir enorme Freude bereitet. Sie verzeihen mir hoffentlich meine abschließenden Vermutungen, aber da hat mich wohl ein gewisses Jagdfieber gepackt", bemerkte der alte Mann lächelnd.

„Ich würde Ihnen gerne noch zum Abschluss unserer spannenden Unterhaltung ein Gläschen Quittenlikör anbieten, schwarz gebrannt von meinem Nachbarn und sehr exquisit. Wenn Ihnen noch weitere Fragen einfallen, Sie sind jederzeit sehr willkommen in meinem Elfenbeinturm, besonders die charmante Kommissarin", fügte er verschmitzt hinzu.

Sie betraten die Gastwirtschaft mit der niedrigen, dunklen Holzdecke und fanden einen freien Tisch neben dem Stammtisch am warmen Kachelofen. Die anderen Tische waren bereits besetzt. Es war Abendessenszeit und Einheimische, Wanderer sowie Skilangläufer aus Erlangen oder Nürnberg und Umgebung unterhielten sich lebhaft und freuten sich auf eine ordentliche Mahlzeit. Um den Stammtisch waren einige Männer in winterlicher Jagdkleidung versammelt, die lautstark ihr Jägerlatein zum Besten gaben und sich lachend auf die kräftigen Schenkel klopften.

Mandy wählte den Platz auf einem Stuhl mit geblümtem Sitzkissen, so weit weg wie möglich vom Ofen. Als Erstes streifte sie ihre Kostümjacke ab. Dann erregten die kunstvoll bemalten, glasierten Kacheln ihre Aufmerksamkeit.

Die Jäger am Nebentisch warfen ihr verstohlene Blicke zu. Ein so elegant gekleideter Gast, noch dazu mit scheinbar endlosen Beinen, tauchte selten im Dorfwirtshaus auf.

„Ich brauche jetzt etwas Deftiges", verkündete sie gut gelaunt.

Sie war sich der Aufmerksamkeit, die sie erregt hatte, überhaupt nicht bewusst. „Der Bienenstich hat mir den Magen verklebt."

Die Bedienung Berta brachte die Speisekarten und erklärte knapp: „Kalbshaxe ist aus, es gibt aber Wirsing, der steht nicht auf der Karte. Wenn eine größere Gruppe eintrifft, müsst ihr euch zu denen da drüben mit an den Tisch setzen. Für diesen Umstand bekommt ihr dann einen Schnaps umsonst."

Gerd Förster antwortete amüsiert: „Wird gemacht, Chefin, und drei alkoholfreie Weizen, bitte."

Das Speisenangebot stand auf einem Blatt, das sie schnell überflogen hatten. Die Kommissare entschieden sich für Wildhasenschlegel mit Klößen, Wirsing und Preiselbeeren. Der Rechtsmediziner wählte Bauernente mit Blaukraut und Kloß.

Sie schwiegen eine Weile und ließen ihre Blicke durch das Gasthaus schweifen.

Am Tisch schräg gegenüber speiste ein junger dicker Mann, offensichtlich mit seiner Mutter, die ebenso beleibt war. Beide bekamen zum Braten einen kindskopfgroßen Kloß serviert. Der reichte ihnen aber nicht. Sie bestellten gleich noch zwei weitere Knödel nach. Mandy staunte. Dann kam ihr Essen. Mit Appetit machten sie sich darüber her.

Ein dynamischer Langläufer am Nebentisch erzählte von seiner abenteuerlichen Abfahrt den Hetzles hinunter. Man gewann den Eindruck, er hätte den Mount Everest während eines Jahrhundertblizzards in umgekehrter Richtung bezwungen.

Mandy fuchtelte lebhaft mit ihrer Gabel: „Diese Verräterversion, so interessant sie auch sein mag, erscheint mir doch recht weit hergeholt. Ich halte die ganze Inszenierung eher für ein Ablenkungsmanöver."

Ihr Kollege nickte: „Sechshundertfünfzigtausend Euro Vermögen sind durchaus verlockend. Wir konzentrieren uns zunächst auf den enterbten Romeo Gößwein und die ehemalige Haushälterin Hildegard Gründonner. Sieglinde hat am Montag einen Termin für uns beim Notar von Baptist Gößwein vereinbart. Außerdem soll sie herausfinden, ob der alte Pfarrer die Nikolausfeier besucht und Kinderglühwein getrunken hat.

Trotzdem behalten wir die Ausführungen des Professors im Hinterkopf. Ich finde diese Sichtweise irgendwie faszinierend."

„Ja, diese Herangehensweise hat etwas", meinte Karl-Heinz von Hohenfels. „Am Montag wird wohl der toxikologische Befund vorliegen, dann sehen wir klarer. Die Ente schmeckt übrigens vorzüglich. Besser könnte selbst ich sie nicht zubereiten.“ Er nahm einen weiteren Bissen und kaute mit Genuss. Um mit der Gabel zu fuchteln, war der Rechtsmediziner zu distinguiert, aber jetzt stach er damit energisch vier Löcher in die Luft.

„Ich frage mich die ganze Zeit, ob es einer einzelnen Person tatsächlich möglich ist, einen toten Mann, der über eins neunzig groß ist und hundertdreißig Kilo wiegt, einen Berg hinauf zu befördern, noch dazu durch den Schnee und über Eisplatten. Diese Person muss über enorme Kraft verfügen, oder es waren mindestens zwei.“

„Denkst du an die Gothic-Jugendlichen?“, fragte Mandy.

„Ich halte die bleichen Goths für eine absolut harmlose Gruppe. Die Angst, die sie auf dem Burgstein hatten, war deutlich zu spüren. Mir fällt auch kein Motiv ein. Ritualmorde befinden sich üblicherweise nicht in ihrem Repertoire. Vielmehr lehnen sie Gewalt ab“, antwortete Carlo.

„Nun mal ein anderes Thema“, fuhr er fort. „Es ist Freitagabend. Was haltet ihr von der Idee, sich heute Abend dem Vergnügen hinzugeben, oder habt ihr schon etwas vor?“

„Mein Prinz will mich später von zu Hause mit der goldenen Kutsche abholen, ich könnte aber absagen. Das steckt er weg, er ist mir hoffnungslos verfallen“, frotzelte die Kommissarin.

„Fein, dann lasst uns doch ins Kino gehen, ‚Jacques‘ ist angelaufen, ein Film über das abenteuerliche Leben von Jacques Cousteau.“

Als der Kommissar spät am Abend mit der schwarzen Katze Delilah auf seinen Füßen in den Schlaf glitt, träumte er von angriffslustigen Seeungeheuern und heimtückischen Monsterkraken. Er selbst ritt auf einem riesigen Stachelrochen, vor sich Babett, um die er beschützend die Arme geschlungen hatte und deren glänzende Haarsträhnen sich wie Quallenarme im Wasser bewegten. Die Liebenden befanden sich auf der Flucht vor den grausamen Soldaten von Alcibiades. Sie glitten auf dem Rücken des Tieres durch das endlose blaue Meer, unter ihnen breiteten sich Korallenbänke aus, durch die kleine, lebhafte Fische huschten, die in allen Regenbogenfarben schillerten.

Abrupt drehte sich der Rochen zur Seite, sie verloren den Halt und sanken in unendliche Tiefen. Erschrocken fuhr Gerd Förster aus seinem Traum hoch und sein Blick fiel auf Delilah, die ihn mit ihren grünen Augen anstarrte.

Sonntag, 11. Dezember

Die Polizistin Sieglinde Salome Silberhorn hatte frei. Sie plante diesen Tag zu genießen und sich auszuruhen. Eine anstrengende Woche lag hinter ihr und in den kommenden Tagen würden erneut viele Aufgaben und Herausforderungen auf sie warten. Sie wollte am Montag in Höchstform sein und es erfüllte sie mit Stolz, erneut bei den Ermittlungen mitwirken zu dürfen. Sie lag entspannt, bekleidet mit einer alten Jogginghose und einem bequemen Pullover, auf ihrem kuscheligen Sofa. Genüsslich trank sie heißen Kakao mit Sahne und knabberte Vollmilchnussschokolade. Die Fernbedienung lag griffbereit vor ihr auf dem niedrigen Tisch. Soeben lief ihre Lieblingssoap „Lisa und die Liebe".

Sie war völlig in die dramatische Handlung vertieft, als ihr Telefon klingelte. Verärgert runzelte sie die Stirn. Sie rappelte sich hoch und nahm den Hörer ab. Es war Eberhard.

„Guten Morgen, Sieglinde", rief er munter. „Wie ich dir ja schon einmal erzählt habe, mache ich mit einigen Kollegen einmal im Monat eine kleine Wanderung. Hast du Lust mitzukommen? Ich würde mich freuen. Wir laufen heute von Leutenbach aus über Seidmar nach Hetzelsdorf und über den Reisberg wieder zurück. Das sind ungefähr fünfzehn Kilometer."

„Eine kleine Wanderung also", dachte Sieglinde entsetzt und blickte wehmütig auf ihr Sofa.

„Ich könnte dich in einer halben Stunde abholen?"

Sieglinde stimmte spontan zu. Sie würde sich niemals in einer festen Beziehung wiederfinden, wenn sie in ihrer knappen Freizeit ihre Wohnung nicht verließ. Initiative war angesagt. Allerdings würde sie fünfzehn Kilometer Fußmarsch wahrscheinlich nicht überstehen. Sie hatte in letzter Zeit ihr Trainingsprogramm vernachlässigt und diesen unhaltbaren Zustand mit dem unwirtlichen Winterwetter entschuldigt. Wenn sie ganz ehrlich zu sich war, hatte sie ihre sportlichen Aktivitäten eigentlich nie richtig aufgenommen.

Jetzt saß sie in der Patsche.

Sie wühlte in ihrem Kleiderschrank und fand eine grüne Cargohose, deren Knopf sich mühsam schließen ließ, wenn sie die Luft anhielt. Der warme Anorak hing an der Garderobe. Aber wo waren die Wanderstiefel? Mit ihren Turnschuhen würde sie die Anstiege bei diesem Wetter nicht erklimmen können. Der Keller! Dort mussten sie sein.

Dieses Paar Stiefel hatte sie vor sieben Jahren in Limone am Gardasee gekauft.

Frisch verliebt und unbedarft hatte sie sich damals mit ihrem Verlobten Reinhard in ihr erstes Urlaubsabenteuer gestürzt. Seit dieser Erfahrung wusste sie, dass man nicht mit jedem Menschen einen harmonischen, gelungenen Urlaub verbringen konnte. Ganz und gar nicht.

Erste Verstimmungen entstanden bereits am ersten Abend, als Reinhard sie in ein Restaurant am See ausführte. Sieglinde war davon ausgegangen, dass in jeder italienischen Gaststätte Pizza auf der Speisekarte stand. Ihr Verlobter hatte sich jedoch für ein Fischrestaurant entschieden, dessen Spezialität Gardaseeforellen waren. Sie verabscheute Süßwasserfische.

Am nächsten Tag unternahmen sie eine Bootstour quer über den ruhigen See zu dem bezaubernden Städtchen Malcesine am Fuße des Monte Baldo. Auf einem Felsen erhob sich die imposante Skaligerburg.

Sie schlenderten von der Anlegestelle durch den Ort und Sieglinde liebäugelte mit einem Rieseneisbecher in einem verträumten, kleinen Café. Reinhard jedoch plante die Burg zu besichtigen und so stiegen sie bei sengender Hitze durch enge Kopfsteinpflastergassen hinauf.

Während Sieglinde nach Atem rang, sich erschöpft den Schweiß von der Stirn wischte und nach einem schattigen Plätzchen Ausschau hielt, bewunderte Reinhard die Büste von Goethe, der die Burg 1786 während seiner Italienreise besucht hatte. Dort wurde er kurz wegen Spionageverdachts festgehalten. Reinhard fand diese Geschichte total aufregend. Sieglinde war das egal, sie verzehrte sich nach einem Eisbecher. Den sollte sie nicht mehr bekommen. Sie mussten die letzten Meter rennen, um das letzte Boot für die Rückfahrt noch zu erreichen.

Am nächsten Morgen wollte ihr damaliger Verlobter unbedingt wandern und sie unternahmen eine Tour, die sich entlang tiefer Schluchten, steiler Felsabbrüche und mörderischer Geröllfelder über achthundert Höhenmeter erstreckte. Als sie den Gipfel erreicht hatten, war Sieglinde mit ihren Kräften am Ende und ihre Beziehung ebenfalls. Als die Wanderer auf eine schmale Schotterstraße stießen, hielt sie das erstbeste Fahrzeug an und kletterte mit letzter Kraft auf den Beifahrersitz. Der Italiener gab Gas, sodass der Motor aufheulte und ihr Ex-Verlobter in einer grauen Staubwolke und aus ihrem Leben verschwand. Giovanni, so stellte sich ihr Retter vor, war unbeschreiblich dick und verwegen. Sein Gefährt war eine Art Mini-Laster auf drei Rädern mit einem Mopedlenker. Die Kisten mit den geernteten Tomaten rutschten in jeder Haarnadelkurve scheppernd auf der Ladefläche hin und her. Giovanni wollte Sieglinde unbedingt imponieren und bewältigte die Serpentinen in halsbrecherischer Geschwindigkeit. Nur einen Augenblick war er durch den kühnen Blick in ihren Ausschnitt abgelenkt und übersteuerte das Fahrzeug. Es kippte zur Seite und sie landeten mit dem Dach in einem großen Oleanderbusch. Da sie sich selbst nicht befreien konnten, waren sie enorm erleichtert, als ein zufällig vorbeikommender Schafhirte sie aus ihrer verzweifelten Lage rettete. Diesen Urlaub würde sie nie vergessen.

Die Polizistin schnürte die Stiefel, als Eberhard an der Haustür klingelte.

Sie parkten in Leutenbach in der Nähe der neugotischen Kirche Sankt Jakobus und begannen den Aufstieg an einem quirligen Wasserfall und vorbei an den Sinterstufen. Dann überquerten sie die Straße nach Egloffstein und folgten einem alten Kreuzweg bis zum Wanderparkplatz an der Moritzkapelle.

Die vierzehn Stationen des traditionellen Bergkreuzweges wurden 1950 aus Tuffsteinen gemauert und die Darstellungen eingearbeitet. Jahre später versahen Handwerker die Bildstöcke mit Kupferdächern, um sie vor witterungsbedingten Schäden zu schützen.

Am Kirchlein stießen sie auf die Kollegen von Eberhard, die sie mit lautem Hallo begrüßten. Mit unverhohlen neugierigen Blicken musterten sie Sieglinde, die nach Luft schnappte und trotz der eisigen Kälte schwitzte. Der Weg zum Burgstein hoch war beschwerlich, oben jedoch wurden die Wanderer mit einer herrlichen Aussicht auf die kleine Kapelle, die Ortschaft Leutenbach und das Walberla gegenüber belohnt. Es war ein klarer Wintertag und die Sicht war großartig.

Weiter ging es über Seidmar durch den verschneiten stillen Wald und über Fluren nach Hetzelsdorf.

Der kleine Ort lag an der Verbindungsstraße zwischen Pretzfeld und Hundshaupten und war im Mittelalter Sitz eines ritterlichen Dienstmannengeschlechtes gewesen.

Sie kehrten in einer Bauernwirtschaft ein, in deren Privatbrauerei nachweislich seit 1820 gebraut wurde. Sieglinde ließ sich erleichtert in dem angenehm warmen Schankraum auf einer Holzbank nieder.

Nach einer deftigen Brotzeit und einem Krug dunklem Bier holte einer der Lehrer ein Päckchen Karten aus seinem Rucksack und Eberhard und seine Kollegen begannen Schafkopf zu spielen. Sieglinde sah zu und langweilte sich. Sie spielte nicht gerne Karten.

Fast wäre sie eingedöst, als Eberhard plötzlich laut „Raus die Sau" rief. Er war wohl mit seinem Partner auf der Gewinnerstraße und total in seinem Element.

Nach zwei Stunden brachen sie erneut auf und machten sich über die Hochfläche des mit knorrigen Kiefern bewaldeten Reisberges auf den Rückweg. Von dem Plateau aus hatte man einen schönen Ausblick auf das Wiesenttal.

Eberhard lieferte die erschöpfte Sieglinde zu Hause ab, bedankte sich für den schönen Nachmittag und verabschiedete sich mit einem Wangenküsschen. Er musste noch Schularbeiten korrigieren.

Die Polizistin sank auf ihr Sofa und schlief in voller Montur innerhalb von Sekunden ein.

Am Sonntagabend trafen sich die Stammtischmitglieder wie jede Woche im Goldenen Hirsch. Die gemütliche Gastwirtschaft war gut besucht. An den rustikalen Holztischen hatten sich Bauern in Arbeitskleidung, die von der Stallarbeit kamen, und weitere Einheimische niedergelassen. In Ruhe tranken sie ihr Feierabendbier. An einem der Tische war eine lebhafte Diskussion über die Erhöhung des Rentenalters entbrannt.

Ewald, Zornesröte im Gesicht, hieb mit seiner dicken, schwieligen Hand auf die erbebende Tischplatte und rief empört: „Diese politischen Nichtskönner, diese unfähigen Wegelagerer, die haben doch nicht die geringste Ahnung, was das Handwerk des Fliesenlegers für eine Knochenarbeit ist. Soll ich mit sechsundsechzig immer noch mit meinen arthritischen Knien auf dem harten, kalten Fußboden herumrutschen?"

Der Josef nickte zustimmend: „Wenn heutzutage einer nichts kann, heißt das ‚talentfrei', Ewald. Du könntest dich ja mit dem Behindertenfahrdienst vom Seniorenheim zu deinem jeweiligen Arbeitsplatz bringen lassen. Und wenn du an Alzheimer erkrankst, weißt du immer noch, wie man Fliesen verlegt. Du hast nur leider vergessen, wo du sie am Abend vorher deponiert hast. Aber vielleicht kann dir ja ein netter junger Mann, der ein soziales Jahr absolviert, behilflich sein."

Ewald, mittlerweile kurz vor dem Schlaganfall, fuhr mit geballten Fäusten hoch.

„Das war ein Scherz, Ewald, natürlich hast du vollkommen Recht. Meinst du, ich kann mit sechsundsechzig noch morgens um zwei Uhr in meiner Backstube Brot backen? Das Bäckerhandwerk fordert auch seinen Tribut."

Ewald setzte sich wieder.

Kilian, der bäuerliche Philosoph unter den Männern, bemerkte: „Ich finde, dass solche Pappnasen aufgrund mangelnder Lebensleistung derartig folgenschwere Beschlüsse überhaupt nicht fassen dürften. Vielleicht werde ich in Zukunft Protestwähler, Wutbürger bin ich schon.

Eine Runde Birn' für alle", rief er der Bedienung zu.

Um den ovalen Stammtisch hatten sich inzwischen Klarissa und Gregor König sowie Manuela Henneberger mit ihrem Lebensgefährten Klausi versammelt. Er sah, obwohl es Winter war, immer noch unverschämt braun und gesund aus.

Durch die stabile Holztür traten nun Luise und Otto Walz, die einen Obsthandel betrieben, gefolgt von dem Pfarrersehepaar Regina und Theo Engeltal. Ein heftiger Windstoß fegte durch die Wirtschaft.

Die Herzenswärme ausstrahlende Pfarrerin, die in der Gemeinde sehr beliebt und anerkannt war, hatte vor knapp drei Monaten ein entzückendes Zwillingspärchen zur Welt gebracht. Ihr Gatte Theo transportierte die Babys behutsam in einer breiten Babytasche, die er sicher auf der Bank abstellte. Samantha schlief und nuckelte an ihrem rosa Schnuller. Unter dem weißen Baumwollhäubchen lugten hellblonde Löckchen hervor. Samuel, ihr einige Minuten jüngerer Bruder, blickte ernst mit großen dunkelgrauen Augen auf die versammelten, gerührten Stammtischler und brabbelte vor sich hin. Konzentriert griff er mit seinem Babypatschhändchen nach einer gelben Plastikente, die am Innenrand der Tasche baumelte, und drückte zu. Das darauf folgende Quietschen erfüllte ihn mit Begeisterung.

Regina und Theo Engeltal hatten noch drei weitere Kinder, Lea-Sophie, David und Jakob, die von Paulina, einer jungen Frau aus dem Dorf, gehütet wurden. Die Aufgabe, sich mit den lebhaften Pfarrerskindern zu beschäftigen, half ihr über die traumatische Begegnung mit einem grausamen Mörder hinwegzukommen. Er hatte im September die ganze Gegend in Angst und Schrecken versetzt.

Gunda Mirsberger, eine Witwe, gesellte sich auf einen Schoppen Frankenwein zu der Gesellschaft.

Bedrückt sprachen sie vom Tod des alten Pfarrers, der wohl kommende Woche vom rechtsmedizinischen Institut zur Beerdigung freigegeben werden würde.

Die wildesten Gerüchte, die sich ständig änderten und mit grausigen Details versehen wurden, kursierten in der Ortschaft und rund um das Walberla.

Brigitte Schwandtner hatte ihren Mund natürlich nicht halten können und schilderte ihre entsetzliche Entdeckung auf dem Burgstein bereitwillig jedem, der die Geschichte hören wollte, oder auch nicht. Dabei wurden ihre Schilderungen immer abenteuerlicher. Endlich stand sie einmal in ihrem Leben im Mittelpunkt. Tatsache war aber wohl, dass der arme Mann, tot auf dem Schlossberg sitzend und mit einem Strick an einen Baum gefesselt, gefunden worden war. Bekannt war inzwischen auch, dass die Kripo Bamberg die Ermittlungen aufgenommen hatte. Alle gingen von einem Verbrechen aus, natürlich, er hatte sich ja wohl kaum selbst fest gebunden.

„Der arme Baptist", flüsterte Regina, „es tut mir so leid um ihn, was muss er gelitten und durchgemacht haben. Welche Ängste muss er ertragen haben. Wer ermordet denn einen hoch betagten, lieben, alten Mann, der sich immer aufopferungsvoll um seine Gemeinde gekümmert hat? Als ich meine Stelle hier angetreten habe, hat er mir geholfen, mich zurechtzufinden. Obwohl er katholisch war, hatten wir nie Probleme miteinander."

Sie verstummte und rückte zerstreut Samanthas Mützchen zurecht.

„Er war ein guter Pfarrer und immer da für seine Schäfchen, auch wenn sie Kummer hatten", bestätigte Gunda Mirsberger die Ausführungen ihrer besten Freundin.

Manuela Henneberger blickte von der Speisekarte auf und bemerkte: „Hatte er nicht in jüngeren Jahren ein Verhältnis mit seiner Haushälterin, wie hieß sie noch, Hilde Gründonner oder so ähnlich. Man munkelte damals im Ort, dass er sie sogar geschwängert haben soll."

Regina reagierte empört: „Das sind doch nur üble Gerüchte von bösen alten Klatschweibern, Manuela. Sie entbehren jeder Grundlage. Baptist hatte sich unserem Herrn verschrieben."

„Meine Manuela ist kein böses altes Klatschweib", nahm Klausi seine Freundin sofort in Schutz. „Was soll ich dir bestellen, mein Herz?"

Regina lenkte ein. Sie war ein ausgleichender Mensch und wollte keinen Streit: „Ich habe doch nicht Manuela gemeint. Es tut mir leid, wenn das so angekommen ist. Aber ihr wisst doch selbst, dass es in jeder Gemeinde ein paar alte Mütterchen gibt, die jeden Tag in die Kirche laufen und sich hintenherum über jeden das Maul zerreißen."

Klarissa versuchte das Gespräch in andere Bahnen zu lenken, obwohl die Konditoreibesitzerin keineswegs beleidigt schien. Sie konnte austeilen, aber auch einstecken.

„Gibt es schon verdächtige Personen, habt ihr eine Idee, wer dieses schreckliche Verbrechen begangen haben könnte?"

Luise Walz nahm den Faden gerne auf. Sie war ein friedliebender Mensch: „Soweit ich weiß, hatte der alte Pfarrer keine Feinde."

„Vielleicht eine Erbschaftsgeschichte?", rätselte Gregor König.

„Ich glaube, er war nicht ganz unvermögend", ergänzte Otto Walz und strich nachdenklich über seinen Bauchansatz. „Es könnte um das liebe Geld gehen, wie fast immer."

Theo Engeltal betrachtete selig seine beiden jüngsten Kinder, als sich die Wirtshaustür erneut öffnete und der Vorsitzende des Sportvereins, Rainer Rohlederer, den Raum betrat.

In seiner Begleitung befand sich eine junge, zierliche Frau mit rabenschwarzen, glatten, langen Haaren, die er um zwei Köpfe überragte.

„Darf ich Euch Chiyoko Minh Nguyen vorstellen, Chiyoko bedeutet die Schwester von Chiyo. Sie ist heute angekommen und wird eine Woche bei mir zu Besuch bleiben. Sie stammt aus Kambodscha."

Rainer Rohlederer hatte sich in den letzten Wochen, zumindest äußerlich, in einen anderen Menschen verwandelt. Verlassen von seiner Ehefrau wegen eines Tennislehrers, vernachlässigte er seit Monaten sein Erscheinungsbild und wirkte ungepflegt und deprimiert.

Nun waren seine Haare frisch geschnitten, er hatte sich rasiert und sein Aftershave duftete nach Sandelholz. Der Vorsitzende trug einen grauen Anzug und ein blaues Hemd. Auch die ihn ständig begleitende Melancholie, in deren Ausleben er nur von Charlie Chaplin übertroffen wurde, hatte er inzwischen verloren.

Seine Augen leuchteten und er strahlte über das ganze Gesicht. Seine Begleiterin, Chiyoko, die Schwester von wem auch immer, lächelte schüchtern in die Runde. Ihr Gesicht war flach und rund mit hohen breiten Wangenknochen, über die die Haut straff gespannt schien. Ihre lidfaltenlosen, schmalen Augen hatten die Farbe von Kohlen.

Und sie stand auf den ausgeprägtesten O-Beinen, die Manuela Henneberger jemals gesehen hatte.

„Komm, setz dich zu uns, Chiyoko", forderte sie das Mädchen freundlich auf.

Für ihre Anwesenheit war ausschließlich sie verantwortlich, und diese Verantwortung würde sie auch übernehmen. Erst musste die Kleine aufgepäppelt werden. Sie sah ja aus, als wäre sie direkt aus Biafra importiert worden. Immer nur Reis in der Schale, das konnte ja nicht gut gehen. Und dann das dünne rosa Kleidchen mit dem Spitzeneinsatz. Sie musste ihr warme Kleidung besorgen, sonst würde sie hier, im harten, oberfränkischen Winter erfrieren, nachdem sie so einen weiten Weg hinter sich gebracht hatte.

Manuela Henneberger hatte Rainer Rohlederer vor drei Monaten bei der Doku-Soap „Bauer sucht Frau" angemeldet.

Sie musste einfach etwas gegen seine fortschreitenden Depressionen, seine drohende Verwahrlosung und seine Unfähigkeit, eine Frau zu finden, unternehmen. Manuela war eine tatkräftige Frau. Gesagt, getan.

Sie überredete ihn dazu, eine ausführliche Bewerbung an das Fernsehstudio zu schicken, und tatsächlich war er zu einem Kennenlerngespräch und später zu einem Casting eingeladen worden. Dort stellte sich heraus, dass der eher unscheinbare Rainer überraschend fotogen war.

Danach wurde, vor Beginn der Staffel, ein Pilotfilm ausgestrahlt, in dem sich die teilnehmenden Landwirte einer breiten Öffentlichkeit vorstellen konnten. Der Vorsitzende des Sportvereins erhielt in dieser Ausstrahlung, die der gesamte Ort johlend und Daumen drückend vor der Großleinwand in der Wirtschaft verfolgte, die offizielle Bezeichnung „Rainer, der raubeinige Rinderzüchter".

Als Paulina das hörte, zauberte ihr dieser alberne Name zum ersten Mal nach ihrer lebensbedrohlichen Erfahrung ein kleines Lächeln in das blasse Gesicht.

Nach dieser Sendung, in der sich Rainer mit Arbeitshose, kariertem Holzfällerhemd, Gummistiefeln und einer Mistgabel in der Hand in Pose stellen musste, beschloss er auszusteigen. Er vertrat die Ansicht, er hätte sich vor Millionen Menschen bis auf die Knochen blamiert.

Die Stammtischbesatzung war gefordert, ihre sämtlichen Überredungskünste aufzubieten. Das war ein hartes Stück Arbeit.

Als dann jedoch zehn persönliche Briefe von Bewerberinnen eintrafen, war er so begeistert von diesen wundervollen Frauen, dass er zwei davon auswählte, die er bei einem Fest auf der Tenne näher kennenlernten sollte.

Die zarte Chiyoko hatte sogleich sein Herz im Sturm erobert, und Rainer lud sie für eine Woche auf seinen Hof ein. Die andere Bewerberin, eine Blondine aus Kasachstan, die am liebsten Fische mit der Hand aus reißenden Strömen fing und sogleich roh verspeiste, konnte ihn nicht überzeugen. Auf dem Foto, das sie ihm geschickt hatte, war nicht zu erkennen gewesen, dass sie über zwei Zentner wog und Arme wie Schiffstaue hatte. Manuela gestand er, dass Swetlana ihm eine höllische Angst einjagte.

Nun sollte sich die kleine Kambodschanerin auf dem Hof und im Stall beweisen und dabei versuchen, das Herz des Bauern zu gewinnen. Ob dieses Unterfangen zu einer Beziehung oder gar zu einer Hochzeit führte, würde man nach der Staffel in einer Finalshow erfahren.

Die Erlebnisse der jungen Frau auf einem Bauernhof und das Verhältnis der beiden Protagonisten wurden natürlich kontinuierlich gefilmt und dem Publikum in der wöchentlichen Doku-Soap präsentiert.

Rainer erklärte: „Chiyoko kann nur ein paar Worte Deutsch und ein wenig Englisch, aber wir kommen schon klar. Am liebsten mag sie Nudelsuppe und Fisch mit Reis."

Fürsorglich bestellte er bei der verblüfften Wirtin des Goldenen Hirschs Fischfilet mit gekochtem Reis. So ein Gericht hatte hier noch nie jemand bestellt. Aber sie wollte sich nicht lumpen lassen. Ihre Küche war zu allem fähig.

Als sie die Mahlzeit servierte, kramte Chiyoko in ihrer Handtasche nach Stäbchen und begann hungrig zu essen.

Samantha wachte auf, wollte auf den Arm ihres Vaters und beobachtete fasziniert die junge Frau.

Montag, 12. Dezember

Die Kanzlei des von Baptist Gößwein eingesetzten Nachlassverwalters, des Notars Hanno von Örtzen, befand sich in der Forchheimer Fußgängerzone im ersten Stock in einem vornehmen Stadthaus aus der Gründerzeit.

Zu der mit Bleiglasfenstern durchbrochenen Eingangstür führten breite, matt glänzende, ausgetretene Holzstufen.

Eine unscheinbare Sekretärin, bekleidet mit einem moosgrauen Twinset und einer Perlenkette um den Hals, führte sie in das Wartezimmer.

Sie zeigte auf eine helle Sitzgruppe aus Leder: „Nehmen Sie doch bitte Platz, Herr von Örtzen ist gleich für Sie zu sprechen. Möchten Sie eine Tasse Kaffee?"

Die beiden Kommissare verneinten und die Sekretärin verschwand lautlos.

Auf dem Tisch neben einer bauchigen Glasvase, in der weiße und blaue Margeriten arrangiert waren, lagen Tageszeitungen, Wochenmagazine und die letzten Ausgaben einer Fachzeitschrift für Angler.

Der Notar betrat dynamisch den Raum, begrüßte die Beamten mit festem Händedruck und bat sie höflich in sein Büro. Der Kommissar stellte seine Kollegin und sich vor.

Durch das gekippte, hohe Fenster drangen Geräusche vom nahen Paradeplatz herüber, wo ein geschäftiges Treiben herrschte. Markthändler bauten ihre Obst- und Gemüsestände auf und riefen sich ein fröhliches „Guten Morgen!" zu.

Der hochgewachsene, auffällig dünne Notar, entsprechend seiner Position mit einem eleganten Anzug, weißem Hemd und Krawatte, nahm hinter seinem Schreibtisch Platz. Aus seinem langen, hageren Gesicht ragte eine spitze, am Ende gekrümmte Nase. Schwere Lider ruhten auf den verwässerten blauen Augen.

Auf der dicken Glasplatte vor ihm lagen ein Notizblock und ein schwarzer Füllfederhalter mit goldenen Initialen, sonst nichts. Entweder hatte er nicht viel zu tun, oder er beabsichtigte jedem seiner Besucher den Eindruck zu vermitteln, er würde sich ausschließlich auf sie konzentrieren, vermutete Gerd Förster.

Hanno von Örtzen blickte sie mit ernster Miene an und ergriff das Wort.

„Ich habe den richterlichen Dursuchungsbeschluss in der Sache des verstorbenen Baptist Gößwein per Boten erhalten und ich gehe davon aus, Sie oder Ihre Dienststelle ebenfalls in Kopie. Ich bin deshalb in der Sache von meiner allgemeinen Schweigepflicht entbunden. Wie kann ich Ihnen behilflich sein?"

„Herr von Örtzen, es deutet alles auf ein brutales Verbrechen hin, und deshalb haben wir einige Fragen an Sie, deren Beantwortung zur Klärung uns eventuell weiterhelfen kann", erwiderte der Kommissar.

Der Notar nickte ernst. „Ja, ich habe zuerst aus der Zeitung von seinem Ableben erfahren, eine schreckliche Geschichte. Er war ein sympathischer alter Herr, sehr belesen und gebildet. Ich habe mich immer gerne mit ihm unterhalten, wenn wir uns eher zufällig getroffen haben. Sie müssen wissen, wir teilten nämlich eine Leidenschaft, das Angeln in der Regnitz. Leider konnte er in den letzten Jahren aufgrund altersbedingter Gebrechen seinem Hobby nicht mehr so oft frönen."

Mandy Bergmann übernahm das Gespräch. „Wir haben im Rahmen der Ermittlungen in seinem Haus, genau gesagt in seinem Sekretär, die Zweitschrift eines Testaments gefunden. Es ist auf den 30.11.2018 datiert. Er hat Sie als Nachlassverwalter eingesetzt und nach den Stempeln zu schließen, haben Sie es auch aufgesetzt und verwahren das Original. Unserem Anschein nach handelt es sich um ein zweites oder geändertes Testament und nicht um das ursprüngliche. Das hat er, oder Sie, außer Kraft gesetzt."

„Es stimmt so, wie es darin steht, und es gibt kein anderes Testament mehr. Und richtig, ich habe es nach seinem Willen aufgesetzt. Das heißt, nicht ganz. Hätte ich es so verfasst, wie er es wollte, dann hätte sein Neffe ihn posthum verklagt." Der Notar lächelte. „Aber Spaß beiseite. Ich habe ihn noch nie so aufgebracht erlebt. Er war eigentlich die Ruhe in Person. Und um

71

ihre Frage zu beantworten: In seinem ersten Testament sollten sein Neffe, Romeo Gößwein, und seine ehemalige Haushälterin, Hildegard Gründonner, sein gesamtes Vermögen in gleichen Teilen erhalten. Er hielt ja nicht besonders viel von seinem Neffen, aber es war sein einziger lebender Verwandter. Er hatte die Hoffnung, dass sich durch den Geldsegen noch alles zum Guten wenden würde. Aber dann kam es zu einem folgenschweren Zwischenfall, den außer den direkt beteiligten Personen wohl nur ich kenne. Deshalb möchte ich es Ihnen erzählen. Es war mit Sicherheit der Auslöser für die neue Erbfolge. Denn daraufhin setzte er das Testament außer Kraft. Herr Gößwein vertrat die Ansicht, dass zu einem redlichen erfüllten Leben auch Arbeit und Verantwortung gehören. Sein Neffe, so erzählte er mir, hielt oder hält nichts von einem festen Arbeitsplatz, lebt in den Tag hinein und, ich zitiere, er wird immer blöder, noch fauler, und inzwischen befürchte ich, dass er Drogen nimmt.

Da sein Neffe von sich aus also nichts tat, ergriff er die Initiative, ließ seine guten Beziehungen spielen und besorgte ihm eine Arbeitsstelle. In der Nachbargemeinde wurde ein Hausmeisterhelfer gesucht. Dessen Aufgabe war es unter anderem, die Kirche und alles darum herum in Ordnung zu halten, kleinere Reparaturen und Ausbesserungen vorzunehmen und Schäden dem Hausmeisterbüro zu melden. Auch für die Zeitschaltuhren der Glocken wäre er zuständig gewesen. Und er sollte den beiden anderen Gemeindemitarbeitern zur Hand gehen. Es war, oder es ist ja noch immer, eine gut bezahlte Vollzeitstelle bei großzügiger Arbeitszeiteinteilung. Und auf solchen Arbeitsplätzen bringt man sich nicht vor lauter Plagerei um. Wenn jemand seine Arbeit ordentlich macht, ist es eine sichere Sache."

„Das hört sich doch gut an", bestätigte die Kommissarin. „Und was geschah weiter?"

„Nun, sein Neffe spielte nicht mit. Er bekam einen Tobsuchtsanfall, betrank sich und muss gebrüllt haben, dass man es in Rödlas noch gehört hat. Dass er sich nicht ausbeuten lässt, dass er niemals fremdbestimmt arbeiten wird, er sei schließlich ein Freigeist, und dass er mit dem ganzen religiösen Brimborium nichts zu tun haben will. Seine Freundin Doreen, an die sich Herr Gößwein Hilfe suchend wandte, stellte sich voll und ganz hinter ihren Lebensgefährten, mit dem Argument, ihre gemeinsame Tochter und auch sie bräuchten ihn in ihrer Nähe. Daraufhin änderte der alte Pfarrer voller Enttäuschung sein Testament."

„Wissen die Erben von dem ersten Testament und eventuell auch von dem jetzigen?", fragte der Kommissar.

„Ich habe keine Information darüber, ob er es ihnen gesagt hat. Über seinen früheren letzten Willen wussten sie beide Bescheid. Und Herr Gößwein, so denke ich, hat es seinem Neffen nicht gesagt, da er erwähnte, dass er für ihn gestorben war."

„Warum vererbt ein Mann Gottes alles seiner ehemaligen Haushälterin und bedenkt seine Kirche im Testament nicht?", hakte die Kommissarin nach. „Das finde ich schon sehr seltsam. Auch dass ein Pfarrer überhaupt solch ein Vermögen besitzt."

„Die Frage, woher sein Vermögen stammt, kann ich Ihnen nicht beantworten." Der Notar lächelte erneut. „Und ich glaube, die erste Frage sollten Sie Frau Gründonner persönlich stellen, wenn es überhaupt relevant ist. Ich könnte darüber als Privatmann nur spekulieren, das würde in der Sache aber nicht weiterhelfen."

Sieglinde Silberhorn stapfte genervt durch den Schnee. Sie hasste die Kälte und die rutschigen Gehsteige. Der eisige Wind blies ihr ins Gesicht, und sie zog den dicken grünen Wollschal fester um den Hals und vor die rote Nase.

Die Polizistin war auf der Suche nach den Organisatoren des Nikolausfestes. Das Sportheim lag verlassen neben den beiden Fußballfeldern, die Tür war verschlossen.

Ihre nächste Anlaufstelle war der Goldene Hirsch. Erleichtert, ihr Ziel erreicht zu haben und der Schneeluft zu entfliehen, trat sie rasch in die Gastwirtschaft.

Hinter der langen Theke polierte die Wirtin Gläser. Aus dem Radio erklang ein alter Schlager von Ronny mit seiner tiefen Stimme. Alles klar, Radio Bamberg „Wunschkonzert".

Die Wirtin blickte auf und grüßte freundlich. Sieglinde bestellte einen Milchkaffee, trank ihn stehend am Tresen und ließ ihre Blicke neugierig durch den Gastraum schweifen. Um einen Tisch saßen drei Männer, die ein Schnorgelbrett vor sich aufgebaut hatten und auf der leicht schrägen Glasplatte hinter einer durchgezogenen Linie neun kleine Kegel aufstellten. Ansonsten war die Wirtschaft leer, es war später Vormittag.

„Ich suche Mitglieder des Stammtisches, die die Nikolausfeier organisiert haben", wandte sich Sieglinde an die Wirtin.

Die wies mit dem Kopf auf die drei Gäste: „Sie haben Glück, da sitzen drei davon, sie sind eben von ihrer Frühschicht gekommen."

Sieglinde näherte sich der Runde: „Hilfe, Polizei", rief so ein Komiker. Die Polizistin straffte die Schultern und fixierte ihn streng. „Ich ermittle im Mordfall Baptist Gößwein, das ist eine ernst zu nehmende Angelegenheit. Wie heißen Sie, junger Mann?" Unaufgefordert nahm sie Platz.

Der angesprochene Gast stellte sein Bier auf den Deckel und antwortete erschrocken: „Richard Paulus."

„Gut, Herr Paulus, ich habe eine Frage, es ist sehr wichtig. Können Sie sich erinnern, ob der alte Pfarrer das Nikolausfest besucht hat?" Sie schaute fragend in die Runde.

„Baptist Gößwein? Also, ich habe ihn nicht gesehen, aber ich stand die ganze Zeit am Grill. Habt ihr ihn gesehen?", er wandte sich an die anderen Männer.

Sie schüttelten beide die Köpfe.

„Nein, ich glaube nicht, dass er auf dem Fest war. Er lebte seit einigen Jahren sehr zurückgezogen, wissen Sie, wahrscheinlich aufgrund seines hohen Alters. Er ließ sich nur noch selten blicken. Und am Dienstagabend gab es Glatteis, das hat ihn vielleicht zusätzlich abgeschreckt."

„Wer war für den Dienst am Glühweinstand zuständig?"

„Ich", meldete sich der Mann, der direkt neben der Polizistin saß und gerade die dickere Bärbel in die Mitte der Holzkegel platzierte.

„Sind Sie trotz des Trubels, der an diesem Abend vermutlich herrschte, sicher, dass Baptist Gößwein nicht anwesend war und Kinderglühwein getrunken hat?"

„Ich habe ihn nicht gesehen. Und wenn er Kinderglühwein verlangt hätte, wäre mir das gewiss aufgefallen."

„Warum, was ist daran so besonders?"

„Der alte Pfarrer hätte Glühwein getrunken, aber ganz bestimmt nicht dieses gefärbte Zuckerwasser."

Der dritte Mann nickte bestätigend und setzte den Kreisel auf die Glasplatte.

Sieglinde Salome Silberhorn beschloss nach der schwierigen Befragung eine wohlverdiente Pause einzulegen und verabschiedete sich von den drei „Schnorglern".

Sie betrat die Konditorei von Manuela Henneberger und setzte sich an einen runden Bistrotisch.

Eine kleine Schiefertafel lehnte an der schmalen Vase, in der eine gelbe Rose steckte. Darauf wurde das Angebot des Tages angepriesen. Schokoladentorte mit Sauerkirschen und eine Tasse Kaffee, drei Euro.

Die Konditoreibesitzerin musterte neugierig ihren uniformierten Gast. „Gibt es etwas Neues? Wir hoffen alle, dass der Mörder vom alten Baptist bald überführt wird."

Sieglinde winkte, ganz Profi, entschieden ab. „Darüber darf ich keine Auskunft geben."

Dann bestellte sie das Tagesangebot und eine Baiser-Rolle mit Erdbeeren und Sahne noch dazu. Bei dieser Kälte verbrauchte der Körper enorm viele Kalorien, die ihm unbedingt wieder zugeführt werden mussten. Außerdem mochte Eberhard keine ausgemergelten Hobbergaasen.

Manuela Henneberger servierte den Kuchen und einen großen Humpen Kaffee. Aufmerksam hatte sie ein sternförmiges, mit Glasur überzogenes Weihnachtsplätzchen als Geschenk des Hauses dazugelegt.

„Unsere tüchtige Polizei muss ordentlich essen", meinte sie. „Und wissen Sie, Frau Polizistin, so schlimm, wie es ist mit diesen Verbrechen hier in unserer Gegend, aber so ein gewisses Ganovenflair steigert meinen Umsatz."

Nach dem aufschlussreichen Gespräch mit dem Notar Hanno von Örtzen beschlossen die Kommissare dem Neffen von Baptist Gößwein, Romeo Gößwein, einen unangemeldeten Besuch abzustatten. Im Laufe ihrer langjährigen Ermittlungsarbeiten hatten sie die Erfahrung gemacht, dass man einen authentischeren Eindruck von Menschen und ihrer Lebenssituation gewann, wenn man sie unvorbereitet zu Hause überraschte.

Ein leichter Schneefall hatte eingesetzt, die fahle Wintersonne verzog sich hinter den sich immer dichter aufschichtenden Wolken. Feine weiße Häubchen bedeckten die Kiefern und Lärchen, die ihren Weg säumten. Eine zauberhafte, hügelige Winterlandschaft breitete sich vor ihnen aus. Auf einer Lichtung, umschlossen von hohen Tannen, ästen Rehe an einer Futterkrippe.

„Ich halte Romeo Gößwein für äußerst verdächtig", überlegte Mandy und schaltete die Heizung höher. „Er hat ein starkes Motiv. Der Mann wollte an das Erbe und endlich über viel Geld verfügen, eventuell hat er den alten Pfarrer deshalb umgebracht. Ich gehe davon aus, dass ihn Baptist Gößwein über seine folgenschwere Meinungsänderung nicht informiert hat."

„Das werden wir bald herausfinden", antwortete der Kommissar. „Aber sein Onkel war neunundachtzig Jahre alt, er hätte nicht mehr ewig gelebt. Warum hat er nicht einfach abgewartet?"

„Ich vermute, er hat die Geduld verloren. Und er war wütend auf seinen Onkel, weil er von ihm erwartete, dass er eine Arbeitsstelle annehmen soll und die Ansicht vertrat, dass es eine Schande ist, wenn sich so ein junger Mann und seine Familie vom Sozialamt ernähren lassen."

„Aber warum dann dieses bizarre Szenario? Warum schleppt er ihn auf einen Berg und bindet ihn dort an einem Baumstamm fest? Er hätte einen häuslichen Unfall vortäuschen können, ihn die steile Kellertreppe hinunterstoßen, zum Beispiel."

Die Kommissarin grinste: „In dir steckt eine gewisse kriminelle Energie, mein Lieber. Nein, Spaß beiseite. Die Umstände des Verbrechens sollten ein Ablenkungsmanöver sein, um uns auf die falsche Fährte zu locken. Ich tippe auf einen Mord aus Habgier, wie so oft."

„Mir gehen die Ausführungen des Geschichtsprofessors nicht aus dem Kopf. Vielleicht steckt doch etwas anderes dahinter."

Gerd Förster konzentrierte sich auf das Fahren. Die schmale, gewundene Straße wurde immer glatter. An einer steilen Stelle geriet der schwere Wagen ins Rutschen und er schaltete hoch in den dritten Gang. Das Fahrzeug gehorchte nun wieder und sie näherten sich, nachdem sie Weingarts und Walkersbrunn hinter sich gelassen hatten und rechts abgebogen waren, der Ortschaft Ermreuth. Sie lag an der Ostseite des Hetzleser Berges in einem Talkessel und war von unzähligen Obstbäumen umgeben.

Ermreuth hat eine interessante jüdische Vergangenheit. Hier siedelten sich Juden an, die wahrscheinlich aus Nürnberg vertrieben worden waren.

„Vor einiger Zeit hat hier eine paramilitärische, bis zu den Zähnen bewaffnete Gruppe mit nationalsozialistischem Hintergrund die Gegend unsicher gemacht", erzählte der Kommissar. „Sehr zum Leidwesen der einheimischen Bevölkerung, die dieses Treiben ganz und gar nicht guthieß. Die Bande hauste im alten Schloss und hielt in den nahen Wäldern ihre Kampfübungen ab. Es gibt hier eine Synagoge und einen jüdischen Friedhof. Zum Glück ist inzwischen wieder Ruhe eingekehrt."

Mandy lauschte interessiert. Dann suchten ihre Blicke die Rödlaser Straße 14. Sie vertrat konsequent die altmodische Ansicht, dass die ausschließliche Benutzung eines Navigationsgerätes längerfristig die absolute Unfähigkeit, sich zu orientieren, zur Folge haben würde.

„Jetzt bin ich aber neugierig auf diesen missratenen Neffen", bemerkte sie. „Hoffentlich hält er sich in seiner Wohnung auf."

„Davon gehe ich aus", entgegnete der Kommissar. „Er arbeitet nicht und bei diesem Wetter schickt man keinen Hund vor die Tür. Nur Polizisten."

Das Gebäude Rödlaser Straße 14 war ein zweistöckiges Mietshaus mit sechs Parteien. Es wirkte etwas heruntergekommen, die ehemals weiße Farbe hatte einen gräulich schmutzigen Ton angenommen und blätterte großflächig ab. Namenlose Schilder neben den Klingelknöpfen gaben keine Auskunft über die Bewohner. Unten links jedoch klebte ein schiefer Papierstreifen, auf den mit Kugelschreiber die Namen R. Gößwein und D. Hauke gekritzelt waren.

Die beiden Fenster, die zur Straße führten, starrten dunkel und vorhanglos in den grauen Wintertag. Eine verkümmerte Topfpflanze war hinter der einen Scheibe zu erkennen.

Sie traten durch die unverschlossene Haustür und gingen an verbogenen, aufgebrochenen Briefkästen vorbei, unter denen sich Reklameheftchen stapelten, die im Windzug aufflatterten. Dann stiegen sie einige ausgetretene, lange Zeit nicht mehr gereinigte Treppenstufen hoch.

Neben der Wohnungstür stand ein Buggy, in dem eine Puppe mit riesigen blauen Glasaugen und bekleidet mit einem rosa Schneeanzug saß.

Die Kommissarin klingelte.

Kurz darauf wurde die Tür geöffnet und vor ihnen stand eine junge Frau, die sie misstrauisch musterte. Sie trug eine enge schwarze Leggins, unter der sich stramme Schenkel abzeichneten, und silberne Ballerinas. Über ihrem tief ausgeschnittenen, dünnen Pullover trug sie eine gelbe, aus der Form geratene Strickjacke.

Auf ihrer linken Hüfte hielt sie ein Kleinkind an sich gepresst, in ihrer rechten Hand qualmte eine Zigarette.

Das Baby trug nur eine Windel und schien zu frieren. Runde dunkle Augen mit langen Wimpern in einem pausbäckigen Gesicht betrachteten sie neugierig. Das Kind lutschte hingebungsvoll an einem Keks, dessen Schokoladenüberzug um seinen Mund verschmiert war.

„Was wollen sie?", fragte die Frau in barschem Ton und zog an ihrer Zigarette.

Ihre blonden, schulterlangen Haare zeigten einen dunkelbraunen Ansatz, dicke grüne Kajalstriche umrahmten die kleinen Augen. Dem Kommissar fielen ihre Fingernägel auf, die unnatürlich lang gewachsen und mit sternförmigen, lilafarbenen Glitzersteinchen verziert waren.

Sie zeigten ihre Ausweise. „Kripo Bamberg, wir möchten gerne mit Romeo Gößwein sprechen. Er ist doch da? Dürfen wir hereinkommen?"

Die Frau konnte ihren Schreck nicht ganz verbergen. Dann fasste sie sich und bat die Kommissare in die Wohnung. Sie führte sie ins Wohnzimmer, räumte hastig Zeitschriften und Kinderspielzeug beiseite und bot ihnen dann einen Platz auf dem Sofa an.

Es war kühl in dem Zimmer, das eine karge Einrichtung aufwies. Die abgewetzte braune Cordcouch wurde durch zwei nicht dazu passende Sessel ergänzt. Ein Berg Wäsche türmte sich auf der Fläche der einen Sitzgelegenheit. Auf dem einfachen, niedrigen Tisch standen ein voller Aschenbecher, eine Tasse Kaffee und eine aufgerissene Keksschachtel.

Auf einem Sideboard gegenüber dem Sofa thronte ein großer Flachbildschirm, auf dem gerade eine Gerichtssoap lief. Zwei Kontrahenten mit gepiercten Nasen und Ohren schrien sich gerade an und beschimpften sich hemmungslos in einer primitiven, grammatikalisch bedenklichen Ausdrucksweise. Kahle Wände, ein geschmackloser brauner Wohnzimmerschrank und ein Bodenfilzbelag von undefinierbarer Farbe ließen in dem Raum keinerlei Heimeligkeit aufkommen.

Nur eine rosafarbene Wolldecke, die auf dem Boden ausgebreitet lag und von der das Konterfei von Prinzessin Lillifee, deren Krönchen schief auf dem Kopf saß, lächelte, verlieh dem Zimmer einen fröhlichen Farbtupfer.

Die Frau, die sich als Doreen Hauke, Lebensgefährtin von Herrn Gößwein, vorgestellt hatte, bettete ihr Kind liebevoll und behutsam auf die weiche Decke und drückte ihm einen bunten Bauklotz in die Hand. Eingehend studierte das kleine Mädchen sein Spielzeug und plapperte zufrieden vor sich hin.

„Romeo schläft noch", informierte seine Mutter die Polizei. „Dann wecken Sie ihn bitte auf", antwortete Mandy. „Sie haben ein entzückendes kleines Mädchen, wie heißt es denn?"

Doreen Hauke lächelte erfreut und erwiderte stolz: „Cayenne Blue, sie ist superlieb und superclever."

„Frau Hauke, Ihr Kind friert. Wollen Sie ihm nicht etwas anziehen?"

Die Freundin von Romeo Gößwein versicherte eilig: „Natürlich, Frau Kommissarin, das hatte ich vor, als Sie an der Tür klingelten."

Sie wühlte in dem Wäscheberg und zerrte eine pinkfarbene, winzige Strumpfhose, ein langärmliges Hemd und einen dicken Pullover aus dem Stapel. Während sie ihre Tochter ankleidete, quietschte diese vor Vergnügen.

„Cayenne Blue möchte jetzt ihre Milchflasche, ich hole sie rasch aus der Küche."

Auf dem Weg dorthin klopfte sie zaghaft an eine Tür und rief: „Romeo, Schatz, die Kripo Bamberg ist da und will dich sprechen."

Das kleine Mädchen sog am Gummiaufsatz ihrer Flasche, die sie geschickt mit den Patschhändchen festhielt. Doreen Hauke klopfte erneut an die Schlafzimmertür: „Romeo, kommst du jetzt bitte."

Eine raue Stimme brüllte: „Du dämliche Schlampe, was machst du für einen Radau. Es ist mitten in der Nacht. Verzieh dich, aber etwas plötzlich."

Cayenne Blue nuckelte unbeirrt weiter am Sauger. Jetzt verlor Mandy die Geduld. Nach vier Schritten erreichte sie die Schlafzimmertür und trommelte dagegen: „Kripo Bamberg, Herr Gößwein, wir wollen mit Ihnen über den Tod Ihres Onkels Baptist Gößwein reden. Kommen Sie jetzt heraus, oder soll ich Sie holen?"

Ein verächtliches Grunzen war zu vernehmen. Die Kommissarin erhob gerade die Faust, um erneut zu klopfen, als die Tür aufgerissen wurde und ein aufgebrachter Mann sie mit zornesrotem Gesicht anschrie: „Was wollen Sie von mir? Sie können nicht einfach in mein Schlafzimmer eindringen. Ich habe ein Recht auf meine Privatsphäre. Unbescholtene Bürger aus dem wohlverdienten Schlaf reißen. Ich werde mich über Sie beschweren."

Als Mandy seine Fahne roch wurde ihr leicht übel. Angewidert wich sie einen halben Meter zurück. Hinter dem wütenden Mann konnte sie in dem abgedunkelten Raum ein breites Bett wahrnehmen, auf dem zerwühlte, nichtbezogene Kissen und Decken lagen. Aus dem kleinen Zimmer drang ein scharfer Geruch wie aus einem Raubtierkäfig. Über dem gewaltigen Bierbauch Romeo Gößweins spannte sich ein schwarzes T-Shirt mit einem weißen Totenkopf. Aus seinen grauen Boxershorts ragten kurze, unförmige, schwarz behaarte Beine. Seine langen, dunklen Haare wurden mit einem Gummiband zusammengehalten. Die blutunterlaufenen Augen wirkten verschlafen. Das aufgedunsene Gesicht mit der Knollennase und dem schmallippigen Mund ließen bei der Kommissarin kein Gefühl der Sympathie aufkommen.

Sie hob beschwichtigend ihre Hände und sprach ihn, um Deeskalation bemüht, mit ruhiger Stimme an: „Immer mit der Ruhe, Herr Gößwein. Wir wollen nur mit Ihnen reden und haben ein paar Fragen. Kommen Sie doch bitte mit ins Wohnzimmer."

Romeo Gößwein schob sich an ihr vorbei, lief barfuß in die Küche, riss die Kühlschranktür auf und nahm sich eine Flasche Bier heraus. Dann marschierte er ins Wohnzimmer, warf die Wäsche auf den Fußboden und ließ sich in den Sessel fallen. Mit seinen gelblichen, schiefen Zähnen entfernte er gekonnt den Kronkorken vom Flaschenhals und nahm einen großen Schluck. Dann zündete er sich eine Zigarette an und musterte die Kommissare feindselig. Cayenne Blue strahlte ihren Vater an, der das kleine Mädchen in seinem Zorn gar nicht wahrnahm. Sie brabbelte etwas, das so wie „Papi" klang.

„Möchtest du nicht lieber einen Kaffee trinken?", fragte Doreen Hauke vorsichtig.

„Halt den Mund", herrschte ihr Lebensgefährte sie an und wandte sich dann den Kommissaren zu.

„Also, was gibt es?"

Gerd Förster begann: „Herr Gößwein, Sie haben doch sicherlich vom Tod Ihres Onkels, Baptist Gößwein, gehört?"

„Ja, natürlich, alle reden darüber. So ein brutales Ende hat er dann doch nicht verdient, der alte Sack."

„Wie war Ihr Verhältnis zu Ihrem Onkel?"

„Es war nicht besonders innig, wir hatten unterschiedliche Lebensauffassungen."

„Hatten Sie manchmal oder öfter Streit?"

Der Mann schüttelte den Kopf: „Nein, was der Alte von sich gab, interessierte mich überhaupt nicht. Wir haben uns auch nur selten getroffen, immer hat er wegen Arbeit genervt. Ich lebe aber nach meinen Vorstellungen."

„Gab es nicht kürzlich eine Auseinandersetzung, weil er Ihnen einen Job besorgt hatte, den Sie nicht annehmen wollten?"

Der Neffe winkte ab: „Ich habe mich kurz aufgeregt, weil er sich wieder in mein Leben einmischen wollte. Ich habe von ihm ausdrücklich und unmissverständlich gefordert, sich in Zukunft aus meinen Angelegenheiten herauszuhalten."

„Waren Sie nicht vielleicht so wütend auf Ihren Onkel, dass Sie beschlossen haben, ihn endgültig aus dem Weg zu räumen?"

Der Befragte brauchte eine Weile, bis der Sinngehalt dieser Frage in sein benebeltes Hirn drang.

Dann fuhr er aus seinem Sessel hoch: „Wollen Sie mir etwa den Mord in die Schuhe schieben?" Seine Augen funkelten den Kommissar aufgebracht an.

„Ganz ruhig, Herr Gößwein. Das sind reine Routinefragen. Bitte nehmen Sie wieder Platz. Wo waren Sie letzte Woche in der Nacht von Dienstag auf Mittwoch zwischen zweiundzwanzig Uhr und zwei Uhr früh?"

Der Befragte sah seine Freundin hilfesuchend an: „Wo waren wir, Doreen?"

„Wir waren bei Freunden in Forchheim und haben Nikolaus gefeiert. Weil es spät wurde, haben wir dort übernachtet. Unsere Freunde können das bezeugen, Romeo hat ein Alibi", behauptete sie triumphierend.

Der nickte höchst zufrieden: „Sehen Sie, mich kriegt ihr nicht dran."

„Wir werden das überprüfen, Herr Gößwein. Schreiben Sie uns Namen und Adresse Ihrer Freunde auf."

Doreen Hauke kritzelte eifrig etwas auf ein Stück Papier.

„Haben Sie eine Vermutung, wer Ihrem Onkel das angetan haben könnte, hatte er Feinde?"

Gößwein wirkte uninteressiert: „Nicht, dass ich wüsste, keine Ahnung."

Mandy Bergmann fragte weiter. Sie würde den Kerl schon noch aus der Reserve locken: „Sagen Sie, erben Sie eigentlich etwas von Ihrem Onkel?"

Jetzt lehnte sich der Neffe entspannt zurück, trank die Flasche in einem Zug aus, streckte seine bleichen, haarigen Beine von sich und grinste breit: „Allerdings, seine Haushälterin, Hildegard Gründonner, und ich sind zu gleichen Teilen als Erben eingesetzt. Dagegen werde ich aber klagen. Ich bin schließlich sein einziger leiblicher Verwandter. Mir steht das gesamte Erbe zu. Ich habe mich schon informiert."

Er räkelte sich genüsslich in seinem Sessel: „Hol mir noch ein Bier, Doreen, beweg deinen Arsch in die Küche."

An die Kommissare gewandt fuhr er fort: „Wir sprechen hier übrigens von ungefähr einer halben Million Euro."

„Haben Sie schon Pläne, was Sie mit dem Erbe anfangen wollen?", fragte ihn Mandy.

„Allerdings, ich werde mit meiner Familie in das alte Pfarrhaus ziehen. Diese Bruchbude hier ist nicht der angemessene Rahmen für uns. Natürlich werde ich das Anwesen nach modernsten, architektonischen Gesichtspunkten renovieren lassen. Ich habe da schon meine Vorstellungen. Ein Flügel wird für meine Tochter ausgebaut. Alles in Rosa wie bei Prinzessin Lillifee. Im Garten lasse ich einen großen Swimmingpool bauen, umgeben von edlen Holzplanken, auf denen man sich sonnen kann.

Cayenne Blue wird Ballettunterricht und Reitstunden bekommen und meiner Lebensgefährtin richte ich ein schickes Nagelstudio ein, das ist ihr größter Wunsch."

Doreen Hauke stellte eine geöffnete Flasche Bier vor ihn auf den Tisch und strahlte ihn an: „Romeo, du erfüllst mir meinen Traum?" Sie küsste ihn auf die Stirn.

„Natürlich, Kleines, ich sorge für meine Familie", erwiderte er selbstgefällig. „Womöglich machen wir noch einen kleinen Romeo."

Dann fuhr er fort: „Ja, die Eigentumswohnung in Forchheim und das Ferienhaus im Bayerischen Wald werde ich verkaufen. Wer will schon seinen Urlaub dort verbringen, wo sich Hase und Igel gute Nacht sagen?

Ich stelle mir in naher Zukunft einen längeren Urlaub in einem Fünfsternehotel an der türkischen Küste vor. All inclusive natürlich. Dort bringt einem das Personal die Cocktails bis an den Pool, habe ich gehört. Cayenne Blue kann im Mini-Club mit anderen Kindern spielen und Doreen und ich lassen uns die Sonne auf den Bauch brennen.

Vielleicht machen wir auch einen auf Kultur, es soll da unten antike Stätten geben."

Doreen kicherte begeistert.

„Ein schöner Traum, Herr Gößwein", Mandy sah ihn aufmerksam an.

„Das ist kein Traum, Frau Bergmann, das ist die Realität. Wir werden in Zukunft in besseren Kreisen verkehren."

„In Ordnung. Wenn Ihr Onkel von der Rechtsmedizin freigegeben wird, kümmern Sie sich dann um die Beerdigung?"

„Warum nicht? Ich kann mir das jetzt leisten. Der Alte soll einen würdigen Abschied haben."

„Danke, Herr Gößwein. Wenn wir noch Fragen haben, kommen wir auf Sie zu."

Die Kommissarin saß kurz nach achtzehn Uhr in ihrem plüschigen Lieblingscafé am Bamberger Marktplatz und genoss die Ruhe sowie einen großen Cappuccino, dessen aufgeschäumte Milch mit Zimt bestreut war. Herrlich, und genauso gut wie auf La Palma.

Auf einem schmalen, lackierten Tisch an der in einem warmen, terrakottafarbenen Ton gestrichenen Wand lagen fächerförmig ausgebreitet alle wichtigen Tageszeitungen, politische Magazine und Zeitschriften für jeden Geschmack.

Kurz bevor die Verkäufer an den einladenden Einkaufständen Feierabend machten und zusammenpackten, hatte sie an einem überbordenden Obst- und Gemüsestand einer freundlichen, türkischen Frau einige Köstlichkeiten eingekauft. Sie wollte zum Abendessen einen Bauernsalat zubereiten und brauchte dafür Tomaten, Gurken und Paprikaschoten. Dazu wählte sie eingelegte, schwarze Oliven, Peperoni und ein Stück Schafskäse sowie zwei Sesamkringel. Die nette Frau mit dem Kopftuch hatte ihr eine kleine Flasche Villa Doluca geschenkt.

Sie nahm einen Schluck von ihrem Kaffee und dachte über ihren ereignisreichen Arbeitstag nach. Am Nachmittag im Büro hatten Gerd Förster und sie die Befragung von Romeo Gößwein diskutiert. Sieglinde Silberhorn hatte den Auftrag erhalten, sein Alibi zu überprüfen. Dann würde man weitersehen.

Morgen, rechtzeitig zu ihrer gemeinsamen Besprechung, sollte der toxikologische Befund vorliegen.

Außerdem planten sie ein Gespräch mit Hildegard Gründonner, der ehemaligen Haushälterin des Pfarrers.

Ein weiterer interessanter Aspekt hatte sich an diesem Nachmittag ergeben. Sie erhielten einen Anruf von einer alten Frau, die eine Beobachtung melden wollte. Die Zeugin wohnte in Haidhof am westlichen Ortsausgang oberhalb der Landstraße, auf die sie einen freien Blick hatte. Sie litt an Schlafstörungen und stand in jener Nacht, fast wie in jeder Nacht, an ihrem Küchenfenster und trank einen Becher warme Milch mit Honig.

Ungefähr zwischen ein Uhr und ein Uhr dreißig in der Nacht des vergangenen Mittwochs fuhr ein helles Fahrzeug von Mittelehrenbach kommend langsam die Straße entlang und bog dann auf einen verschneiten Feldweg ab, der zu dem Wanderparkplatz unterhalb des Schlossberges führte.

Sie hatte sich noch gewundert, was jemand um diese nächtliche Zeit und bei diesem unwirtlichen Wetter dort vorhatte.

Es handelte sich um einen weißen Lieferwagen, eine Art Kastenwagen, dessen Nummernschild sie aufgrund des leichten Schneefalls und ihres immer mehr nachlassenden Seevermögens nicht erkennen konnte. Es war auch nicht weiß, wie sonst üblich, sondern dunkel, als hätte es jemand mit Ruß geschwärzt. Bei einer der Ziffern glaubte sie jedoch eine Drei oder eine Neun ausgemacht zu haben.

Auf die Frage nach der Marke des Wagens überlegte die alte Dame angestrengt. Damit kannte sie sich nicht aus. Aber ein freundlicher Elektriker aus Igensdorf hatte kürzlich ihren in die Jahre gekommenen Fernsehapparat repariert, sodass er bereits am Abend wieder funktionierte und sie die „Hitparade der Volksmusik" genießen konnte. Dieser kompetente Herr war mit so einem Fahrzeug unterwegs.

Mandy Bergmann gab dem Kellner ein Zeichen. Vor ihrem köstlichen Abendessen stand noch eine Joggingrunde an der Regnitz entlang auf dem Programm. Es war ihr wichtig, fit und durchtrainiert zu bleiben, außerdem liebte sie es, sich an der frischen Luft zu bewegen.

Der Kellner kam und Mandy kramte nach ihrem Geldbeutel. Er stellte ein langstieliges Sektglas, in dem winzige, glitzernde Perlen nach oben stiegen, auf den Bistrotisch vor die erstaunte Kommissarin.

„Ich habe keinen Sekt bestellt, das muss ein Irrtum sein, ich möchte bitte zahlen."

„Gnädige Frau", belehrte der Kellner sie milde. „Bei diesem Getränk handelt es sich keineswegs um Sekt, sondern um Champagner, unsere beste Marke. Ich bin beauftragt ihn mit einem respektvollen Gruß von dem Herrn dahinten in der Ecke zu servieren."

Mandy Bergmann drehte sich überrascht um. Ein charmant lächelnder Oskar Beer, der bei ihrem letzten Fall zum Kreis der Verdächtigen gezählt hatte, winkte ihr zu. Sie interpretierte seine lebhaften Gesten so, dass er sich zu ihr gesellen wollte. Nachgiebig zuckte sie mit den Schultern und sofort machte er sich auf den Weg zu ihr, schüttelte ihre Hand ein wenig zu lange und erkundigte sich, ob er sich zu ihr setzen dürfte. Mit einem resignierten Lächeln willigte die Kommissarin ein.

„Ich beabsichtige Sie weder zu stören noch Sie zu belästigen. Erfüllen Sie mir bitte nur den kleinen Wunsch, einen Schluck Champagner mit Ihnen trinken zu dürfen."

Er hob sein Glas und sprach feierlich: „Ich trinke darauf, dass Sie mich nicht eingekerkert haben und ich immer noch als freier Mann durch die Weltgeschichte laufen darf."

Mandy konnte ein breites Grinsen nicht mehr unterdrücken. Sie stießen an: „Prosit."

Seine dunklen Augen leuchteten in dem markanten Gesicht. Oskar Beer war von mittlerer Größe und kräftig gebaut. Er trug einen eleganten anthrazitfarbenen Anzug, ein schwarzes Hemd und eine burgunderfarbene Krawatte mit grauen Streifen. Intensiv blickte er sie an: „Darf ich Sie in nächster Zeit einmal zum Dinner ausführen? Ich verspreche, dass die Wahl des Restaurants keine ihrer kulinarischen Wünsche offenlassen wird. Beim Essen haben wir Zeit, zu plaudern."

Mandy schüttelte schmunzelnd den Kopf: „Ich gehe prinzipiell niemals mit verheirateten Männern aus, Herr Beer. Und wenn Sie jetzt nicht verschwinden, lasse ich Sie wegen Belästigung verhaften."

Oskar Beer amüsierte sich großartig: „Direkt und kompromisslos, wie immer. Ich lebe inzwischen getrennt. Meine Frau hat mich hinausgeworfen. Und es handelt sich bei dieser Einladung um ein höchst moralisches Angebot, ich schwöre es Ihnen." Feierlich hob er den Mittel- und den Zeigefinger und bemühte sich ein ernstes Gesicht zu machen. „Ich verschwinde jetzt und wünsche Ihnen einen angenehmen Feierabend. Was unser gemeinsames Abendessen betrifft, werde ich mir erlauben Sie anzurufen."

Bevor Mandy protestieren konnte, war er weg. Sie schaute überrumpelt hinterher.

Manuela Henneberger lag in ihrem neuen, fliederfarbenen Trainingsanzug auf einer Matte im Gymnastikraum des Sportlerheimes, die Hände hinter dem Kopf verschränkt, die Oberschenkel senkrecht und die Unterschenkel im 90-Grad-Winkel abgeknickt. Sie stöhnte bei dem Versuch, die Übung nach den Anweisungen ihrer Trainerin Mathilde durchzuführen. Sie hob langsam den Kopf auf ihre Knie zu, sank zurück auf die Matte, führte den rechten Ellbogen zum linken Knie und umgekehrt. Diese Anstrengungen sollten die mittigen und seitlichen Bauchmuskeln stärken. Manuela glaubte nicht an so einen Firlefanz. Und wer brauchte schon einen strafferen Bauch. Ihrer war mollig und weich, absolut perfekt. Das schwarze Stirnband mit den fliederfarbenen Pailletten sog den Schweiß auf, der ihr sonst in Strömen über das Gesicht gelaufen wäre. Ihr Bauch begann unkontrolliert zu zittern, die Konditoreibesitzerin ließ sich keuchend zurück auf die Matte fallen und streckte ihre Beine auf dem Boden aus. Sie wirkte wie ein gestrandetes Walross am Meeresrand.

Unauffällig schielte sie zu der beschäftigten Mathilde, die ihre Verweigerungshaltung noch nicht bemerkt hatte, und dann zur großen, runden Uhr über der Sprossenwand. Die Gymnastikstunde war bald zu Ende. Wenn es nach Manuela ginge, hätte sie liebend gerne auf das Training verzichtet und würde gleich zum gemütlichen Teil übergehen. Aber ihre Freundinnen bestanden auf diese lästige körperliche Ertüchtigung.

Zu ihrer Erleichterung klatschte Mathilde in die Hände und rief fröhlich und ohne Atemprobleme: „Schluss für heute, Mädels. Wir räumen auf und treffen uns nach dem Duschen am Sportlerinnenstammtisch."

Bald darauf versammelten sich die Gymnastikdamen mit gestählten Muskeln und großem Appetit um den runden Tisch im Sportheim.

Mit von der Partie waren heute Regina Engeltal, Gunda Mirsberger, Luise Walz, Anneliese Schüpferling und Klarissa König. Das jüngste Mitglied der sportiven Gruppe, Paulina Regenfuß, verließ nach den schrecklichen Ereignissen vor drei Monaten kaum noch das Haus. Mathilde bestellte wie immer eisgekühlten Erdbeersekt und sie stießen gut gelaunt an.

Die Trainerin ergriff das Wort: „Ich habe Großes mit euch vor Mädels, ihr werdet über euch hinauswachsen."

Neugierige Gesichter wandten sich ihr zu.

„Wir sind ganz Ohr, Mathilde", verkündete Manuela Henneberger, die endlich ihren gebackenen Karpfen bestellen wollte und nach der Bedienung winkte. „Fangen wir nächste Woche an für den Aufstieg auf den Kilimandscharo zu trainieren?"

Mathilde grinste: „So etwas in der Art, Manuela. Passt auf, Mädels. Wir müssen unser strammes Nordic-Walking-Training aufgrund der eisigen Witterungsverhältnisse derzeit bedauerlicherweise vernachlässigen."

Die Konditoreibesitzerin fand diesen Umstand keineswegs bedauerlich.

Mathilde fuhr aufgeregt fort: „Stellt euch vor, mir ist es gelungen, den fabelhaften Sepp Bierbichl aus Österreich als Skilehrer für uns zu gewinnen, eine Kapazität auf dem Gebiet des Wintersports. Er wird einen Skilanglaufkurs exklusiv für unsere Gruppe durchführen. Diese Sportart fördert den Aufbau sämtlicher Muskelgruppen im Körper, ist das ideale Ausdauertraining, und durch die Bewegung an der frischen Luft wird das Gehirn mit viel Sauerstoff versorgt. Das beugt einer Altersdemenz vor. Ist das nicht großartig?"

Mathilde strahlte vor Stolz. Luise Walz begriff, dass sie nun ein dickes Lob erwartete: „Ich bin grundsätzlich begeistert von deiner Idee. Aber ich habe ein gestörtes Verhältnis zum Wintersport. Als ich mit Otto in der Skiwelt Amadé aus dem Sessellift rutschte und die steile, vereiste Buckelpiste erblickte, die mich voller Feindseligkeit anstarrte, war ich wie gelähmt. Ich musste mich von der Bergwacht in einem Rettungsschlitten zur Talstation transportieren lassen. Wie ein schwer verletztes Lawinenopfer."

Anneliese Schüpferling verfolgte die Unterhaltung mit immer größer werdenden Augen und nippte nervös an ihrem Erdbeersekt: „Wenn Skifahren so gefährlich ist, dann traue ich mich nicht", gestand sie ihren Freundinnen.

Gunda Mirsberger nickte zustimmend. Die Pfarrerin Regina Engeltal amüsierte sich köstlich über dieses Missverständnis. Manuela Henneberger war mit der Überlegung beschäftigt, ob sie nicht doch lieber einen Pfefferkarpfen essen sollte. Klarissa König vermittelte: „Mathilde spricht von Skilanglauf, nicht von Abfahrt. Das ist etwas ganz anderes."

„Genau", bestätigte Mathilde. „Wir lernen diesen gesunden, ungefährlichen Sport auf der Hochebene zwischen Gräfenberg und Großenohe, die ist platt wie eine Flunder, na ja, zumindest beinahe. Da kann überhaupt nichts passieren. Und dieser Sepp, das ist so ein richtiger Skilehrertyp und versprüht einen urigen Charme. Das wird ein Heidenspaß, Mädels. Kommt, schlagt ein."

Sie bestellten noch einen Flasche Sekt und feierten ihr bevorstehendes, sportliches Vorhaben.

Als sich Anneliese Schüpferling auf den Heimweg machte, war es bereits kurz vor dreiundzwanzig Uhr. Es war, wie immer, ein schöner, lustiger Abend gewesen. Sie zog den Mantel fester um ihren Körper und zitterte vor Kälte. Die Temperatur war noch weiter unter den Gefrierpunkt gesunken. Sie beschloss die Abkürzung über den Trampelpfad durch den Wald zu nehmen. Zuhause lockte ihr warmes Bett.

Tief in Gedanken versunken lief sie eilig durch die Dunkelheit und bemerkte nicht, wie die Mondscheibe über den Himmel zog und eine glitzernde Spur auf den gefrorenen Schnee malte.

Sie war bezüglich der geplanten, sportlichen Abenteuer immer noch skeptisch. Bei der Vorstellung, mit einer Art Schlitten aus dem Schnee gerettet werden zu müssen, erfassten sie heftige Schauder.

Plötzlich vernahm sie in der Stille des Waldes ein Geräusch. Sie erschrak, blieb stehen und lauschte angestrengt. Es war eine Art bösartiges Knurren und Fauchen, das, wie es schien, von allen Seiten aus den dunklen Büschen zu ihr drang und ihr große Angst machte. Nach einigen Sekunden absoluter Geräuschlosigkeit ertönte ein unheimliches Stöhnen und Ächzen, das tief aus dem Inneren der Erde oder gar aus der Hölle an die Oberfläche zu drängen schien. Annelieses magentafarbene Locken stellten sich in höchster Alarmbereitschaft auf.

Entsetzt fiel ihr das grausame Ende des alten Pfarrers ein. Sie wollte nicht als verschnürtes Paket, festgebunden an einen Baumstamm und in den eiskalten Schnee gesetzt enden.

War der Mörder hinter ihr her? Sollte sie das nächste Opfer werden? Würde ihr Gatte Konrad dann verhungern und jeden Tag die gleichen, ungewaschenen Socken anziehen?

Da, rechts in dem düsteren Gestrüpp des wolligen Schneeballs. Stechende, gelbe Augen fixierten sie erbarmungslos. Dieses entsetzliche Geräusch, das sie nicht zuordnen konnte, steigerte sich. Das tiefe Grollen entstieg direkt dem lodernden Kern der Erde, dessen war sie sich nun sicher. Das Blut in ihren Adern gefror.

Als ob der Teufel hinter ihr her wäre, nahm sie ihre Beine in die Hand und rannte so schnell sie konnte um ihr Leben. Hätte sie noch einmal über die Schulter zurückgeblickt, hätte sie gesehen, wie ein riesiger Uhu sich mit schlagenden Flügeln aus dem Gebüsch erhob.

Dienstag, 13. Dezember

Hildegard Gründonner hatte ihren Morgenkaffee getrunken und zwei Butterbrote mit selbst gemachter Himbeermarmelade verzehrt. Nun breitete sie eine Decke über den abgeräumten Küchentisch und holte ihr Bügeleisen. Sie ließ es sich nicht nehmen, die Kleidung ihres Sohnes Berndi selbst zu waschen und zu plätten, obwohl die Einrichtung, in der er lebte, diesen Service anbot. Auf ihrem alten Plattenspieler drehte sich eine schwarze Schellackscheibe und eine Melodie aus dem „Land des Lächelns" erklang: „Immer nur lächeln und immer vergnügt, immer zufrieden, wie's immer sich fügt." Wehmut erfasste sie bei dem flüchtigen Gedanken, dass dieser Liedtext ihr Lebensmotto hätte sein könnte.

Liebevoll bügelte sie ein Hemd ihres Sohnes und summte die traurige Melodie mit, als es an der Haustür klingelte. Langsam und unter Schmerzen in den von Rheuma geplagten Knien ging sie zum Eingang.

Zwei fremde Menschen standen vor ihrem kleinen Haus im Norden Forchheims. Der blonde, große Mann hielt einen Ausweis hoch: „Kripo Bamberg, sind Sie Frau Gründonner? Wir möchten mit Ihnen sprechen."

Die alte Frau führte sie ins Wohnzimmer und setzte sich unsicher auf den Rand eines Sessels. Gerd Förster wusste, dass sie neunundsechzig Jahre alt war und fand, dass sie älter wirkte, abgearbeitet und ohne Lebensfreude. Ihr Gesicht war faltig und blass. Die grauen Haare trug sie zu einem strengen Knoten gesteckt. Über ihrer Stützstrumpfhose trug sie eine schwarze Kittelschürze mit winzigen weißen Margeriten.

Das Haus war sauber, aber karg und ärmlich eingerichtet. Ein Ölofen bollerte in der Zimmerecke.

Frau Gründonner rieb sich nervös die von Knoten entstellten Hände: „Worüber wollen Sie mit mir sprechen?"

„Wir ermitteln im Mordfall Baptist Gößwein. Haben Sie davon gehört?"

Sie nickte mit versteinerter Miene: „Ja."

„Sie haben für ihn gearbeitet, nicht wahr, als Haushälterin?"
Tränen traten in ihre Augen: „Ich habe Baptist den Haushalt
geführt, dreißig Jahre lang. Im Alter von neunzehn Jahren habe
ich die Stelle angetreten und mit neunundvierzig habe ich gekündigt."

Das fand Mandy Bergmann interessant: „Warum haben Sie
nach dreißig Jahren gekündigt? Sie hatten doch sicher nach so
langer Zeit eine Vertrauensstellung?"

Hildegard Gründonner sah sie lange nachdenklich an: „Was
ich Ihnen jetzt erzähle, weiß außer mir kein Mensch. Ich will
ehrlich zu Ihnen sein. Sie haben schließlich die schwere Aufgabe,
einen grausamen Mord aufzuklären, und außerdem möchte ich
einmal darüber sprechen."

Sie rang um Fassung: „Baptist hat mir von Anfang an den Hof
gemacht, obwohl er als katholischer Pfarrer dem Keuschheits-
gelübde unterlag. Irgendwann habe ich nachgegeben. Er war damals ein charmanter, liebenswürdiger und sehr attraktiver Mann.
Wir lebten zusammen wie ein Ehepaar, gegen den Willen Gottes.
Dafür hat der mich hart bestraft. Wir hüteten sorgfältig unser
Geheimnis. Mit neunundvierzig Jahren wurde ich schwanger.
Ich hatte keine Vorsicht mehr walten lassen, weil ich dachte, ich
sei zu alt, um ein Kind zu empfangen. Meine Freude war über-
wältigend. Immer hatte ich mir sehnlichst ein Kind gewünscht.
Baptist zuliebe hatte ich jedoch darauf verzichtet."

Sie wischte sich eine Träne weg und fuhr dann mit fester Stimme fort: „Ich war glücklich und ging fest davon aus, Baptist
würde in den Ruhestand gehen und sich zu mir und unserem
Kind bekennen."

„Und?" Die Kommissarin war fasziniert von der Geschichte.

„Er hat mich und sein Baby verraten. Seine Berufung als Seel-
sorger, wie er es nannte, wollte er niemals aufgeben. Das erschien ihm als viel zu wichtig. Er hat mich im dritten Schwan-
gerschaftsmonat weggeschickt, damit seine Schäfchen nicht
anfangen zu reden."

Mandy reagierte empört: „Wie egoistisch!"

Hildegard Gründonner nickte traurig: „Als ich im Krankenhaus auf der Geburtsstation lag, kam er einmal kurz vorbei und hat mir einige Hundertmarkscheine auf die Bettdecke geworfen. Seinen neugeborenen Sohn wollte er nicht sehen. Er hat bis zu seinem Tod jeden Monat einen kleinen Betrag auf mein Konto überwiesen, das war sein ganzer Beitrag. Meinen Sohn Berndi habe ich alleine großgezogen."

„Ihr Sohn ist jetzt zwanzig Jahre alt, wohnt er noch bei Ihnen?", fragte Gerd Förster.

„Nein, Herr Kommissar, ich musste ihn weggeben, auch wenn es mir das Herz gebrochen hat. Berndi ist schwerstbehindert auf die Welt gekommen. Das war Gottes Strafe dafür, dass Baptist und ich seinen Willen nicht akzeptierten. Und wir waren wohl schon zu alt, um ein gesundes Kind zu zeugen." Nach einer Pause erzählte sie mit gequälter Stimme weiter.

Ihr Sohn hatte eine Tagesstätte für behinderte Kinder besucht. Sie musste ja ihren Lebensunterhalt verdienen. Als er dreizehn Jahre alt war, war sie der Belastung nicht mehr gewachsen. Berndi war ein hübscher junger Mann, aber sein Gehirn war schwer beschädigt. Er war hyperaktiv, inkontinent und neigte zu fürchterlichen Wutausbrüchen. Während dieser Anfälle biss, kratzte und schlug er seine Mutter. Als er in die Pubertät kam, verfügte er bereits über enorme Kräfte und sie konnte ihn nicht mehr bändigen. Jede Woche wurde sie in die Sprechstunde seiner Lehrerin zitiert. Er wurde immer wieder aufgrund seines aggressiven Verhaltens vom Unterricht ausgeschlossen und sie konnte nicht arbeiten gehen.

Auf einer Mutter-Kind-Kur eskalierte die Situation, er prügelte ein kleines Mädchen krankenhausreif. Deren Mutter gab ihr die Schuld und sie erlitt einen Nervenzusammenbruch. Danach willigte sie ein, ihren Berndi in einem Heim unterzubringen. Er wohnte in der Nähe von Hof und sie besuchte ihn jede Woche. Gerne würde sie ihn öfter sehen, aber mit den öffentlichen Verkehrsmitteln war sie stundenlang unterwegs.

„Ich bringe ihm immer Geschenke mit, Süßigkeiten, Obst und seine Lieblingscomics, Batman und Spiderman. Auch neue Kleidung. Er soll ordentlich angezogen sein. Damit ich mir das leisten kann, putze ich jeden Abend die Sparkasse. Berndi freut sich immer so, wenn ich zu Besuch komme."

„Und Baptist Gößwein hat Sie nie bei der Erziehung Ihres gemeinsamen Kindes unterstützt?", fragte der Kommissar.

„Nie, ich war immer alleine auf mich gestellt."

„Frau Gründonner, Herr Gößwein hat Sie als Erbin eingesetzt."

„Ja, ich weiß, er hat es mir vor einigen Jahren in einem Brief mitgeteilt. Er meinte, das wäre er mir schuldig. Anscheinend hat ihn doch noch sein schlechtes Gewissen geplagt."

„Es ist ein erhebliches Erbe, Frau Gründonner."

„Was soll eine alte kranke Frau wie ich mit dem vielen Geld anfangen? Hätte ich früher darüber verfügen dürfen, hätte ich meinen Berndi bei mir behalten können. Aber einen Traum werde ich uns nun erfüllen."

Die Kommissarin lächelte: „Welchen Traum, Frau Gründonner?"

„In Kalifornien, ich habe es im Fernsehen gesehen, in der Nähe von San Diego wird eine speziell entwickelte Therapie durchgeführt, bei der sich geistig behinderte Menschen mit Delfinen im Wasser bewegen. Die Erfolge sollen sensationell sein. Die Kranken werden ruhiger und glücklicher. Ihr Allgemeinzustand verbessert sich. Diese Therapie kostet fünfzigtausend Dollar, ohne die Reisekosten. Ich werde mit Berndi nach Amerika fliegen."

Mandy Bergmann war von der Liebe dieser Mutter zu ihrem Kind berührt. Sie schwiegen eine Weile.

„Frau Gründonner, hatte Baptist Gößwein Feinde, haben Sie eine Vermutung, wer ihn ermordet haben könnte?"

Die alte, tapfere Frau verneinte: „Mir fällt niemand ein, tut mir leid, Frau Kommissarin."

Die Kommissare tranken im Stehcafé gleich um die Ecke einen Cappuccino.

„Du hast Frau Gründonner nicht nach ihrem Alibi gefragt, Gerd", merkte Mandy an.

„Wie soll die alte, kranke Frau ihren Ex-Geliebten auf den Schlossberg geschafft haben? Und warum hat sie jahrelang gewartet und ihn ausgerechnet jetzt umgebracht?"

Seine Kollegin überlegte: „Ich habe keine Ahnung, Gerd, noch nicht."

Die Sozialpädagogin Desirée Schnurrbusch-Hopfengärtner saß körperlich anwesend an ihrem Schreibtisch, gedanklich jedoch war sie in einen Tagtraum versunken. Sie fühlte genau, dass die Zeit reif war, ihrem Leben eine neue Richtung zu geben. Nicht, dass sie sich in einer Art Midlife-Crisis befand, oh nein. Sie führte ein erfülltes Leben und hatte durch ihre hochkompetenten Beratungsgespräche mit Ehepaaren, die sich in akuten Krisen befanden, sicherlich schon hunderte von Ehen gerettet, glaubte sie ganz fest.

Vor einigen Tagen jedoch hatte sie im Reformhaus einen jungen, dunkelhäutigen Mann kennengelernt. Höflich und unaufdringlich hatte er sie angesprochen und zusammen hatten sie die Hirsefladen aus biologischem Anbau und Preiselbeersaft genossen. Jerôme stammte aus Benin und lud sie ein, ihn zu einem afrikanischen Tanzfestival in Erlangen zu begleiten. Dort hatte er ihr erzählt, dass er ein Abkömmling der uralten Monarchie von Dahomey sei, ein echter Prinz, und sie zum Voodoo-Festival nach Benin eingeladen. Dieses ferne Land war die Wiege des Voodoo-Zaubers. Ein großer Teil der Bevölkerung hing diesem Glauben an und zelebrierte die alten Bräuche. Das Festival stellte den Höhepunkt des Jahres dar.

Desirée und Jerôme, zwei wunderschöne, französische Namen, das musste ein Wink des Schicksals sein. Die Sozialpädagogin spürte auch deutlich eine starke Seelenverwandtschaft.

Jerôme hatte ihr seinen größten Traum verraten.

Er plante eine exklusive Safari-Lounge für zahlungskräftige Gäste in Namibia zu führen. Nur die Finanzierung war noch ungewiss. An die Schätze seiner Vorfahren war schwer heranzukommen.

Jäh wurde Desirée aus ihren Fantasien gerissen, als es an der Tür klopfte. Sie fuhr hoch. Das Ehepaar aus diesem kleinen Ort unterhalb des Walberla, den Namen hatte sie vergessen. Der Landrat persönlich hatte ihr diesen Termin dazwischengeschoben, als ob sie nicht schon überlastet genug wäre.

Sie warf ihren aschblonden, mit grauen Strähnen durchzogenen Pferdeschwanz über die Schulter, zog ihre unförmige Baumwollhose über den Bauch hoch und zupfte ihren Pullover, unter dem zwei große, ungezähmte Brüste pendelten, zurecht. Anneliese und Konrad Schüpferling, sie in einem nicht mehr ganz modischen Kostüm, er im guten, aber zu eng gewordenen Anzug, nahmen nervös am Beratungstisch Platz. So ein vertrauliches Gespräch durfte nicht mit einem Schreibtisch als blockierende Barriere dazwischen geführt werden. Es galt Vertrauen aufzubauen. Die Sozialpädagogin forderte ihre Klienten auf von ihren Problemen zu berichten. Anneliese begann zögerlich zu erzählen. Es war ihr mehr als peinlich, einer fremden Person ihre Eheschwierigkeiten zu schildern. Konrad schwieg und starrte finster vor sich hin.

Desirées Gedanken schlichen sich erneut davon. Im sandfarbenen Safarianzug, einen Hut mit breiter Krempe auf dem Kopf, jagte sie in einem schweren Geländewagen, ausgestattet mit einem Kuhfänger, über die afrikanische Steppe. Eine Elefantenherde blinzelte ihr verschlafen hinterher. Jerôme erwartete sie auf der Holzterrasse ihrer Luxuslounge mit einem Drink und sie würden gemeinsam die untergehende Sonne beobachten.

Die Worte „Nikolausfeier" und „putzige, goldene Flügelchen", „Kochlöffelset" und „schikanöses Verhalten" rissen sie aus ihren Träumereien.

Anneliese Schüpferling sah sie fragend an, sie wartete anscheinend auf eine Äußerung der Beraterin.

„Nun", begann diese, „unternehmen Sie doch manchmal etwas gemeinsam, das bewirkt oftmals wahre Wunder, einen Ausflug zum Beispiel, oder eine kleine Reise."

„Ich würde gerne eine Busreise auf den Striezel Markt nach Dresden machen." Annelieses Gesicht erstrahlte in Vorfreude.

„Dann fahr doch mit dem Zug auf den Nürnberger Christkindlesmarkt, wenn du unbedingt Touristennepp und Trubel erleben willst", knurrte ihr Gatte. An die Sozialpädagogin gewandt, fuhr er fort: „Wollen Sie wissen, was meine Gattin letzte Woche gemacht hat? Sie hat in hysterischer Verfassung im Goldenen Hirsch angerufen und darauf bestanden, dass ich sofort nach Hause komme, obwohl mein Seidla noch halb voll war. Die Lieferung mit dem Heizöl war eingetroffen und sie meinte, sie könne die Ölanlieferung nicht alleine abwickeln." Er schnaubte empört.

„Wissen Sie was, Herr Schüpferling, laden Sie doch Ihre Frau heute Abend schick zum Essen ein und reden Sie miteinander. Reden ist wichtig. Suchen Sie sich gemeinsame Interessen, das verbindet. Und das Zauberwort lautet Wertschätzung, vergessen Sie das niemals. Jetzt müssen Sie mich aber leider entschuldigen, das nächste Beratungsgespräch steht an. Die besten Wünsche für Ihre weitere Ehezeit."

Sie waren entlassen. Konrad Schüpferling atmete erleichtert auf. Was für eine blöde, dicke Schnepfe. Allerdings, ihre Oberweite war beeindruckend.

„Hast du eigentlich gewusst, Anneliese, dass ein ehemaliger einflussreicher Ministerpräsident von Griechenland sage und schreibe vierundzwanzig Regierungssprecherinnen für sich arbeiten ließ, die alle eine ganz bestimmte Voraussetzung erfüllen mussten? Sie mussten alle vollbusig sein."

Anneliese antwortete nicht. Sie grübelte, ob dieses Gespräch in der Beratungsstelle ihre Ehe gerettet hatte.

Schweigend fuhren sie in ihr Dorf zurück. Als sie am Goldenen Hirsch vorbeifuhren, verkündete Konrad: „Ich gehe jetzt ein Bier trinken, die paar Meter kannst du doch laufen. Und denke an meine Weißwürste zum Abendessen."

Desirée Schnurrbusch-Hopfengärtner lehnte entspannt in ihrem Bürostuhl und konnte ganz deutlich erkennen, wie die Sonne als glühender Feuerball zwischen lila- und orangefarbenen, lang gestreckten Wolken hinter dem afrikanischen Horizont verschwand und dornige Akazien scherenschnittartig in den sich rasch verdunkelnden Himmel ragten.

Die beiden Kommissare, der Chef-Rechtsmediziner Karl-Heinz von Hohenfels und die Polizistin Sieglinde Silberhorn versammelten sich im Besprechungszimmer, um sich über den Stand ihrer bisherigen Ermittlungsergebnisse auszutauschen.

Sieglinde stellte einen Teller mit Plätzchen auf den Tisch, die ihr Vater gebacken hatte. Sie waren nicht ganz gelungen und hart wie Pflastersteine, er hatte es aber gut gemeint.

Die obligatorischen, dampfenden Kaffeebecher standen ebenfalls bereit.

„Nun Sieglinde", begann Gerd Förster, „wie weit konntest du das Alibi von Romeo Gößwein überprüfen, was hast du herausgefunden?"

Die Polizistin berichtete eifrig: „Die befragten Zeugen, ein Forchheimer Ehepaar mit einem zweijährigen Sohn, bestätigen die Aussage von Herrn Gößwein.

Sie haben gemeinsam Nikolaus gefeiert und ein befreundeter, als Knecht Ruprecht verkleideter Nachbar hat den Kindern Geschenke gebracht. Anschließend haben sie zusammen Käsefondue gegessen und die beiden Kleinen schlafen gelegt. Danach ging es richtig zur Sache. Alkohol floss in Strömen, meinem Eindruck nach wurden auch Drogen konsumiert, das haben die befragten Personen aber nicht zugegeben. Gößwein trank mindestens acht Bier und eine Flasche Whisky, während sie Flaschendrehen spielten. Um halb zwölf Uhr schlief er auf dem Sofa ein und seine Freundin Doreen und die Gastgeber sind ins Bett gegangen."

Die Kommissarin überlegte: „Vielleicht hatte Herr Gößwein gar nicht so viel getrunken, und als die Frauen schliefen, machte er sich mit seinem Kumpel auf den Weg zu Baptist Gößwein. Zeitlich hätten sie es schaffen können."

Ihr Kollege gab ihr Recht: „Das ist durchaus möglich, das befreundete Ehepaar und Doreen verschaffen ihm ein Alibi für die Tatzeit. Gößwein hat seinen Führerschein verloren und kann sich kein eigenes Fahrzeug leisten. Weißt du, welches Auto die Freunde von ihm fahren, Sieglinde?"

„Selbstverständlich, Gerd. Einen alten, verrosteten, weißen VW-Bus."

„Gut gemacht. Steht auf dem Kennzeichen die Ziffer Drei oder Neun?"

Die Polizistin verneinte.

„Wir sollten die vier Personen noch einmal einzeln vernehmen, vielleicht kippt einer um", schlug Mandy Bergmann vor. „Mal sehen, wer das schwächste Glied der Kette darstellt."

„Einverstanden, das machen wir", bekräftigte Gerd Förster. „Was gibt es noch, Sieglinde?"

„Bei dem Kreppband und dem Strick handelt es sich um gängige Haushaltswaren, man kann diese Artikel in jedem Heimwerkermarkt kaufen."

„Das habe ich befürchtet. Kannst du überprüfen, wie viele weiße Lieferwagen, sagen wir in einem Radius von zwanzig Kilometern vom Wohnort des Pfarrers aus, gemeldet sind? Wir brauchen die Anzahl aller weißen Lieferwagen und die Anzahl aller Lieferwagen von Mercedes. Der Elektriker der Frau, die das Fahrzeug beobachtet hat, fährt diese Marke."

„Wird gemacht, Gerd."

Der Rechtsmediziner blätterte in seinen Unterlagen und ergriff das Wort: „Der toxikologische Befund liegt vor. Wie vermutet starb Baptist Gößwein an einer Kaliumcyanidvergiftung. Das erklärt schlüssig seinen grimassenhaft verzerrten Gesichtsausdruck. Dieses Nervengift wirkt erst nach einigen Minuten. Er hat schlimme Schmerzen ertragen müssen."

„Aber wie ist es in seinen Körper gelangt?", wollte die Kommissarin wissen.

„Die untersuchten Speisen und Getränke in seinem Haushalt enthielten kein Gift."

Gerd Förster dachte nach: „Wenn wir davon ausgehen, dass der alte Pfarrer keinen Selbstmord begangen hat, muss ihm das Gift jemand verabreicht haben. Er hatte Kinderglühwein getrunken, nach dem Abendessen. Im Haus haben wir keinen gefunden, Sieglindes Recherchen nach besuchte er nicht die Nikolausfeier. Die befragten Männer konnten sich nicht vorstellen, dass er so etwas trinkt."

Sie sahen sich an. Dann sprang Mandy aufgeregt von Stuhl. „Natürlich, jemand hat den vergifteten Kinderglühwein mitgebracht. Zu ihm nach Hause. Carlo hat uns doch erklärt, dass sich Zyankali besser in Wasser auflöst als in Alkohol. Deshalb musste es Kinderglühwein sein."

„Baptist Gößwein hat Besuch bekommen", spann der Kommissar den Faden weiter. „Er hat sich wahrscheinlich gefreut, dass jemand am Nikolausabend an ihn denkt. Er war völlig arglos. Der oder die Besucher haben Kinderglühwein mitgebracht. Sie trinken einen Becher zusammen und plaudern. Demnach muss der Pfarrer sie gekannt haben. Der Gast trinkt aber nicht, er tut nur so. Als der Todeskampf zu Ende ist, transportiert der Täter das Opfer auf den Schlossberg und stellt ihn dort als Verräter aus. Ich gehe allerdings von mindestens zwei Personen aus, alleine war die Aktion kaum zu schaffen. Wir müssen herausfinden, wer den alten Pfarrer an diesem Abend aufgesucht hat. Dann haben wir den oder die Mörder."

„Wo bekommt man eigentlich Zyankali her", erkundigte sich die Polizistin?"

„Sieglinde, seit es das Internet gibt, kann man ohne größere Probleme alles organisieren, was man gerne hätte. Waffen, Frauen, Drogen, Anleitungen zum Bombenbauen und auch Gift. Ein Mensch mit chemischen Kenntnissen kann den Giftstoff auch selbst herstellen", erklärte ihr Karl-Heinz.

Dann informierte der Kommissar seinen Kollegen über die Befragung von Hildegard Gründonner.

„Hat sie ein Alibi?", fragte Karl-Heinz.

„Ich habe sie nicht gefragt, Carlo. Ich kann mir nicht vorstellen, dass die alte Frau mit diesem Verbrechen etwas zu tun hat. Wie hätte sie das anstellen sollen?"

Mandy Bergmann hatte eine Idee: „Und wenn ihr behinderter Sohn ihr geholfen hat? Er verfügt doch laut Aussage der Mutter über Bärenkräfte. Sie hat die Tat geplant und den alten Pfarrer vergiftet, und ihr Sohn hat ihn auf den Burgstall getragen. Hildegard Gründonner hat ihn manipuliert und gesteuert. Sie wollte und konnte nicht länger auf die Erfüllung ihres Traumes warten und sie sah Baptist Gößwein als Verräter, der sie im Stich ließ."

„Aber der Sohn wohnt doch in dieser Behinderteneinrichtung?", fragte Sieglinde.

„Vielleicht hatte er Ausgang und hat seine Mutter besucht. Wie heißt das Heim? Sonnenhall?"

Die Kommissarin griff zum Telefonhörer und ließ sich weiter verbinden.

„Ich möchte den Heimleiter sprechen." Sie lauschte. „Dann holen Sie ihn, es ist dringend." Einige Sekunden verstrichen.

„Guten Tag, hier spricht Mandy Bergmann von der Kripo Bamberg. Ich brauche im Rahmen einer Ermittlung eine Information von Ihnen. Es wäre nett, wenn Sie mir unbürokratisch helfen könnten. Hielt sich Berndi Gründonner letzten Dienstag und Mittwoch in Ihrer Einrichtung auf?"

Verärgert runzelte sie die Stirn.

„Sie können mich zurückrufen, wenn Sie mir nicht glauben. Sie können sich selbstverständlich auch im Bamberger Polizeipräsidium nach mir erkundigen. Oder Sie erscheinen morgen früh um punkt acht Uhr dort zur Befragung."

Sie hörte gereizt zu.

„Es interessiert mich nicht, was Sie morgen vorhaben. Ich lasse Sie von Polizeibeamten vorführen. Beantworten Sie jetzt meine Frage."

Sie wartete ungeduldig und trommelte mit den Fingern auf die Tischplatte.

Gerd Förster kannte diesen Befragungston. Dem konnte man sich schwer entziehen.

„Danke für die Auskunft, auf Wiederhören."

Triumphierend blickte sie in die gespannten Gesichter.

„Na also, es geht doch. Berndi Gründonner befand sich von Dienstag bis Donnerstag letzter Woche nicht in der Einrichtung. Er durfte, als Belohnung für sein vorbildliches Verhalten seine

Mutter regelmäßig zwei bis drei Tage im Monat besuchen. Die Termine werden vorher fest vereinbart."

Mittwoch, 14. Dezember

Hildegard Gründonner saß in einem der Vernehmungsräume der Kriminalpolizei Bamberg. Ihre Hände zitterten leicht. Sie wirkte übermüdet und verunsichert. Nachdem Mandy Bergmann sich bei ihr für ihr Erscheinen bedankt hatte, begann sie mit der Befragung.

„Frau Gründonner, es gibt einige Fragen und Ungereimtheiten, die ich gerne klären möchte. Wo waren Sie in der Nacht von Dienstag auf Mittwoch letzter Woche zwischen zweiundzwanzig Uhr und zwei Uhr?"

Die Frau sah sie irritiert an.

„Zu Hause."

„Waren Sie alleine?"

„Ja."

„Da haben wir eine andere Information, Frau Gründonner. Ihr Sohn war ein paar Tage auf Besuch, wie jeden Monat. Und zwar von Dienstag bis Donnerstag."

Hildegard Gründonner starrte auf die Tischoberfläche, als stünde dort die weitere Regieanweisung. Sie zögerte. Schließlich räumte sie ein:

„Ja, Sie haben recht. Das hatte ich vergessen."

„Ihr geliebter Sohn besuchte Sie, und Sie haben das vergessen?"

„Ich meine, ich habe die Tage verwechselt. Er kommt immer an unterschiedlichen Tagen."

„Und ich meine, Sie sind mit Berndi zu Baptist Gößwein gefahren. Arglos hat er Glühwein mit Ihnen getrunken. Sie haben ihn getötet und ihr bärenstarker Sohn hat ihn auf den Berg geschleppt. Sie haben einen behinderten, jungen Mann für Ihre finsteren Zwecke missbraucht, Ihr eigen Fleisch und Blut, wie konnten Sie ihm so etwas antun?"

Die befragte Frau starrte die Kommissarin fassungslos an. Heftig schüttelte sie den Kopf hin und her und begann am ganzen Körper zu beben. Sie brachte keinen Ton heraus.

„Sie besitzen einen Führerschein, aber kein Fahrzeug. Haben Sie sich einen Wagen gemietet, einen weißen Lieferwagen? Da-

mit auch genug Platz ist für den großen, schweren Baptist Gößwein? Wir werden das herausfinden, Frau Gründonner.
Die eiskalte, generalstabsmäßig geplante Durchführung des
Mordes hat sich doch so abgespielt. Wollen Sie Ihr Gewissen
nicht erleichtern?"

„Nein, Frau Kommissarin, nein, ich war es nicht. Ich habe damit nichts zu tun. Das müssen Sie mir glauben."
Frau Gründonner klammerte sich mit den Händen an der
Tischkante fest, atmete tief durch und berichtete stockend, was
am fraglichen Abend geschehen war.
Berndi hatte am letzten Dienstag einen schlimmen Tag gehabt.
Sie hatte nicht darüber sprechen wollen. Es tat ihr im Herzen
so weh. Sie kochte abends für ihn sein Lieblingsessen. Dunkel
gebratene Bratwürste mit Kartoffelbrei. Dazu mochte er am
liebsten Blaukraut. Sie dachte, sie hätte noch eine Dose im Kel-
ler, sonst hätte sie welches gekauft. Leider hatte sie sich geirrt.
Deshalb kochte sie Sauerkraut als Beilage.
Berndi legte manchmal gewisse autistische Züge an den Tag.
In solchen Situationen waren sich wiederholende Rituale enorm
wichtig für ihn. Sonst war er irritiert und bekam oft einen unbe-
rechenbaren Tobsuchtsanfall. Dabei wurde er laut und aggressiv.
Sie hatte die Situation falsch eingeschätzt und mit dem Sauerkraut eine schwere Krise bei ihm ausgelöst.
Er hatte den Teller mit dem Essen quer durch die Küche an die
Wand geschmettert und war außer sich vor Zorn gewesen. Nach
einigen Minuten, in denen er unkontrolliert randalierte, konnte
sie Berndi dazu bringen, ein Glas Cola zu trinken. Dieses Getränk war im Heim nicht erlaubt und stellte für ihren Sohn etwas
ganz Besonderes dar. Darin hatte sie starke Beruhigungsmittel
aufgelöst. Sein Heilerziehungspfleger hatte ihr die Kapseln, in
Absprache mit dem Arzt, für den Notfall gegeben.
„Berndi schlief in kürzester Zeit auf dem Sofa ein und ich legte
mich völlig erschöpft ins Bett. Ich weiß nicht, ob Sie sich vorstellen können, wie es eine Mutter belastet und fertig macht,
wenn sich solche entsetzlichen Szenen abspielen."
„Warum haben Sie uns nicht gleich alles erzählt?"

„Das hat doch mit dem Tod von Baptist überhaupt nichts zu tun."

„Gibt es einen Zeugen für diesen Vorfall, Frau Gründonner?"

„Nein."

„Können Sie mir die Kapsel zeigen?"

„Ich habe keine mehr."

„Den Fleck an der Wand?"

„Den habe ich weggewischt."

„In Ordnung, Frau Gründonner. Vielen Dank für Ihre Aussage. Wenn Sie das Protokoll unterschrieben haben, wird ein Kollege Sie nach Hause fahren. Und wir werden uns die Stelle, an der der Fleck war, noch anschauen, ein Rest bleibt immer."

Am Mittwochabend versammelte sich fast das ganze Dorf im Goldenen Hirsch vor dem riesigen Flachbildschirm im Nebenzimmer. Zusätzliche Stühle wurden herbeigetragen, doch die Sitzgelegenheiten reichten nicht, um dem Andrang der Besucher gerecht zu werden.

Die begehrten Plätze auf den hohen Barhockern am lang gestreckten Tresen, von dem aus man den Bildschirm am besten sehen konnte, waren ebenfalls besetzt. Weitere Zuschauer, die hereinströmten, mussten mit einem Stehplatz vorliebnehmen und drängten sich im Gastraum.

Die Bedienungen flitzten hin und her, bemüht, alle Wünsche der gut gelaunten Gäste so schnell wie möglich zu erfüllen.

Am Tisch vor dem Fernseher hatten Rainer Rohlederer und Chiyoko Minh Nguyen ihre Ehrenplätze eingenommen.

In wenigen Minuten würde die erste Ausstrahlung der neuen Staffel von „Bauer sucht Frau" beginnen, in der eine Sequenz das alltägliche Leben von Chiyoko und Rainer auf dem Bauernhof zeigen sollte.

Das Fernsehteam hatte die beiden Singles, die sich nach der großen Liebe sehnten, zwei Tage lang begleitet.

Alle anderen Aufzeichnungen waren schon lange im Kasten, doch die Moderatorin fand die beiden schüchternen Menschen so zauberhaft, dass die Sequenz noch eilig mit aufgenommen wurde.

Alle blickten erwartungsvoll auf den Fernseher, als die bekannte Melodie erklang.

Als Rainer Rohlederer in Großaufnahme auf dem Bildschirm erschien und als Rainer, der raubeinige Rinderzüchter eingeführt wurde, johlte und klatschte die Menge in aufbrausender Begeisterung. Gellende Pfiffe hallten durch den Gastraum. „Rainer, Rainer", skandierten die Zuschauer enthusiastisch. Der Mondscheinbauer vermittelte den Eindruck, als wollte er am liebsten im Erdboden versinken. Die zierliche Kambodschanerin ergriff zärtlich seine Hand und hielt sie fest. Er strahlte sie an und verfolgte dann tapfer das weitere Geschehen auf dem Bildschirm.

Chiyoko und Rainer saßen in der gemütlichen Bauernküche beim Frühstück, sie bestrich sein Brot mit selbst gemachter Dosenwurst, schnitt es in mundgerechte Stücke und fütterte ihn liebevoll.

„Mensch, wirst du verwöhnt, du alter Maulaff", brüllte der dicke Ewald neidlos.

Chiyoko und Rainer, gekleidet im Partnerlook mit Blaumännern, grünen Gummistiefeln und Baseballkappen, misteten gemeinsam den Kuhstall aus, wobei der raubeinige Rinderbauer besorgt darauf achtete, dass seine vorläufige Gefährtin sich nicht überanstrengte.

„Na, so eine hübsche Helferin würde ich mir auch wünschen", schrie Alfred entzückt und klatschte ungestüm in die Hände.

Chiyoko und Rainer auf dem Traktor, sie am Steuer. Das mächtige Gefährt bäumte sich auf wie ein gereizter Kaltblüter, als die Kambodschanerin das Gaspedal mangels Erfahrung durchtrat. Die Maschine beschleunigte und geriet, als sie einen Heuballen erlegte, in gefährliche Schräglage. Dem durchgeschüttelten Landwirt standen Schweißtropfen auf der Stirn.

Lachend und sich auf die Schenkel klopfend verfolgten die Zuschauer die rasante Fahrt: „Die Kleine hat ein Talent zum Bulldogfahren." Aber es ging alles gut aus.

Als die zarte Kambodschanerin liebevoll ein Lämmchen auf dem Arm hielt und es mit Milch aus einer Babyflasche fütterte, waren alle gerührt.

Von dieser beschaulichen Seite hatten sie ihr raues Landleben noch nie betrachtet.

Zum Abendbrot servierte Chiyoko stolz eine asiatische Reispfanne, die Rainer vorzüglich schmeckte. Sie brachte ihm das Essen mit Stäbchen bei, wobei sich der Bauer als sehr gelehrig erwies. Als ein Babyoktopus mit seinen vielen Ärmchen zwischen den Esswerkzeugen baumelte, verbarg er sein Grausen sehr geschickt und verzehrte das Meerestier heldenhaft.

Am Schluss der Szene erklärte Chiyoko ernsthaft vor laufender Kamera, dass sie die gemeinsame Zeit mit dem lieben Lainel jede Sekunde genießen würde und dass sie in ihrem vorherigen Leben wahrscheinlich eine Bauersfrau gewesen war.

Rainer setzte ein romantisches Lächeln auf und als er treuherzig verkündete, dass er keine Frau für die Arbeit, sondern für sein Herz suchte, tobte der Saal.

Die Filmhelden wurden mit Gratulationen und Lob für ihren fulminanten Fernsehauftritt überschüttet.

„Eine Runde Birn' für alle", übertönte der dicke Ewald das frenetische Geschrei und nahm sich fest vor, seinen ganzen Mut zusammenzunehmen und sich für die nächste Staffel von „Bauer sucht Frau" zu bewerben. So eine niedliche Gefährtin wollte er jetzt auch haben.

Die „Wächter vom Walberla" tagten erneut in der alten Feldscheune, die in der Dunkelheit lag. Ein schwarzer Wildkater auf Mäusejagd lief an dem Gebäude entlang und spitzte die Ohren, als er tiefe Stimmen aus dem Inneren vernahm. Seine großen Pfoten hinterließen tiefe Abdrücke im Schnee.

Sieben Männer saßen um einen Tisch, auf dem ein siebenarmiger Leuchter mit weißen Kerzen stand, deren Flammen im Windzug flackerten.

Sie berieten sich mit ernsten Mienen. Dann fassten sie sich bei den Händen, starrten konzentriert in den Feuerschein und schworen mit feierlicher Stimme: „Die alte Schwart'n soll Vergeltung spüren."

Die 84-jährige Witwe des alten Bürgermeisters, Margot Langfritz, saß am Esstisch in ihrem Wohnzimmer und klebte Fotografien ihrer letzten Urlaubsreise in ein Album. Sie war bereits in ihr bis zu den Knöcheln reichendes Flanellnachthemd geschlüpft und hatte sich einen warmen Hausmantel darüber gezogen. An den Füßen trug sie Fellhausschuhe. Mit der Lesebrille auf der Nasenspitze konzentrierte sie sich auf die Anordnung der Bilder, die weniger die Sehenswürdigkeiten ihrer Schiffsreise darstellten als vielmehr die Seniorengruppe, mit der sie unterwegs gewesen war. Den Mittelpunkt der Fotos bildete immer Margot Langfritz.

Margot Langfritz beim Kapitänsdinner, natürlich am festlich gedeckten Tisch des Chefs der Crew, direkt neben ihm, mit dauergewellten, silbernen Locken, im Abendkleid, behangen mit ihrem teuersten Schmuck.

Margot Langfritz auf dem Tanzparkett in den Armen des Kapitäns, wie sie im Walzerschritt federleicht über den Boden schwebt.

Margot Langfritz an der Bar, eine Sektflöte in der Hand und umgeben von den wichtigsten Personen auf dem Kreuzfahrtschiff, neben ihr der Schiffsarzt, der mit ihr flirtet.

Sie schob die Fotos hin und her, bis sie zufrieden war.

Auf ihrem runden, fast faltenlosen Gesicht glänzte die vitaminreiche Nachtcreme. Sie achtete sehr auf ihre äußere Erscheinung und war davon überzeugt, dass sie mindestens zwanzig Jahre jünger aussah, als sie tatsächlich war.

Sie beschloss, sich noch einen Gutenachttee aufzubrühen, als ihre Türglocke läutete.

Ein Blick auf die antike Standuhr verriet ihr, dass es bereits kurz vor zweiundzwanzig Uhr war. Sollte sie um diese späte Stunde noch öffnen?

Wie immer siegte ihre Neugierde.

Zwei Nikoläuse mit langen, roten Mänteln, buschigen Augenbrauen und dicken Bärten warteten auf dem Treppenabsatz vor ihrem Haus.

„Frohe Adventszeit", rief die eine Gestalt mit einer seltsam vertrauten Stimme und ließ ein silbernes Glöckchen bimmeln.

„Uns schickt der Bürgermeister mit dem Auftrag, alle Honoratioren im Dorf zu besuchen und ihnen zum Nikolaus Plätzchen, Glühwein und ein kleines Geschenk zu bringen. Mit festlichen Grüßen von der Gemeinde. Dürfen wir hereinkommen?"

Margot Langfritz empfand Stolz, dass sie nach wie vor zum Kreis der wichtigsten Bürger zählte, obwohl es eigentlich selbstverständlich war. Und sie war gerührt. Was für eine schöne, kultivierte Geste.

Niemals hätte sie es zugegeben, aber manchmal fühlte sie sich seit dem Tod ihres Ehemannes sehr einsam und nicht mehr wie der Mittelpunkt im Dorf.

Zwar nahm sie regelmäßig an den Treffen und Veranstaltungen für Senioren der Gemeinde und der Pfarrei teil, sie war aber aufgrund ihres herrischen Wesens nicht besonders beliebt.

„Seid willkommen, ihr Weihnachtsmänner", rief sie fröhlich. „Ein Glühwein als Schlummertrunk und ein nettes Gespräch kommen mir gerade recht. Aber putzt eure Stiefel ordentlich ab. Ich will keine Wasserflecken auf meinem Teppichboden."

Die Bürgermeisterwitwe lud ihre Besucher ein, am Esstisch Platz zu nehmen.

Der zweite Nikolaus zog eine Thermoskanne und drei Keramikbecher mit Weihnachtsmotiven aus seinem Rucksack und schenkte ein.

„Wer seid ihr denn, ich kenne euch doch?", fragte Margot Langfritz neugierig.

Der erste Nikolaus legte den Zeigefinger vor den Mund und flüsterte: „Weihnachtsmänner dürfen sich niemals enttarnen, sonst verfliegt der himmlische Zauber, Frau Bürgermeisterin."

Frau Bürgermeisterin, wie lange war sie mit diesem Titel schon nicht mehr angesprochen worden. Genugtuung erfüllte ihre Brust.

„Na gut, ihr zwei vermummten Gestalten, schaut mal. Gerade sortiere ich meine Urlaubsbilder ein. Ich habe mit der Seniorengruppe des Landkreises diesen Herbst eine Mittelmeerkreuzfahrt unternommen."

Mit dem Zeigefinger folgte sie einer eingezeichneten Route auf einer Landkarte.

„Hier die Stationen: Genua, Sizilien, Malta, Tunesien, Zypern und Kreta. Die Sehenswürdigkeiten fand ich nicht so interessant. Lauter alte, unordentliche Steinhaufen. Diese Südländer sollten erst einmal aufräumen und ihre Fenster putzen. Aber das Leben auf dem Luxusschiff gestaltete sich glamourös, das kann ich euch versichern.

Zum Dinner war Abendrobe obligatorisch. Das war natürlich kein Problem für mich. Ich erschien immer als die eleganteste Dame. Jeden Nachmittag hatte ich einen Termin beim Schiffsfriseur, was sage ich, Friseur, ein Haardesigner war das. Der Chefarzt an Bord hat mir den Hof gemacht."

„Ihre Reiseerlebnisse sind hochinteressant, Frau Bürgermeisterin, fahren Sie doch fort. Aber wollen wir nicht erst einen ordentlichen Schluck von dem Glühwein trinken, der wird sonst kalt."

„Natürlich, ihr habt Recht, herzlichen Dank für euren lieben Besuch, und auf eine frohe Adventszeit."

Margot Langfritz nahm einen kräftigen Schluck aus ihrem Becher.

„Hmm, lecker und würzig, mit viel Nelken, ganz nach meinem Geschmack."

Sie trank noch einmal.

Die Nikoläuse warfen sich einen raschen, verschwörerischen Blick zu.

Nach wenigen Sekunden röchelte die ehemalige Bürgermeistergattin und griff sich panisch mit der Hand an den Hals. Ihr Körper begann sich in Krämpfen zu schütteln und sie kippte mit dem Stuhl nach hinten. Als sie auf dem Boden aufschlug, drang ein schriller Schrei aus ihrer Kehle.

Der in ihrer Nähe sitzende Nikolaus sprang auf und hielt ihr den Mund zu. Mit hervorquellenden Augen starrte Margot Langfritz ihren Peiniger verständnislos an.

Sie wälzte sich auf dem Teppich und verfiel in grauenhafte Zuckungen. Ein Stöhnen, das einem das Mark in den Knochen erstarren ließ, erfüllte den Raum.

Kalt verfolgte der zweite Nikolaus die diabolische Szene. Dann war der Todeskampf zu Ende. Margot Langfritz lag verkrümmt auf dem Boden und rührte sich nicht mehr. Ihre Finger hatten sich im Todeskampf in die Weihnachtsdecke auf dem Wohnzimmertisch gekrallt und sie heruntergerissen. Die Weihnachtsdekoration war durch das ganze Zimmer katapultiert worden. Ein kleiner, goldener Engel war auf ihrem Bauch gelandet. Schnell füllten die Nikoläuse den restlichen Glühwein in die Thermoskanne und verstauten sie mit den Bechern im Rucksack.

Sie löschten die Lichter im Haus, zogen den Schlüssel, der innen im Türschloss steckte, heraus und verschlossen die Haustür von außen. Ein Nikolaus steckte ihn in eine Tasche seines Mantels. Aufmerksam blickten sie sich um. Dann verschwanden sie geräuschlos in der Dunkelheit der Winternacht.

Etwa drei Stunden später näherte sich ein weißer Lieferwagen dem Haus von Margot Langfritz. Er wurde in die Hofeinfahrt gesteuert und das Motorengeräusch verstummte. Die Glühbirne der Nachtlaterne neben dem Garagentor erlosch nach einem gezielten, energischen Schlag mit einem Stein. Zwei schwarz gekleidete Gestalten mit Sturmhauben auf dem Kopf liefen auf leisen Sohlen an der Hauswand entlang und verschwanden schnell im Haus.

Das kleine Dorf lag wie ausgestorben im Licht der Sterne, kein Mensch war um diese Zeit unterwegs.

Kurz darauf erschienen die schwarzen Eindringlinge am Eingang und schleppten dann die schwere Leiche der alten Bürgermeistergattin zum Fahrzeug. Sie schoben sie gemeinsam auf die Ladefläche und schlossen leise die zwei Flügeltüren. Einer huschte zurück und steckte den Schlüssel von innen in das Schloss. Schließlich zog er die Tür zu.

Der Lieferwagen bewegte sich in langsamem Tempo auf der vereisten Straße. In Leutenbach wählte der Fahrer den Weg in Richtung Hundshaupten und nahm die Steigung umsichtig in Angriff. Als ihm ein Personenwagen entgegenkam und plötzlich sein Tempo verlangsamte, reagierte er nervös. Doch nichts geschah. Ohne weitere Zwischenfälle erreichten sie den Wanderparkplatz am Moritzbrunnen und stellten ihr Fahrzeug so weit wie möglich von der Straße entfernt ab.

Nun begann der anstrengendste Teil ihrer Aktion. Sie wollten die Tote auf den höchsten Platz des Burgstalles tragen. Dort sollte sie ausgestellt werden. Entschlossen begannen sie mit dem Aufstieg und trugen die Leiche, die immer schwerer zu werden schien, Schritt für Schritt den gewundenen, schmalen Pfad entlang auf die Anhöhe. Trotz ihrer groben Sohlen rutschten sie auf dem Schnee immer wieder ein Stück zurück. Mühsam trotteten sie weiter. Sie sprachen kein Wort und aus dem Wald, der sie umgab, drang kaum ein Laut.

Als sie die auserwählte Stelle, exponiert auf dem höchsten Felssporn und auf der Seite zum Wald hin von Brombeerbüschen umwuchert, erreicht hatten, waren sie schweißdurchnässt. Keuchend legten sie die Leiche auf der gefrorenen Erde ab.

Als die Kirchturmuhr von St. Moritz zweimal schlug, erstarrte der erste Nikolaus plötzlich. Ein verhaltenes Rascheln war aus dem Wald hinter ihnen zu vernehmen. Er drehte sich um und fixierte die finstere, undurchdringliche Wand der Buchen. Sein Atem formte kleine, weiße Wölkchen.

Das Rascheln kam näher, dann schien es einen Bogen zu schlagen und entfernte sich. Die Stille kehrte zurück.

„Wahrscheinlich ein Tier", flüsterte er.

„Ja, bestimmt", entgegnete der zweite Nikolaus mit fester, leiser Stimme.

Sie lehnten die tote Margot Langfritz an den Stamm einer Birke, banden ihren Oberkörper mit einem Strick fest und klebten ihr ein Stück Kreppband auf die Stirn.

Dann begannen sie mit dem Abstieg. Es schien, als hätte der eine Nikolaus Mühe, dem anderen zu folgen.

Ein grauer Waldkauz saß auf dem Ast der Birke und betrachtete die Gestalt, die direkt unter ihm am Stamm auf dem Fundament der ehemaligen Felsenburg lehnte. Leblose, weit aufgerissene Augen starrten ziellos in die Ferne. Der Schnee rieselte auf die Fellhausschuhe.

Nach einer Erzählung von Georg Kanzler lebte in der ehemaligen Burganlage von Oberleutenbach im 15. Jahrhundert Friedrich Freiherr von Stein mit seinen Kindern Elfriede und Herrmann. In den umliegenden, wildreichen Wäldern soll er auf die Jagd gegangen sein.

Das edelfreie Geschlecht von Leutenbach war in der Zeit von 1112 bis 1203 urkundlich erwähnt. Ein Abschnitt des Burggrabens mit seinem Wall und Treppenreste zeugten noch heute von der Existenz der Burg. Man vermutete, dass es sich aufgrund der kreisrunden Burganlage um eine Salierburg aus dem 11. Jahrhundert handelte.

Bischof Anton von Rotenhan gestattete den Einwohnern von Oberleutenbach 1444 den Abbau von Silbererzen. Überreste von Stollen waren noch zu erkennen. Eine Sage erzählte, dass von der Burg zur Kirche ein unterirdischer Gang führte, der jedoch nie gefunden wurde.

Viele Legenden umwoben die Filialkirche St. Moritz. Ältere Bewohner erzählten, dass es dort nicht ganz geheuer zuginge. Noch heute konnte man nachts das Rollen des Leichenwagens hören, als ob, so wie früher, die Toten mit einem Fuhrwerk nach St. Moritz transportiert würden.

Ein Weg mit dem Namen „Leichenfuhre" existierte noch immer.

Der Waldkauz verkündete seinen schaurigen Reviergesang, breitete die Flügel aus und flog in Richtung Ortspitz davon.

Donnerstag, 15. Dezember

Die fünf Mitglieder der Damengymnastikgruppe, Anneliese, Gunda, Regina, Luise und Manuela, warteten mit ihrer Trainerin Mathilde aufgeregt am Einstieg der Loipe, als ihr zukünftiger Langlauflehrer rasant in einem weißen Transporter auf den Parkplatz einbog. Klarissa König und Dorle Coutier hatten sich der Gruppe angeschlossen. Sie hatten schon vor längerer Zeit im Urlaub Langlaufkurse belegt, besaßen eine eigene Ausrüstung und planten eine ausgiebige Runde zu drehen. Sie wollten nur noch den hochgepriesenen Skilehrer aus Tirol kennenlernen.

Sepp Bierbichl sprang voller Elan aus seinem Fahrzeug und ließ ein munteres „Grüßt euch Gott, ihr Madeln" vernehmen. Er räumte die Ausrüstung von der Ladefläche und verteilte sie samt Schuhen an die Schülerinnen: „Was für eine charmante Truppe, wunderbar", rief er. „Ich werde euch jetzt das Wichtigste zum Langlaufen beibringen. Nur Mut, meine Damen, das ist keine Hexerei. Zieht die Schuhe an und steigt in die Bindung. Mit dem Skistock könnt ihr euch abstützen."

Anneliese trat neben die Bindung, rutschte weg und landete unsanft im Schnee.

Sepp Bierbichl zog sie hoch und half ihr beim Einsteigen: „Ganz ruhig, Madl, Anfängerfehler, nicht schlimm, das wird schon."

Er bemerkte die magentafarbenen Locken, die unter der schilfgrünen Pudelmütze hervorlugten, und verlor auf der Stelle sein Herz an diese propere Fränkin mit den runden Wangen und den sanften, braunen Augen.

Er wies die Sportlerinnen an, sich in Reih und Glied aufzustellen. Sepp Bierbichl stand lässig vor ihnen, erklärte den weiteren Ablauf, und welche Techniken sie heute lernen würden. Anneliese Schüpferling fand den kleinen, drahtigen, braungebrannten Mann mit den bergseedunklen Augen einfach hinreißend.

Klarissa und Dorle stiegen in die Loipe und glitten elegant nebeneinander auf der harschen Spur unter einem herrlichen, ultramarinblauen Winterhimmel davon.

In dem urigen und weithin bekannten Wirtshaus „Zu den drei Zinnen" in Großenohe wollten sie Kaffee trinken und den berühmten, selbst gebackenen Bienenstich essen.

Manuela Henneberger blickte neidisch hinterher. Nun, sie würde diesem österreichischen Seppl schon zeigen, wie lernfähig und sportiv ein fränkisches Urgestein war.

Dorle wandte sich grinsend an Klarissa: „Ich finde, der sieht mit seiner Zipfelmütze, der runden Sonnenbrille und seiner kleinwüchsigen, kernigen Gestalt aus wie der siebte Zwerg, der aus seiner Männerwohngemeinschaft verstoßen wurde."

Klarissa brach in schallendes Gelächter aus und fiel beinahe aus der Spur.

Anneliese stand unsicher auf den ungewohnten, wackeligen schmalen Skiern. Der rechte Ski machte sich selbständig, sie geriet in Schieflage, ruderte hilflos mit den Armen und stach dabei ihrer Nachbarin Gunda mit dem Skistock beinahe ein Auge aus. Dann fiel sie auf Gunda, löste dadurch einen Dominoeffekt aus, und der ganze Kurs purzelte in den Schnee. Mühsam rappelten sie sich wieder hoch.

„So, meine Madeln", rief der Sepp. „Jetzt wird es ernst. Ich fahre vorneweg, und ihr hinterher. Ihr macht genau das, was ich euch vormache."

Die Karawane setzte sich in Bewegung und die Zipfelmützenspitzen schaukelten im Takt. Vier Alpakas, drei ausgewachsene Tiere und ein Neugeborenes, die in einem weitläufigen, von einem Gatter umzäunten Gehege standen, beobachteten die Szene interessiert. Die großen Tiere mit ihren x-förmigen Beinen und dem Pony, der über ihre Augen fiel, schauten über den Zaun, das Baby hatte den Kopf neugierig zwischen zwei Holzstreben hindurchgesteckt. Als der Anfängerskikurs sich auf den Weg machte, drehten sich vier Köpfe synchron in diese Richtung.

Sepp sah kurz über die Schulter: „Nicht stapfen, Anneliese, gleiten, mit dem ganzen Körper gleiten, und leicht nach vorne beugen, sonst verlierst du das Gleichgewicht und kippst rückwärts in den Schnee."

Mit Schweißperlen auf der Stirn versuchte Anneliese verkrampft den verwirrenden Anweisungen zu folgen.

Der Skilehrer drehte sich zu seinem Kurs um und erklärte: „Ich bringe euch jetzt das Abbremsen bei. Das ist sehr wichtig. Man muss seine Skier immer unter Kontrolle behalten. Ich fahre ein Stück den kleinen Hügel hinunter, dann fährt eine nach der anderen mir nach. Wenn ihr zu sehr an Tempo zulegt, setzt ihr einen Ski aus der Spur, wie bei einem halben Pflug, und verkantet ihn. So werdet ihr langsamer und könnt stoppen. Regina, du fängst bitte an."

Die Pfarrerin zitterte den kleinen Berg hinunter und kam vor Sepp zum Stehen.

„Super, Regina, ganz super. Jetzt du, Anneliese."

Anneliese Schüpferling zögerte. Ein ungutes Gefühl beschlich sie. Sollte sie sich tatsächlich diesen Abgrund, der sie wie ein Höllenschlund angähnte, hinunterstürzen? Aber der Sepp stand ja unten, er würde sie retten.

Sie stieß sich mit den Stöcken ab und rutschte schwankend den Hügel hinunter. Als sie ihren Skilehrer beinahe erreicht hatte, versuchte sie durch die erklärte Technik den rechten Ski aus der Spur zu heben. Wie magnetisch angezogen, verharrte er jedoch unnachgiebig in der Loipe. Es gelang ihr nicht, den Bremsvorgang einzuleiten. In zunehmendem Tempo fuhr sie an Sepp vorbei, auf die nächste, weit steilere Senke zu. Sie beschleunigte ungewollt, raste unkontrolliert den Berg hinunter und versuchte verzweifelt mit ausgestreckten, rudernden Armen ihr Gleichgewicht zu halten.

„Ski raus und bremsen", brüllte Sepp.

„Hilfe", brüllte Anneliese.

„Lass' dich in den Schnee fallen", brüllte Sepp.

Die anderen Mitglieder des Skikurses verfolgten mit wachsendem Entsetzen das furchterregende Schauspiel. Ein kleiner Hügel kam in rasender Geschwindigkeit auf Anneliese zu, der, als sie ihn hochsauste, wie eine Sprungschanze wirkte.

Schreiend erhob sich die Sportlerin in die Lüfte, ihre Pudelmütze flog vom Kopf, die magentafarbenen Locken wehten im Fahrtwind. Dann verschwand sie kopfüber in einer hohen Schneewehe. Nur eine Skispitze ragte verkehrt herum aus der eisigen Anhäufung.

Sepp glitt in rasantem Tempo direkt über den verschneiten Acker auf die Unfallstelle zu, stieg hastig aus seiner Bindung und krabbelte entschlossen auf allen Vieren die Wehe hinauf. Die Madeln eilten ihm, zu Tode erschrocken, zu Hilfe. Sie lösten die Bindung und zogen und zerrten an Annelieses Beinen, bis ihr puterroter Kopf am Rand der Höhlung erschien. Sie rang nach Luft. Dann brach sie in Tränen aus.

Sepp zog sie die Wehe herunter und nahm sie tröstend in seine starken Skilehrerarme.

„Ist schon gut Madl, ist schon gut. Es ist ja nichts passiert. Du hast ein Mordsglück gehabt. Bist ein tapferes Madl."

Anneliese beruhigte sich. Der tollkühne Sepp hatte sie gerettet. Alles war gut.

Der Skilehrer zog einen silbernen Flachmann aus seiner Anoraktasche: „Trink ein Schnapserl, mein Skihaserl. Das ist Marillen-Schnaps aus Tirol. Der hilft gegen alles."

Es gehörte zu den Aufgaben des Kirchendieners der Pfarrei Leutenbach, Johannes Zapf, jeden Morgen bei Bedarf auch auf dem Zugang zu der Filialkirche St. Moritz und dem Rundweg durch den idyllisch gelegenen, kleinen Friedhof den Schnee zu räumen.

Der Kirchdiener war von kleiner Statur, wog beachtliche einhundertzwanzig Kilo und seine schwarzen Haare hingen wirr um sein dickes Gesicht.

Er schippte und schaufelte pflichtbewusst, und sein Wollpullover unter der Arbeitsjacke war bereits durchgeschwitzt.

Seine Kappe hatte er in die Hosentasche geschoben, obwohl seine 79-jährige Mutter ihn immer ermahnte, bei der Kälte eine Kopfbedeckung zu tragen.

Alle paar Minuten hielt er keuchend inne, stützte sich auf den Stiel der Schippe und wartete, bis er wieder zu Atem kam. Bei einem Rundgang durch den Innenraum des mit seinen Skulpturen, von Kassetten umrahmten Darstellungen von Heiligen und weiterer wertvoller Ausstattung prächtigen Kirchleins vergewisserte er sich, dass alles seine Ordnung hatte.

Heutzutage, überlegte er grimmig, mussten Gotteshäuser schändlicherweise verschlossen werden. Ansonsten zogen sie diebisches Pack an, wie ein Stück verdorbene Stadtwurst die Schmeißfliegen.

Als er seine Arbeit beendet hatte, stellte er sich neben dem Brunnen des heiligen Mauritius vor den ersten Treppenabsatz der Stufen, die am Anfang des steilen Weges auf den Burgstall der ehemaligen Anlage grob in den Berg geschlagen waren. Er blickte auf die vor ihm liegende Anhöhe, auf der sich mächtige, verschneite Buchen erhoben, hinauf, schlug rasch ein Kreuz, und begann entschlossen den felsigen Berg zu erklimmen.

Diese für den Kirchendiener Johannes Zapf äußerst ungewöhnliche Unternehmung hatte natürlich einen Grund. Seit voriger Woche arbeitete eine neue Bäckereiverkäuferin in dem kleinen, gemütlichen Café in Leutenbach, wo er sich jeden Morgen, hinter dem Rücken seiner Mutter, mit süßem Gebäck versorgte. Die von ihr bestrichenen Leberwurstbrote ließ er unauffällig in einem Abfallcontainer der Gemeinde verschwinden. In diese süße kleine Verkäuferin mit ihren wilden, kastanienfarbenen Locken hatte sich der Junggeselle unsterblich verliebt. Aber selbst ihm war klar, dass er, bevor er ihr nach allen Regeln der Kunst den Hof machen konnte, an seiner äußeren Erscheinung arbeiten musste. Jede Woche schaute er „Bauer sucht Frau" und wusste deshalb, worauf es ankam, wenn man bei einer Dame landen wollte.

Jetzt war es wichtig, sein Gewicht zu reduzieren und durch die körperliche Ertüchtigung Muskelpakete aufzubauen, um dadurch seinen Körper zu straffen. Besuche beim Friseur und beim Zahnarzt standen ebenfalls auf dem Programm.

Nach einigen Metern legte er hyperventilierend eine Pause ein und klammerte sich an das Holzgeländer. Weiter und weiter kämpfte er sich, längst am Ende seiner Kräfte, die endlos erscheinende Anhöhe hinauf. Auf dem Burgstall mehr kriechend als laufend angekommen, fühlte sich Johannes Zapf kurz vor dem Herzinfarkt. An einen Baum gelehnt verharrte er, bis sein Atem gleichmäßiger ging. Dann trat er, erfüllt von Stolz, dass er seinen inneren Schweinehund besiegt hatte, hinaus auf einen Felsvorsprung und betrachtete die schöne Aussicht, die sich ihm bot.

Von seinem Standpunkt aus konnte er vier Kirchen erkennen. St. Moritz, St. Jakobus in Leutenbach, das Kirchlein Reifenberg und die Walpurgiskapelle auf der Ehrenbürg.

Hier oben auf dem Berg war die Luft klar und frisch und es herrschte eine andächtige Stille. Johannes Zapf sah sich um und entdeckte einen ebenen, felsigen Platz, auf dem zwei flache Steine lagen, die zum Sitzen einluden. Anscheinend hatte hier jemand vor einiger Zeit ein Lagerfeuer entzündet. Verkohlte Äste deuteten darauf hin.

Ihm kam eine grandiose Idee. Wenn er sich in einigen Monaten in eine ansehnliche Form gebracht hätte, würde er die hübsche Verkäuferin zu einem romantischen Picknick hier oben einladen, ein Feuer entfachen und ihr seine Liebe gestehen.

Verträumt lächelte er vor sich hin, als er in seinem linken Augenwinkel etwas wahrnahm, das auf einer Felsnase nichts zu suchen hatte. Alarmiert drehte er sich um. Wässrig blaue Augen, wie von einem Schleier überzogen, starrten ihn aus einem fratzenhaft verzogenen Gesicht an. Schneebepuderte Hausschuhe streckten sich ihm anklagend entgegen. Sein Herz begann zu rasen. Dann stieß Johannes Zapf einen schrillen Schrei des Entsetzens aus und stolperte die Anhöhe hinunter, als wäre ein zähnefletschender Dämon mit glutroten Augen hinter ihm her.

Die beiden Kommissare standen, eingepackt in dicke Anoraks, Schals und Mützen, auf dem Burgstall und betrachteten mit versteinerten Mienen die weibliche Leiche, die vor ihnen an einem Birkenstamm lehnte und mit einem Strick festgebunden war.

Das Gelände war weitläufig abgesperrt worden und Mitarbeiter der Spurensicherung in ihren weißen Overalls untersuchten den Fundort.

„Der gleiche Modus Operandi", stellte Gerd Förster fest. „Wieder ein alter Mensch, wieder auf einem Burgberg zur Schau gestellt, und wieder dieses Kreppband mit dem Spruch auf der Stirn."

„JEDER VERRÄTER STIRBT FRÜHER ODER SPÄTER!"

Auch die Zeichnung mit dem Apfelbaum, an dem ein erhängter Mensch baumelte, fehlte nicht.

Karl-Heinz von Hohenfels untersuchte die tote Frau behutsam und wies seine Kollegen auf den grimassenhaft verzerrten Gesichtsausdruck der Leiche hin. Mandy Bergmann war schockiert. Wer tat wehrlosen Greisen so etwas an, wer quälte sie so grausam? Aus welchem Grund, was war das Motiv? Auf die Kommissarin wirkte es so, als wollte jemand fürchterliche Rache nehmen. Wer die Frau wohl war, wen ließ sie zurück, mit dem Schicksal einer solchen Tragödie?

Plötzlich klingelte ihr Handy. „Ja?"

Sie stutzte.

„Woher haben Sie meine Handynummer? Unterstehen Sie sich mich noch einmal anzurufen." Verärgert drückte sie das Gespräch weg.

„Wer war denn das?", wollte ihr Kollege wissen.

„Oskar Beer!"

„Oskar Beer? Was will der denn von dir?"

„Was weiß ich." Unwirsch steckte sie ihr Handy in die Jackentasche.

„Habt ihr etwas gefunden?", fragte der Kommissar.

Ein Kollege von der Spurensicherung blickte zu ihm hoch: „In der näheren Umgebung gab es keine Spuren oder Hinweise. Es hat heute Nacht geschneit. Aber schau mal, hier am inneren Saum des Hausmantels ist mit kunstvoller Stickerei ein Name eingenäht."

Gerd Förster ging in die Hocke und las die verschlungenen purpurroten Buchstaben: „Margot Frieda Langfritz", murmelte er nachdenklich. „Wer bist du und was hast du getan, dass dir jemand eine so grausame Strafe auferlegt?"

Die Kommissare und der Rechtsmediziner hatten ihre Arbeit am Fundort der Toten beendet und fuhren nach Leutenbach in eine gemütliche Gaststätte mit Brennerei. Sie wollten sich aufwärmen und einen heißen Tee trinken.

Als die Bedienung sich außer Hörweite befand, bemerkte Gerd Förster lakonisch: „Ich wisst, was dieser erneute Leichenfund bedeutet?"

Mandy nickte ernst: „Unsere Erbentheorie können wir vergessen. Hier handelt jemand planmäßig und befindet sich auf einem gnadenlosen Rachefeldzug, getrieben von abgrundtiefem Hass. Wer weiß, wie viele potenzielle Opfer noch auf seiner Todesliste stehen?"

Rainer Rohlederer führte seine Chiyoko nach Einbruch der Dunkelheit auf einen Hügel. Fürsorglich hatte er ihr empfohlen sich warm anzuziehen. Sie war ja so verfroren. In mehrere Kleiderschichten gehüllt, wanderte sie neben ihm den Pfad hinauf. Schüchtern hatte Rainer ihre behandschuhte Hand ergriffen und sie entzog sie ihm nicht. Um das Ziel ihrer Unternehmung oder den Sinn machte er ein Geheimnis. Er hatte von einer Überraschung gesprochen. Chiyoko war total aufgeregt. Was hatte Lainel wohl mit ihr vor?

Als sie einem Reitersmann auf einem stämmigen, rabenschwarzen Kaltblüter begegneten, grüßten sie freundlich.

Als der Mann in der Dunkelheit verschwunden war, erzählte Chiyoko: „In meinel Heimat leiten die Männel kliegelischel Stämme ohne Sattel, mit del einen Hand halten sie die Zügel, in del andelen Hand befindet sich eine Flasche mit selbst geblanntem Zwetschgenschnaps."

„Ach, Chiyoko", seufzte Rainer glücklich. „Bei uns hier gibt es auch viel Zwetschgenschnaps, schon wieder eine Gemeinsamkeit."

Auf dem Hügel angekommen, hielt er seiner Gefährtin die Augen zu und führte sie noch ein Stück weiter: „Die Augen geschlossen halten, Chiyoko, schön geschlossen."

Sie vernahm ein ploppendes Geräusch, dann sanft sprudelnde Töne.

„Öffne nun deine wunderschönen Augen, Chiyoko", forderte sie der Rinderbauer mit Vorfreude in der Stimme auf.

Er drückte ihr ein Kristallglas, gefüllt mit Sekt, in die Hand, in dessen Perlen das Mondlicht glitzerte, und drehte sie erwartungsvoll in eine bestimmte Richtung. Chiyoko war hingerissen von dem Anblick, der sich ihr bot.

„Wie lomantisch, Lainel, wundelfein."

Unter ihr erstreckte sich ein Lichtermeer von Fackeln, deren Flammen in den Nachthimmel loderten. Rainer hatte sie auf einem seiner Äcker in einer ganz bestimmten Form angeordnet und in die gefrorene Erde hineingetrieben. Der Feuerschein warf langgezogene Schatten auf den Schnee. Das ganze Bild wirkte wie eine Performance aus Feuer und Eis.

„Lies die Botschaft, Chiyoko!", flüsterte Rainer. Ihre Augen folgten der Anordnung der Fackeln, die Buchstaben formten.

Die Worte „I love you" flackerten im Schnee. Um die Liebesbotschaft schlang sich ein riesiges flammendes Herz.

„Oh Lainel, so etwas Schönes hat noch nie jemand fül mich gemacht. Ich danke Dil." Vor Rührung hatte sie Tränen in den Augen.

Rainer stieß mit ihr an, dann fragte er sie feierlich: „Willst du meine Frau werden, Chiyoko?"

Eine dicke Träne hing in seinem rechten Augenwinkel. Dann heulte die Feuersirene los und wenige Minuten später rückte der gesamte Löschzug der freiwilligen Feuerwehr aus.

Freitag, 16. Dezember

Während der Beerdigung von Baptist Gößwein, der vom rechtsmedizinischen Institut freigegeben worden war, ereignete sich ein seltsamer Zwischenfall, von dem die Alten im Dorf noch Jahre später mit geheimnisvoller Stimme erzählten.

Hunderte von Menschen, Freunde, Weggefährten, Vereinskameraden und fast die gesamte Dorfbevölkerung hatten sich eingefunden, um den Pfarrer auf seinem letzten Weg zu begleiten, und gingen gemessenen Schrittes den Weg zur Aussegnungshalle hinauf. Alle trugen dunkle Kleidung und manche unterhielten sich leise.

Der Friedhof bot kaum noch Platz für die vielen Trauergäste. Auch Mandy Bergmann und Gerd Förster hatten sich unter die Menge gemischt und beobachteten unauffällig das Geschehen.

Der Rollstuhl von Wilhelm Bärenreuther, dem alten Apotheker, war von einer Altenpflegerin der Sozialstation so weit wie möglich zu der Grabstätte geschoben worden, damit er die Beisetzung verfolgen konnte.

Die Probleme mit seinem rechten Bein wurden aufgrund seiner Diabeteserkrankung immer schlimmer. Sein Arzt hatte vorige Woche vorsichtig das Thema Amputation angesprochen und schaffte es gerade noch hinter seinem Schreibtisch in Deckung zu gehen, bevor der wuchtige, gläserne Briefbeschwerer über seinen Kopf hinwegsauste.

Auf einem hohen Steinpfosten mit eingemeißelten Ornamenten thronte, bewegungslos und unbeachtet von der trauernden Versammlung, die dicke Glückskatze von Baptist Gößwein wie eine Sphinx.

Ihre rötlich-goldenen Felltupfer schienen von innen heraus zu glühen. Die hellgrünen, schrägen Augen fixierten den Sarg ihres Herrchens, der soeben in die Grube hinuntergelassen wurde.

Genau in dem Moment, als die traurige Melodie eines Kirchenliedes erklang und die Trauergemeinde in den Gesang einstimmte, sprang das schöne Tier mit einem mächtigen Satz von seinem Aussichtspunkt und landete exakt von den Füßen von Wilhelm Bärenreuther.

Die mit dem Schwanz schlagende Katze starrte ihn an, stieß ein furchterregendes, lang gezogenes Fauchen aus, drehte sich blitzschnell um und raste auf das Dickicht des nahen Waldes zu. Sekundenlanges Wehklagen wurde von der kalten Winterluft über die verschneiten Wiesen und Äcker getragen.

Der dicke Ewald, der während dieses Vorfalls direkt hinter dem Rollstuhl des alten Apothekers gestanden hatte, schwor nach der Beerdigung, als sich die Trauergäste beim zünftigen Leichenschmaus versammelt hatten, beim Leben seiner alten Mutter, aus den leuchtenden Augen der Katze hätte Luzifer persönlich geblickt.

Nachdem Baptist Gößwein beerdigt worden war, trat die Pfarrerin Regina Engeltal in ihrer feierlichen, schwarzen Soutane auf die Kommissare zu und bat sie um ein vertrauliches Gespräch im Pfarrhaus. Sie beschlossen sich in ein bis zwei Stunden zu treffen. Erst stand die Hausdurchsuchung bei Margot Langfritz auf dem Plan. Sie liefen zu Fuß zu dem Gebäude, das nur ein paar Schritte vom Friedhof entfernt lag.

„Hast du das merkwürdige Verhalten der Katze von Baptist Gößwein bemerkt?", fragte Gerd Förster seine Kollegin.

„Ja, das war schon fast gespenstisch, wie das Tier den alten Mann im Rollstuhl fixiert und angefaucht hat."

„Wahrscheinlich ist es vor Trauer um sein Herrchen wie von Sinnen. Katzen sind sehr sensibel und merken sofort, wenn etwas nicht stimmt. Aber das war wirklich eine bizarre Szene. Unser ganzer Fall erscheint mir bizarr. Nach dem zweiten Mord werden sich die Medien auf uns stürzen und uns die Hölle heiß machen. Ebenso wie der Polizeipräsident."

Gerd Förster fuhr sich durch die blonden Haare: „Lass uns das Haus des zweiten Opfers anschauen. Ich hoffe, wir finden dort irgendwelche Hinweise, die uns weiterbringen. Die Spurensicherung müsste inzwischen auch eingetroffen sein."

Die Wohnstätte der alten Bürgermeisterwitwe stellte sich als einstöckiges Fachwerkhaus heraus, das genau wie der Vorgarten und der rechteckige Hof einen sehr gepflegten Eindruck machte. Der schmale Garten zur Straße hin war winterfest hergerichtet. Die Pfingstrosen und die Bauernhortensien waren fachgerecht zurückgeschnitten, die Rosenstöcke sorgfältig umhüllt mit Säcken, von denen rotbackige Nikolausgesichter lachten. Der honiggelbe Anstrich des Hauses harmonierte perfekt mit den dunkelbraun gebeizten Fachwerkbalken. Aus länglichen, matt messingfarbenen Metallkästen auf den breiten Fenstersimsen wuchsen Winterheidekrautpflanzen in Rosa- und Blautönen. Dazwischen steckten weihnachtliche, bunte Holzfiguren.

„Sehr hübsch hat sie gewohnt", meinte Mandy, streifte sich dünne Einmalhandschuhe über und öffnete die Haustür. „Die Tür ist unversperrt, wie bei Baptist Gößwein, und der Schlüssel steckt auch von innen."

Sie betraten das verlassene Heim von Margot Langfritz, in das sie nie mehr zurückkehren würde. Durch den Flur folgten sie dem Weg zu einer geöffneten Tür, die in das Wohnzimmer führte. Der Raum war behaglich mit alten, wertvollen Möbeln eingerichtet. Auf dem Esstisch fanden sie ein aufgeschlagenes Fotoalbum.

„Sie hat Bilder von einer Urlaubsreise eingeklebt, da steht Karthago, hat aber mitten in ihrer Beschäftigung aufgehört. Ist sie gestört worden?" Mandy versuchte sich in die Situation hineinzuversetzen.

„Da, sieh mal, der schwere Sessel ist verrutscht worden." Der Kommissar deutete auf das Möbelstück. „Man kann den tiefen Abdruck deutlich erkennen. Die Tischdecke liegt leicht schief auf der Oberfläche und die Weihnachtsdekoration scheint ein wenig in Unordnung geraten zu sein. Der Weihnachtsengel steht hier falsch, er gehört nicht an diesen Platz. Das passt gar nicht zu der sonst so akkuraten Einrichtung und dem ordentlichen Vorgarten."

Er betrachtete die Tischdecke näher und entdeckte eine völlig zerknüllte, handtellergroße Stelle auf dem Rand des Stoffes.

„Womöglich hat hier ein Kampf stattgefunden und die Zierdecke ist danach wieder auf den Tisch gelegt worden. Wir sehen uns jetzt genau um, in jedem Raum." Die Kommissarin betrachtete eine goldgerahmte, großformatige Fotografie, die einen Ehrenplatz in der Mitte auf dem Kaminsims hatte.

Eine attraktive junge Frau mit einer altmodischen Dauerwellenfrisur und ein stattlicher, Selbstbewusstsein ausstrahlender Mann hatten ein Mädchen in ihre Mitte genommen und umarmten es liebevoll. Es war zwischen dreizehn und fünfzehn Jahre alt und eine richtige Schönheit. Sie trug, wie damals üblich, ihr langes dunkles Haar zu dicken Zöpfen geflochten, ihre veilchenblauen Augen glänzten und ihr voller Mund strahlte eine sinnliche Anziehungskraft aus, der man sich nur schwer entziehen konnte. Die drei abgebildeten Personen lachten unbeschwert in die Kamera.

„Der alte Bürgermeister mit seiner Gattin in jungen Jahren. Ein schönes Paar. Das hübsche Mädchen in ihrer Mitte könnte ihre Tochter sein", spekulierte Mandy.

„Wir müssen mit den Familienangehörigen sprechen. Es kann ja sein, dass Margot Langfritz irgendetwas erzählt hat. Vielleicht ist ihr etwas aufgefallen, das anders war als sonst. Womöglich fühlte sie sich beobachtet oder bedroht. Das sind wichtige Punkte. Und wir müssen schnellstmöglich die Nachbarn befragen."

Die Kommissarin setzte sich an den Esstisch auf den Platz von Margot Langfritz und konzentrierte sich.

„Das Opfer sortiert Fotos in ein Album. Was geschah dann? Ist jemand gewaltsam in ihr Haus eingedrungen oder ist er einfach hereinspaziert, weil sie die Haustür nachts nicht verschloss? Oder hat es geklingelt und sie hat ihren Besuch hereingelassen. Aber warum? Kannte sie ihn? Wenn wir durchgehend vom gleichen ‚Modus Operandi' ausgehen, trinken sie dann Kinderglühwein mit aufgelöstem, tödlichem Gift? Was passiert dann? Margot Langfritz windet sich im Todeskampf auf dem Fußboden, verrückt dabei den Sessel und krallt ihre Finger in höchster Verzweiflung in das Tischtuch. Durch diesen Ruck fallen die Weihnachtsfiguren um.

Und dann wird sie in ihrem Morgenmantel und den Fellhausschuhen auf die Höhenburg getragen."

„Gut kombiniert, Mandy. So könnte es gewesen sein. Diese Theorie musst du jetzt nur noch beweisen. Und uns fehlt das Motiv. Das Motiv führt uns zum Täter."

Sie besahen sich die übrigen Räume des Hauses. In der Küche konnten sie kein gebrauchtes Geschirr entdecken. Auf der Anrichte waren glänzende Blechdosen aufgereiht, in denen Weihnachtsplätzchen, jedes in einem gezackten, weißen Papierschälchen, geschichtet waren. Die Kommissare nahmen den Duft von Zimt und Vanille wahr.

„Sie hat Plätzchen gebacken, es riecht wunderbar", stellte Mandy fest.

Das Bett im Schlafzimmer fanden sie unberührt vor. Gerd Förster schlug die Daunendecke zurück. Eine gusseiserne, inzwischen erkaltete Wärmflasche war am Fußende platziert worden. Ein Lächeln erschien auf seinem Gesicht. Seine Oma hatte ihm in den strengen Wintern, als er ein Kind war und bei seinen liebevollen Großeltern übernachten durfte, immer eine solche Flasche vor dem Schlafengehen ins Bett gelegt. Zuerst wurde sie in die Mitte des Bettes geschoben und dann an das Fußende, damit er es kuschelig warm hatte, während das Kondenswasser an den Wänden gefror. Er konnte sich nicht erinnern, seitdem je wieder so gut und behütet geschlafen zu haben.

Als sie im altmodischen Badezimmer die Unterwäsche betrachteten, die ordentlich auf gespannten Leinen über der Badewanne hing, kam ein junger, eifriger Kollege von der Spurensicherung, der seinen ersten Arbeitstag hatte, und zeigte ihnen weiße, fingerlange Fasern, die er auf dem Wohnzimmerteppich sorgfältig aufgelesen und in einen Plastikbeutel gesteckt hatte.

„Wieder diese Fasern, woher die wohl stammen? Es ist mir ein Rätsel", bemerkte Gerd Förster.

Der junge Kollege meldete sich aufgeregt zu Wort: „Ich habe eine Idee, Herr Kommissar."

„Na, dann heraus damit."

„Ich habe am Nikolaustag für die Kinder meiner Schwester den Weihnachtsmann gespielt. Hinterher hat Nele, das ist meine putzwütige Schwester, ein wenig mit mir geschimpft. Überall verstreut im Wohnzimmer hingen ausgefallenen Haare von meinem künstlichen Nikolausbart in den Teppichschlaufen. Nele bestand darauf, noch vor dem Abendessen zu staubsaugen. Typisch, die war schon als Kind so."

Verblüfft sahen die Kommissare sich an.

„Der Nikolaus kommt zu Besuch, bringt Glühwein mit und wird freudig ins Haus gebeten. Natürlich, das ergibt einen Sinn. Niemand würde ihn abweisen", kombinierte Gerd Förster.

„Wie perfide und raffiniert."

Mandy wandte sich an den neuen Kollegen, der verständnislos von einem zum anderen blickte: „Sehr gute Arbeit, ich werde Sie Ihrem Vorgesetzten gegenüber lobend erwähnen."

Der Techniker lief vor Stolz und Freude zinnoberrot an.

Ein weiterer Mann der Spurensicherung führte sie um das Haus herum zu einer Garageneinfahrt. „Die Birne von dieser Außenbeleuchtung wurde zerbrochen, wahrscheinlich mit diesem Stein." Er tütete den faustgroßen Kiesel ein.

„Und wir haben Reifenspuren gefunden, direkt vor der Garage, sie waren von Neuschnee bedeckt, doch darunter befand sich gefrorener Schnee, und die Pneus haben sich tief hinein gedrückt. Wir können brauchbare Abdrücke nehmen. Ich kann jetzt schon sagen, dass es sich um ein großes, schweres Fahrzeug handelt, zum Beispiel einen Lieferwagen."

„Danke Uwe." Gerd Förster besah sich die Einfahrt genauer. „Der Wagen wurde etwa zwei Meter vor dem Garagentor geparkt. Diese Stelle ist vom Nachbaranwesen nicht einsehbar. Die hohen, dicht stehenden Koniferen bilden einen Sichtschutz. So konnte die Leiche unbemerkt auf die Ladefläche gelegt werden. Danach wurde sie zum Burgstein in Leutenbach gefahren und hinauf transportiert. Trotzdem war diese Aktion gefährlich. Jemand hätte an der Einfahrt vorbeilaufen können. So spät war es doch noch nicht. So etwas erfordert Nerven wie Drahtseile und den unbedingten Willen, die Tat wie geplant auszuführen."

„Vielleicht ist der Mörder ein zweites Mal gekommen", mutmaßte Mandy. „Später in der Nacht, als die Bewohner der Ortschaft schliefen."

Der Kommissar ließ einen letzten Blick über die Reihe der Gewächse, die ihn stets an Friedhöfe erinnerten, schweifen, als ihm ein Glitzern zwischen den dunkelgrünen Nadeln auffiel. Er näherte sich dem Baum, ergriff den Gegenstand und hielt ihn in die Höhe.

„Seht mal, was ich gefunden habe. Hier hat jemand etwas verloren. Ein Schmuckstück."

Aufgeregt studierte Mandy den Fund. Es handelte sich um ein silbernes Armband mit kleinen Seesternen, deren filigrane Ärmchen mit winzigen, saphirblauen Splittern eingefasst waren. „Der Verschluss scheint defekt zu sein. Ob es nun der Mörder vermisst? Aber es muss auch nicht unbedingt von ihm sein", überlegte Mandy.

Gerd Förster nickte zufrieden: „Dieses Armkettchen könnte eine heiße Spur sein."

Als sie die Hofeinfahrt verließen, winkte sie eine ältere Bäuerin mit geblümtem Kopftuch zu sich.

„Ich habe eine Aussage zu machen", erklärte sie wichtigtuerisch. „Gestern Abend gegen zweiundzwanzig Uhr dreißig, als ich schon im Bett lag, hörte ich einen grauenvollen Schrei. Dann war es sofort wieder still. Erst wollte ich aus meinem Schlafzimmerfenster schauen, was da los ist. Dann fiel mir aber ein, dass meine Nachbarin, die Margot, sich gerne abends alte Filme im Fernsehen anschaute. Von Hitchcock und so, Sie wissen schon. In denen schöne, blonde Frauen von ihren Liebhabern heimtückisch gemeuchelt werden und fürchterlich schreien. Der Gedanke hat mich beruhigt und ich bin eingeschlafen. Die Margot war schon eine herrschsüchtige, arrogante, alte Schwartn, aber trotzdem hätte ich es ihr gegönnt, dass sie friedlich in ihrem Bett sterben darf, so wie wir uns das alle wünschen. Gott hab sie selig." Sie bekreuzigte sich und verschwand in ihrem Kuhstall.

Als die Kommissare das schön renovierte Pfarrhaus mit seinen kunstvoll verzierten Gauben, den Erkern und Türmchen erreichten, war im vorderen Garten eine ausgelassene Schneeballschlacht im Gange.

Die Kinder von Theo Engeltal, Lea-Sophie und David, bombardierten ihren Vater mit kleinen Schneebällen. Der wehrte sich zunächst, dann ließ er sich rückwärts mit ausgebreiteten Armen als Schneeengel auf die weiße, weiche Decke fallen und rief in gespielter Verzweiflung: „Hilfe, zu Hilfe, ich gebe auf."

Seine Kinder johlten vor Vergnügen, stürzten sich auf ihn und sie balgten sich im aufgewirbelten Schneegestöber.

Als David die Besucher wahrnahm, rappelte er sich kichernd auf und fragte treuherzig: „Wollt ihr unseren Schneemann sehen, der ist riesengroß. Außerdem hat er eine lange Nase, schwarze Augen und einen Sonnenhut. Kommt mit!"

Vertrauensvoll nahm er beide Kommissare bei der Hand und führte sie stolz zu der dicken, schiefen Gestalt. Mandy bewunderte den lustigen Gesellen: „Den habt ihr aber toll gebaut. Die Karottennase gefällt mir besonders gut."

Lea-Sophie drängte sich vor, umklammerte die Mohrrübe mit ihren Händchen, zerrte sie entschlossen aus dem runden Schneemanngesicht und biss hinein: „Das schmeckt mir lecker", erklärte sie ihrem Publikum. Ihr Bruder verzog weinerlich den Mund. Um eine Krise zu vermeiden, fischte Theo Engeltal eine zweite Karotte aus seiner Hosentasche und platzierte sie in der kurzzeitig verwaisten Höhlung.

„Guten Tag", rief er freundlich. „Sie wollen sicher zu meiner Frau. Regina ist in der Küche. Treten Sie nur ein."

Die Kommissare bahnten sich einen Weg durch den Flur und stiegen über kleine Gummistiefel, Memory-Karten und ein dreistöckiges, buntes Lego-Haus. Sie fanden die Pfarrerin gemeinsam mit ihrem ältesten Sohn Jakob vor der Arbeitsplatte stehend. Die beiden bereiteten das Abendessen zu. Auf dem Herd kochten Bandnudeln in einem großen Topf. Regina Engeltal verquirlte Eier und Gewürze in einer Glasschüssel und der eifrige Jakob schnitt, eine Taucherbrille auf der kecken Nase, mit einem Kindermesser Zwiebeln für die Schinkennudeln.

Die Pfarrerin wischte sich die Hände an einem Geschirrtuch ab und reichte den Kommissaren zur Begrüßung die Hand: „Hallo, danke, dass Sie gekommen sind. Gehen wir doch in mein Arbeitszimmer."

Sie stellte die Herdplatte aus. Zu ihrem Sohn gewandt fuhr sie fort: „Jakob, mein Lieblingshase, wir kochen später weiter. Unsere Unterhaltung wird nicht lange dauern. Passt du bitte in der Zwischenzeit auf die Zwillinge auf? Du kannst an deiner Ritterburg weiterbauen."

Jakob trottete zu einer Matratze in der Esszimmerecke und ließ sich daneben im Schneidersitz nieder. Die Liegestätte der Zwillinge Samantha und Samuel war mit sonnengelbem Stoff bezogen, auf dem Pu der Bär Freudensprünge vollführte. Die beiden Jüngsten der Familie Engeltal schliefen einander zugewandt tief und fest, während die Schnuller in ihren Babymündern leicht vibrierten.

Regina Engeltal lächelte: „Die beiden Kleinen lieben sich sehr. Sie wollen immer zusammen sein. Allerdings schlafen sie normalerweise nicht zur gleichen Zeit. Das ist jetzt ein Glücksfall."

Jakob studierte konzentriert den Bauplan einer Ritterburg und setzte geschickt einen schwarzen Legostein auf den begonnenen Turm der Raubritterbehausung.

„Hilfst du mir später bei dem Brunnen im Innenhof, Mama? Den Eimer muss man mit einem Seil herauf- und herunterziehen können."

„Natürlich, mein Großer, versprochen. Bis gleich."

Sie führte die Kommissare in ihr Arbeitszimmer und erzählte augenrollend: „Die Ritterburg ist schwarz. Lauter kleine, schwarze Steine. Wenn man sich länger mit dem Bau befasst, gehen einem die Augen über."

In einer gemütlichen Sitzecke nahmen sie Platz.

„Darf ich Ihnen etwas anbieten? Eine Tasse Kaffee oder ein Glas Wasser?"

Die Kommissare lehnten dankend ab.

Gerd Förster ergriff das Wort: „Sie wollen mit uns sprechen, Frau Engeltal, worum geht es?"

„Nun ja", die Pfarrerin strich sich mit den Fingern über die Schläfen. „Ich weiß gar nicht, ob es wichtig ist. Aber ich dachte, ich informiere Sie besser. Wir haben schließlich zwei Gemeindemitglieder auf grausame Art und Weise verloren." Sie hielt kurz inne und warf den Kommissaren einen traurigen Blick zu.

„Es geht um den Nachbarn der beiden Toten, Edmund Einöder." Regina Engeltal schilderte ihre Eindrücke. Er lebte in dem etwas heruntergekommenen Haus, das zwischen dem des alten Pfarrers und dem von Margot Langfritz stand. Edmund Einöder kam jeden Sonntag in die Kirche, ansonsten lebte er sehr zurückgezogen. Seine Eltern waren vor einigen Jahren kurz hintereinander verstorben und seitdem bewohnte er das Bauernhaus alleine. Damals hatte er das gesamte Vieh verkauft, der Kuhstall stand leer. Jetzt hatte er nur noch ein paar Hühner. Wovon er lebte, wusste sie nicht. Einmal hatte sie ihn besuchen und zum regelmäßig stattfindenden Treffen in der Pfarrei mit Kaffee und Kuchen einladen wollen, um ihn mehr in das Gemeindeleben einzubeziehen. Sie hatte gedacht, dass er sich vielleicht einsam fühlte. Der Mann hatte sie mit seiner Schrotflinte bedroht und hinausgeworfen.

Er war ein schrulliger Kauz. Ein Eigenbrötler. Auf die Pfarrerin machte er manchmal einen geistig verwirrten Eindruck. Sie hatte mitbekommen, dass er immer wieder Streit mit seinen Nachbarn hatte.

Baptist Gößwein hatte er beschuldigt, die Frösche in seinem Teich erschossen zu haben, weil er das penetrante Gequake nicht mehr ertragen konnte.

Mit der alten Bürgermeisterwitwe hatte er eine schwere Auseinandersetzung, weil er fest davon überzeugt war, dass sie seine Unterhemden zerschnitten hatte, die vor ihrem Panoramafenster auf der Leine hingen, weil sie ihr die Sicht auf den Hetzles verwehrt hatten.

„Es gibt noch mehr solche merkwürdigen Geschichten. Nicht, dass ich ihn als Mörder verdächtigen will. Verstehen Sie mich bitte nicht falsch. Aber womöglich ist die Situation eskaliert. Vielleicht sollten Sie mit ihm sprechen."

Die Kommissare hatten den Ausführungen der Pfarrerin aufmerksam zugehört.

Gerd Förster bedankte sich für die Informationen und meinte: „Wir werden auf jeden Fall mit ihm sprechen. Es könnte ja auch sein, dass er als direkter Nachbar der beiden Mordopfer etwas beobachtet hat."

Plötzlich durchdrang ein jämmerliches, forderndes Schreien das Pfarrhaus. Regina Engeltal erhob sich mit einer Gelassenheit, die wohl nur eine fünffache Mutter besaß, und erklärte: „Das ist meine Tochter Samantha. Sie hat Hunger."

Als die beiden Kommissare wieder auf der Straße standen, sagte Mandy: „Wir könnten doch einen kleinen Abstecher in das Café von Frau Henneberger machen, bevor wir diesen Edmund Einöder besuchen. Seit dem frühen Morgen sind wir auf den Beinen und ich könnte eine Tasse Cappuccino und ein Stück Kuchen vertragen."

„Einverstanden, Mandy, ich muss die vielen Eindrücke auch erst einmal auf mich wirken lassen."

Vor dem Eingang des kleinen Cafés trafen sie auf die Konditoreibesitzerin. Ihre Erscheinung war wie immer aufsehenerregend. Gerd Försters Blick jedoch zog es zu ihren Füßen. Fasziniert betrachtete er die Geschöpfe, in deren Begleitung sich Manuela Henneberger befand.

Drei niedliche weiße Möpse mit kurzen, krummen Beinen, glänzenden Knopfaugen und in Falten gelegten Gesichtern winselten und zerrten an ihren erdbeerroten Hundeleinen, die in farblich übereinstimmende und mit glitzernden Strasssteinen besetzte Halsbänder gehakt waren.

Die Leinen verhedderten sich und einem Hund wurden dadurch abrupt die Pfoten vom Boden weggezogen. Er stieß ein lang gezogenes, nahe an der Schmerzgrenze liegendes Quietschen aus.

Die Konditoreibesitzerin bedachte Gerd Förster mit einem charmanten Lächeln: „Was halten Sie von meiner neuesten Errungenschaft, Herr Kommissar? Darf ich vorstellen? Das sind die drei adeligen Hundedamen Gwendolyn, Ginger und Gloria. Sind Sie nicht absolut entzückend?"

Gerd Förster zwang sich zu einem Nicken. Manuela Hennebergers Redeschwall ergoss sich gnadenlos weiter über ihn. Sie hatte sich von Klausi einen Hund gewünscht, also waren sie sofort ins Tierheim gefahren. Ein Mops sollte es sein. Welcher Hund würde besser zu ihr, einer mondänen eleganten Frau, passen als diese edle Rasse. Wie der fabelhafte Loriot schon angemerkt hatte: Ein Leben ohne Mops war vorstellbar, aber unerfüllt, oder so ähnlich.

„Was soll ich Ihnen sagen, als ich die Bekanntschaft der drei bezaubernden Hundedamen machte, schloss ich sie sofort in mein großes Herz und habe sie mitgenommen. Was sage ich, ich habe sie ihrem schweren Schicksal im Tierheim entrissen. Sie waren bereits von Depressionen bedroht. Wussten Sie, dass heutzutage immer mehr Möpse unter einem Burnout-Syndrom leiden?"

Klausi hatte selbstverständlich alle drei ohne mit der Wimper zu zucken cash bezahlt.

„Sei still, Gloria. Jetzt müssen Sie uns entschuldigen, mein lieber Kommissar. Ich bin mit den Hundedamen unterwegs zur Schauspielbühne in Forchheim, dort findet ein Mops-Casting statt. Leonce und Lena von Georg Büchner soll aufgeführt werden, und da spielt ein Mops mit. Dabei handelt es sich natürlich um eine Hauptrolle. Ich bin mir sicher, dass eine meiner wohlerzogenen Schönheiten sich spielend gegen die Konkurrenz durchsetzen wird."

„Können wir trotzdem einen Kaffee bekommen?", fragte Gerd Förster.

„Selbstverständlich. Meine junge Bedienung aus Tschechien wird sich gerne um Sie kümmern."

Als Gwendolyn sich anschickte, ihr krummes Stummelbein zu heben, zog Manuela Henneberger sie mit einem derben Ruck davon.

Als die Kommissare an der schiefen Haustür, auf der am oberen Rand „20 * C * M * B * 18" mit Kreide geschrieben stand, klopften, wurde im ersten Stock ein Fenster aufgerissen und der Lauf einer Schrotflinte richtete sich auf sie.

„Runter von meinem Grundstück, ihr Bagage", schrie eine schrille Stimme, deren Besitzer nicht zu sehen war.

Dann schob sich ein rundes Gesicht mit Hängebacken durch den Fensterrahmen. Der spärliche, graue Haarkranz des aufgebrachten Mannes hatte sich zu Stacheln aufgerichtet.

„Ich zähle bis drei, dann schieße ich", drohte er.

Die verblüffte Mandy Bergmann nahm die Drohung ernst. Sie ergriff blitzschnell eine stabile Schneeschippe, die an der Hauswand neben der Eingangstür lehnte, drehte sie um, schwang sie durch die Luft und schlug dem überrumpelten Edmund Einöder mit der flachen Schaufel die Waffe aus der Hand. Sie vollführte in hohem Bogen einige Loopings und verfing sich in den Ästen einer Blaufichte, von der daraufhin Schnee rieselte.

Gerd Förster verfolgte die bühnenreife Vorstellung und grinste breit. Hinter dem Schlag hatte Power gesteckt.

„Kripo Bamberg", rief Mandy und hatte auch schon ihren Ausweis zur Hand. „Kommen Sie sofort herunter, wir müssen mit Ihnen reden. Und beeilen Sie sich, sonst verschaffen wir uns gewaltsam Einlass. Das ist kein Spaß, verstanden?"

Edmund Einöder hatte verstanden. Sekunden später stand er eingeschüchtert im Hauseingang.

„Ich dachte, Sie sind Einbrecher oder Hausierer, hier treibt sich Gesindel herum, Gesindel. Komme ich jetzt ins Zuchthaus?", fragte er mit zitternder Unterlippe.

„Wenn Sie mit uns sprechen und sich vernünftig verhalten, sehe ich ausnahmsweise davon ab." Sie zeigten ihm ihre Dienstausweise, aber er warf keinen Blick darauf.

„Ist schon in Ordnung, kommen Sie herein."

Durch einen niedrigen, dunklen Flur kamen sie in die Küche. Gerd Förster musterte den Mann. Er trug ein fleckiges, schon lange nicht mehr weißes Unterhemd, das sich über einem gewaltigen Bierbauch wölbte. Altmodische Hosenträger hielten die weite, ausgebeulte Arbeitshose. In der Küche herrschte eine heillose Unordnung. Auf der Anrichte und im Spülbecken stapelte sich benutztes Geschirr, auf dem mit einem Schmutzfilm überzogenen Linoleum türmten sich Zeitungen, auf dem Küchentisch stand ein Teller mit Wurstscheiben, deren Ränder sich dunkel wölbten.

Sie setzten sich um den Holztisch.

„Herr Einöder", begann Förster, „Ihre beiden Nachbarn sind einem Verbrechen zum Opfer gefallen, das ist Ihnen ja sicherlich bekannt. Ist Ihnen in den vergangenen Tagen oder Wochen irgendetwas Ungewöhnliches aufgefallen, etwas, das Sie misstrauisch gemacht hat? Etwas, das nicht hierher gehört? Gab es Vorfälle, die nicht normal waren, zum Beispiel Menschen oder Fahrzeuge, die Sie noch nie vorher gesehen haben?"

Edmund Einöder dachte lange nach und schüttelte dann den Kopf: „Nein, Herr Polizist. Alles war wie immer. Nur meine Hühner sind seit einiger Zeit nervös, richtig hektisch. Beim geringsten Geräusch rennen sie laut gackernd durcheinander und fliegen sogar in den Maschendrahtzaun."

Mandy Bergmann hakte nach: „Warum sind die Hühner nervös, Herr Einöder? Was glauben Sie? Haben Sie einen Verdacht, warum es so ist?"

„Vielleicht ein Fuchs, wer weiß, oder elende Eierdiebe?"

„Wir haben gehört, dass Sie mit Margot Langfritz und Baptist Gößwein Streit hatten, erzählen Sie uns bitte aus Ihrer Sicht davon."

„Ich hatte keinen Streit mit denen, die zwei verrückten Alten haben Streit mit mir gesucht, mit mir gesucht." Er begann seinen Oberkörper seitwärts hin und her zu wiegen. Schweiß glänzte auf seiner niedrigen Stirn, als er mit seiner Schilderung fortfuhr: „Der hinterhältige, alte Baptist hat sich nachts auf die Lauer gelegt und die Frösche in meinem Teich mit dem Luftgewehr erschossen. Der angeblich so fromme Mann. Auch meinen Lieblingsfrosch, Lieblingsfrosch."

Er äußerte die Wiederholungen mit einer veränderten, tieferen Stimme, so als ob zwei Personen sprächen.

„Dann hat er meinen Hund entführt, meinen Struppi, Struppi. Gutes Tier, gutes Tier. Der ist verschwunden. Ein abgeschnittenes Ohr hat der Lump mir geschickt, um Lösegeld zu erpressen, zu erpressen. Er hat Struppi gehasst, weil er angeblich tiefe Löcher in seinem Garten gebuddelt hat. Alles gelogen, gelogen."

Aufgeregt sprang er auf, stellte sich breitbeinig vor die Kommissare und trat von einem Fuß auf den anderen. Er wankte wie eine Tanne im Wind. Mandy konnte den Impuls, sich mitzuwiegen, kaum noch unterdrücken.

„Haben Sie das Ohr noch?", fragte Gerd Förster.

„Das haben die Henna gefressen, gefressen."

„Und was war mit Margot Langfritz?"

„Die Schwartn hat in meine Unterhemden auf der Wäscheleine Herzchen geschnitten. Sie war in mich verliebt, verliebt. Dann habe ich ihr meine Liebe erklärt. Ich wollte nicht länger alleine sein, alleine sein. Sie hat mich mit der Mistgabel von ihrem Hof gejagt, von ihrem Hof gejagt. Alter Bock, du geiler, hat sie geschrien. Hau bloß ab und komm mir nicht mehr auf den Hof. Sonst rufe ich die Polizei."

Mandy fühlte sich inzwischen seekrank. „Setzen Sie sich bitte wieder hin, Herr Einöder und beruhigen Sie sich."

Er ließ sich auf einen Stuhl fallen und seine Unterlippe begann erneut zu beben.

„Und was haben Sie unternommen, Herr Einöder?"

„Nichts, Frau Polizistin. Edmund glaubt doch keiner, glaubt doch keiner."

Er nahm sein rhythmisches Schwanken wieder auf.

Kaum waren sie wieder auf dem Revier in Bamberg, kam ein anonymer Anruf.

Samstag, 17. Dezember

Mandy Bergmann blickte durch den Spiegel in den Verhörraum. Edmund Einöder konnte sie von seiner Seite aus nicht sehen. Er wiegte sich unruhig hin und her und führte Selbstgespräche. Ihr wurde, nicht zum ersten Mal, bewusst, dass dieser Raum karg wie eine Klosterzelle wirkte.

Der Rechtsmediziner trat zu ihr und beobachtete den Bauern. „Was hat er denn, Carlo?", wollte die Kommissarin wissen. „Ist er krank oder geistig verwirrt? Leidet er unter einer Behinderung?"

„Der diensthabende Arzt hat ihm ein leichtes Beruhigungsmittel gegeben. Es wird gleich wirken, dann könnt ihr mit ihm sprechen. Wir wissen nicht, worunter er leidet. Er hat erzählt, dass er nie einen Kurpfuscher aufsucht und keine Arznei einnimmt. Das ist wahrscheinlich der springende Punkt. Ich vermute, dass es ihm erheblich besser gehen würde, wenn er in ärztlicher Behandlung und durch die entsprechenden Medikamente eingestellt wäre. Vielleicht ist es möglich, einen Betreuer für ihn zu bestellen."

„Wir gehen jetzt zu ihm rein", entschied Gerd Förster. „Sieglinde soll sich hinter ihn auf den Stuhl an der Wand setzen und ihn nicht aus den Augen lassen. Ich kann Edmund Einöder überhaupt noch nicht einschätzen. Gestern dachte ich noch, er könnte kein Wässerchen trüben und ist ein wenig verwirrt, aber harmlos. Nach dem Fund jedoch heute Morgen in seinem Keller weiß ich nicht mehr, was ich glauben soll."

Sie hatten am Morgen gemeinsam mit dem Team der Spurensicherung im Haus von Edmund Einöder jeden Stein umgedreht. Der überrumpelte Bauer hatte nicht verstanden, was ein Durchsuchungsbeschluss bedeutet. Es waren zwei Polizisten erforderlich gewesen, um ihn in seiner aufschäumenden Wut zu bändigen. Er musste in der Küche sitzen bleiben und die Kollegen passten auf ihn auf.

Mandy Bergmann und ein Techniker der Spurensicherung nahmen sich den unübersichtlichen Keller vor. Der Kollege entdeckte einen Einbauschrank unter der Kellertreppe und öffnete ihn vorsichtig.

Die Kommissarin lief langsam auf dem festgetretenen Lehmboden einen engen Gang mit niedrig hängender Decke entlang. Ab und zu musste sie den Kopf einziehen. Die Beleuchtung funktionierte nicht und so folgte sie dem Strahl ihrer Taschenlampe. Sie leuchtete in jede der düsteren Ecken und Winkel und umging irgendwelchen Unrat, der dort wahrscheinlich seit dem vorletzten Jahrhundert gelagert wurde. Von der Decke hingen dicke, klebrige Spinnweben, deren Fäden sie sich ungeduldig und angewidert aus dem Gesicht strich. Mandy Bergmann hasste Spinnen.

Sie vernahm ein Poltern und ein aufgebrachtes Geschrei aus dem Erdgeschoss über ihr. Es hörte sich an, als ob Edmund Einöder die Polizisten mit sämtlichen greifbaren Einrichtungsgegenständen seiner Küche bewerfen würde. Nun, die Kollegen waren in der Überzahl und würden schon mit ihm fertig werden. Sie öffnete eine quietschende Holztür, die über den Boden schabte, und betrat den letzten Kellerraum auf der rechten Seite. Sie würde sich von hinten nach vorne systematisch durch die Verschläge durcharbeiten.

Der Strahl der Taschenlampe fiel auf eine Werkbank aus Holz, die an der gegenüberliegenden, von Salpeter zerfressenen Wand stand. Kerben unterschiedlicher Größe und Tiefe sowie kleine Löcher übersäten ihre raue Oberfläche. Ein stählerner Schraubstock war am linken Rand befestigt. Daneben lag ein großes Tranchiermesser, auf dem ein dunkler Fleck zu erkennen war. Sie betrachtete ihn eingehend. Handelte es sich um getrocknetes Blut?

Völlig vertieft in ihre Überlegungen nahm sie das raschelnde Geräusch hinter ihrem Rücken leicht zeitverzögert wahr. Sie erstarrte kurz, dann wirbelte sie herum, leuchtete in die ungefähre Richtung, aus der sie den Ursprung des Raschelns vermutete, und zog ihre Pistole. Sie fühlte ihr Herz klopfen. War der verwirrte Edmund Einöder ihr in einem unbeobachteten Augenblick gefolgt? Drohte Gefahr von ihm?

Der Lichtkegel ihrer Lampe erfasste ein Wesen, dessen Augen sie feindselig ins Visier genommen hatten und den hellen Strahl reflektierten. Die riesige Ratte hatte sich angriffslustig aufgestellt, bleckte ihre langen, gelben Zähne und setzte zum Sprung an.

Mandy schoss. Der fürchterliche Knall wurde von den nahen Wänden zurückgeworfen und dröhnte in ihrem Kopf. Das abscheuliche Tier verharrte etwa einen Meter von der entsetzten Kommissarin entfernt eine Sekunde in der Luft, dann stürzte es auf den Boden und rührte sich nicht mehr. Die Blutlache, die sich um die Ratte bildete, vergrößerte sich rasch.

Mandy konnte sich nicht von der Stelle rühren und starrte paralysiert auf das verendende Tier.

Das Geräusch von hastigen Schritten drang in ihren Kopf. Gerd Förster stürmte mit gezogener Waffe in den Kellerraum. Fast wäre er über die Ratte gestolpert. Er blickte erschrocken von dem Tier zu seiner Kollegin.

„Sie hat mich angegriffen", sagte Mandy.

„Glatter Herzdurchschuss", scherzte der Kommissar. Er legte tröstend den Arm um seine Partnerin. „Du hast großartig reagiert, Mandy. Ratten, die keinen Fluchtweg sehen und deshalb angreifen, sind äußerst gefährlich. Sie hätte dich schwer verletzen können. Und sie übertragen Krankheiten."

Die Kommissarin atmete tief durch: „Danke, Gerd, jetzt geht es wieder. Schau mal, ich habe ein fleckiges Messer entdeckt."

Dann erregte eine unauffällige, kleine Schublade, eingelassen in die Werkbank, ihre Aufmerksamkeit. Sie zog sie heraus. Nur eine Schatulle befand sich darin. Sie war aus Holz angefertigt und mit Intarsien verziert, ein sehr hübsches Kästchen. Die Kommissarin klappte den Deckel hoch. In der winzigen Schatztruhe befanden sich drei Kapseln.

„Was das wohl ist?", fragte sie ihren Kollegen.

„Die Schatulle nehmen wir mit und das Messer ebenfalls. Die restlichen Kellerräume durchsuchen wir zusammen. Ich möchte kein Risiko mehr eingehen."

Sie betraten den Verhörraum, um Edmund Einöder mit dem Fund zu konfrontieren. Bei dem Fleck auf dem Messer handelte es sich um Hühnerblut. Die Kapseln in der wertvollen Schatulle enthielten Zyankali. Die Dosis, die eine Kapsel enthielt, reichte aus, um ein Menschenleben auszulöschen.

Gerd Förster ging den Bauern direkt an: „Wir haben in Ihrem Keller Gift gefunden, Zyankali. Wo haben Sie diese Substanz her?"

Edmund Einöder sah ihn verstört an: „Ich habe nur Rattengift im Keller, sonst nichts. Die Viecher sind eine Plage. Jemand anders muss das Zeug dort versteckt haben."

„Haben Sie damit Baptist Gößwein und Margot Langfritz vergiftet?"

„Nein, nicht doch, Edmund hat niemanden vergiftet. Edmund ist ein guter Junge, guter Junge. Tut keiner Fliege was zuleide."

Der Befragte hielt sich die Hände vor sein Gesicht und begann verzweifelt zu schluchzen.

„Sie haben kein Alibi für die Tatzeiten. Waren Sie nachts auf den Höhenburgen?"

„Nein, da oben spuken nachts Gespenster, vor denen fürchte ich mich. Ich war alleine zu Hause, ich bin immer alleine, immer alleine. Ich will heim, bitte, Edmund hat nichts gemacht."

Der Kommissar schüttelte resigniert den Kopf: „Es hat keinen Sinn. So kommen wir nicht weiter. Ich schlage vor, wir befragen ihn ein weiteres Mal, aber bei ihm zu Hause. Dann ziehen wir einen Psychologen hinzu. Der Mann steht ja völlig neben sich. So geht das nicht."

Er versuchte den Druck, der auf Edmund Einöder lastete, wegzunehmen.

„Eine nette Polizistin, sie heißt Jana, fährt Sie jetzt nach Hause, Herr Einöder. Wenn Sie wollen, holt sie Ihnen aus der Dorfwirtschaft noch etwas Gutes zum Mittagessen. Sie haben doch bestimmt Hunger?"

Der Bauer freute sich: „Kann Jana mir drei Bratwürste besorgen, mit Kraut?"

„Ja, sicher, ich habe nur noch eine Frage. Haben Sie einen Verdacht, wer für die Verbrechen verantwortlich sein könnte? Sie haben doch bestimmt darüber nachgedacht. Die Opfer waren schließlich Ihre Nachbarn."

Der Mann zögerte, dann nickte er. Sein Gesicht verdunkelte sich und er blickte vorsichtig über seine Schultern: „Das ist ein Geheimnis. Ein großes Geheimnis. Edmund muss schweigen."

Mandy schaute ihm in die Augen: „Wir sind doch jetzt Kumpels, Edmund. Nach der Sache mit der Schrotflinte haben wir uns doch prima verstanden. Ich gebe sie Ihnen auch wieder, Ehrenwort."

Edmund Einöder überlegte: „Also gut, weil wir jetzt Kumpels sind, Frau Polizistin."

Er flüsterte verschwörerisch mit weit aufgerissenen Augen: „Es waren die Walberla-Wächter."

„Die Walberla-Wächter?"

„Ja, die Walberla-Wächter. Gefährliche Leute, gefährlich."

„Und wo können wir die finden?"

„In der alten Feldscheune in der Senke am Bachlauf", umständlich beschrieb er den Weg dorthin.

„Sie treffen sich dort nachts, wenn die Hexen erwachen und auf ihre Besen steigen, manchmal mehrmals in der Woche, in der Woche."

Die Ermittler und der Rechtsmediziner setzten sich um den langen Tisch im Besprechungszimmer. Die Polizistin Sieglinde Silberhorn brachte Kaffee für alle und biss mutig in ein von ihrem fürsorglichen Vater gebackenes Weihnachtsplätzchen.

Gerd Förster trank dankbar einen Schluck Kaffee und ergriff das Wort: „Ich kann mir einfach nicht vorstellen, dass Edmund Einöder in der Lage ist, den Plan für ein derart perfides Verbrechen zu entwickeln und ihn dann konsequent umzusetzen. Dafür ist der Ablauf doch viel zu kompliziert und durchdacht. Der oder die Mörder handeln eiskalt, gnadenlos und berechnend. Und er geht hohe Risiken ein. Da weiß einer genau, was er tut.

Und er meint es verdammt ernst. Ich werde das beklemmende Gefühl nicht los, dass er sein Werk noch nicht vollendet hat."

Mandy Bergmann wandte ein: „Vielleicht stellt er sich nur so unbedarft und durcheinander. Und in Wirklichkeit ist er ein durchtriebener, cleverer Täter."

Der Kommissar schüttelte den Kopf: „Ich kann mir den Bauern als Täter nicht vorstellen. Aber wenn er ein Simulant ist, werden wir ihm schnell auf die Schliche kommen."

„Was hältst du von seiner Aussage über diese dubiosen Walberla-Wächter? Das hört sich für mich nach einer konspirativen Vereinigung an. Möglicherweise hat er diesen Klub erfunden, damit wir ihn gehen lassen."

Sieglinde schaltete sich ein: „Ich habe ihn genau beobachtet, als er von den Walberla-Wächtern berichtete. Auf mich wirkte seine Angst echt. Er verhielt sich so, als ob er ein lange gehütetes Geheimnis preisgibt."

Karl-Heinz von Hohenfels merkte an: „Wenn er ein Simulant ist, fand ich seine Vorstellung absolut überzeugend. Ich hege jedoch, ebenso wie Gerd, Zweifel, dass der Bauer zu diesen Verbrechen in der Lage ist."

„Nun", fuhr der Kommissar fort. „Wir nehmen den Hinweis ernst und überprüfen die Feldscheune. Sieglinde, du fährst mit einem Kollegen in den kommenden Tagen um Mitternacht Streife. Aber halte gebührenden Abstand, damit diese Walberla-Wächter, falls sie existieren, von den Fahrzeuggeräuschen nicht aufgeschreckt werden. Wenn du den Eindruck hast, dass sie sich in der Scheune aufhalten, alarmierst du uns. Dann nehmen wir sie hoch."

„In Ordnung, Gerd."

Sie war sich ihrer überaus wichtigen Aufgabe bewusst und fühlte Stolz in sich aufsteigen.

„Was haben wir noch?" Gerd Förster blätterte in seinen Unterlagen.

„Die Fingerabdrücke auf der Tischdecke in Margot Langfritz' Wohnzimmer stammen von ihr. Ich vermute, dass ihre Finger sich in den Stoff verkrallten, als sie auf den Boden stürzte und ei-

144

nen Halt suchte. Im gesamten Haus wurden ausschließlich ihre Abdrücke gefunden, allerdings erstaunlich wenige. Sie war wohl eine Putzfanatikerin."

„Ist sie an einer Kaliumcyanidvergiftung gestorben, Carlo?", fragte die Kommissarin.

„Der toxikologische Befund liegt noch nicht vor. Aber ich und mein Kollege sind zu neunundneunzig Prozent davon überzeugt, dass Margot Langfritz auf die gleiche Weise ums Leben kam wie Baptist Gößwein. Auch sie hatte Kinderglühwein getrunken."

Gerd Förster nickte: „Der Täter geht nach dem gleichen Plan vor. Ich nehme an, das Gift war wieder in dem Getränk aufgelöst. Wir haben im Haus keinen Kinderglühwein gefunden."

„Bist du mit der Überprüfung der Lieferwagen weitergekommen, Sieglinde?"

Die Polizistin nickte eifrig: „Ich habe recherchiert. Es sind in einem Radius von zwanzig Kilometern um den Wohnsitz der Opfer 157 weiße Lieferwagen gemeldet. Davon haben 36 Fahrzeuge die Ziffer Drei oder Neun im Nummernschild."

„Gut gemacht, du klapperst alle Wagenbesitzer ab. Sprich mit ihnen und frage sie, ob sie ihren Wagen in der fraglichen Zeit verliehen hatten und an wen. Wenn du der Meinung bist, der Befragte könnte mit den Verbrechen in Zusammenhang stehen, fragst du ihn, wo er zu der Zeit war. Aber bitte Vorsicht, wir stehen unter der Beobachtung der Presse. Achte bitte genau darauf, ob sich jemand auffällig oder nervös verhält. Ach, das muss ich dir doch überhaupt nicht erklären, du machst das schon. Hoffentlich bringt uns das weiter."

Die Medien hatten dem Mörder den Namen „Burgsteinbestie" verpasst und forderten immer vehementer schnelle Ermittlungsergebnisse. Senioren trauten sich nachts nicht mehr alleine auf die Straße und verriegelten ängstlich ihre Haustüren.

Polizeistreifen mussten immer wieder ausrücken, wenn bei einem alten Menschen abends nur die Türglocke läutete. Sie mussten dringend einen Durchbruch erzielen.

Nach der Besprechung machte sich Gerd Förster auf den Weg nach Wiesenthau. Er hatte seiner Schwester Ulrike versprochen mit ihr und ihrem Enkelkind, dem vierjährigen Anton, einen Ausflug zu machen. Schon vor Wochen hatte er Karten für eine Nikolausfahrt mit der historischen Dampfeisenbahn besorgt. Er parkte vor dem Haus seiner Schwester unterhalb des Schlosses, dessen eindrucksvoller Anblick ihn immer wieder begeisterte. Der mächtige, dreiflügelige Renaissancebau aus der Mitte des 16. Jahrhunderts mit seinen vier Ecktürmen erhob sich am Fuße der Ehrenbürg.

Der kleine Anton, Toni genannt, erwartete ihn bereits aufgeregt an der Haustür, den kleinen Rucksack in der Hand. Das lebhafte, überaus gesprächige Kind liebte Ausflüge und Onkel Gerd.

„Na, du alte Sumpfschnecke, alles klar?", fragte der Kommissar den Jungen.

„Alles klar, Onkel Gerd."

Ulrike schnallte ihn gewissenhaft in den Kindersitz und nahm neben ihrem Enkel Platz. Er bestand darauf, dass sie an seiner Seite saß. Seine Puppe Baby war, wie immer, mit von der Partie. Während der Fahrt erzählte er Baby, dass er im Kindergarten mit seinem Freund Cedric die Spielecke aufräumen musste, weil sie sich auf dem Spielplatz im Schlamm gewälzt hatten. „Wie die Wildschweine, hat die Kindergärtnerin gesagt, Baby."

Ihr Weg führte sie durch Kirchehrenbach, in dessen Ortskern sich oberhalb der Freitreppe die monumentale, aus unverputzten Sandsteinquadern erbaute Fassade der Pfarrkirche St. Bartholomäus erhob. Sie ließen Pretzfeld hinter sich und erreichten den Bahnhof in Ebermannstadt.

Der Verein „Dampfbahn Fränkische Schweiz" wurde 1974 von Idealisten gegründet, die sich für Eisenbahnen begeisterten. Sie setzten sich zum Ziel, einen historischen Zugbetrieb einzurichten. Die älteste Dampflok war etwa 80 Jahre alt.

Eine stattliche Anzahl von Passagieren hatte sich bereits eingefunden. Die historische Eisenbahn wurde umrundet und bewundert. Das freundliche Bahnpersonal, in schmucken Uniformen von anno dazumal, erklärte die technischen Raffinessen des Zuges, bot dampfend heiße Getränke und Weihnachtsplätzchen an und verkaufte Lose. Sie fühlten sich wie auf dem verzauberten Bahnhof, von dem Harry Potter mit dem Zug nach Hogwarts abfuhr.

Toni gewann einen Werkzeugkasten, ein Flugzeugquartett und einen Luftballon. Von dem Schraubendreher-Set war er völlig überwältigt und meinte: „So ein Werkzeug habe ich schon immer gebraucht."

Dann ertönte aus der Trillerpfeife des Schaffners das Signal zum Einsteigen und nach wenigen Minuten zur Abfahrt. Sie fanden ihre Plätze in einem schmalen Abteil mit Holzbänken und los ging die Fahrt. Pustend und schnaubend setzte sich die alte Dampflok in Bewegung und schlängelte sich behäbig dampfend und tutend durch das verschneite Wiesenttal.

Gerd Förster organisierte für seine Schwester und sich Pappbecher mit Kaffee und für Toni gelbe Limonade. Der Junge rannte vergnügt mit den anderen Kindern durch das Abteil und an jeder Fensterscheibe drückten sie sich die Nasen platt und hielten aufgeregt Ausschau nach dem Nikolaus. Der sollte in Begleitung eines Engels erscheinen.

Ulrike stupste ihren kleinen Bruder vertraulich in die Seite. „Was macht die Liebe, Bruderherz?"

„Ich habe eine bezaubernde Frau kennengelernt. Sie ist aber sechzehn Jahre jünger als ich, eine Studentin. Ich bin mir nicht sicher, ob so eine Verbindung funktionieren kann."

„Warum denn nicht, probiere es doch einfach aus."

„Und die Eltern?"

„Die wünschen sich, dass du glücklich bist."

Auf einmal bremste die Eisenbahn und kam inmitten der Felder langsam zum Stehen. Ein Weihnachtsmann, in Begleitung dreier Engel, schritt würdevoll den sanften Hügel hinunter und steuerte zielstrebig auf den Zug zu. Die Engel schienen hinter ihm herzuschweben und transportierten sein Gepäck. Helle Aufregung setzte unter der Kinderschar ein. „Der Weihnachtsmann, seht doch. Ob er wohl Geschenke dabei hat?"

„Schau mal, Toni", wandte sich Ulrike an ihr Enkelkind. „Er hat nicht einen Engel dabei, sondern gleich drei."

„Ach du liebe Zeit." Toni war beeindruckt.

Der Nikolaus und seine himmlischen Begleiterinnen bestiegen die Eisenbahn, wanderten durch die Abteile und verteilten bunte Päckchen, die sie aus einem großen Sack hervorzauberten, an Kinder mit strahlenden Augen. Als sich der bärtige Geselle Anton näherte, setzte sich der kleine Junge vorsichtshalber auf den Schoß von Onkel Gerd. Ein niedlicher, pausbackiger Engel in weißem Gewand und mit goldenen Flügeln überreichte Toni feierlich ein blau glänzendes Päckchen und wünschte lächelnd „Frohe Weihnachten."

Anton war hingerissen und brachte kein Wort über die Lippen.

„Danke schön", soufflierte sein Onkel.

„Danke schön, lieber, guter Engel."

Die Dampflok nahm wieder an Fahrt auf und pustete an Streitberg vorbei. Über dem Ort thronte die Ruine Streitburg, eine hochmittelalterliche Adelsburg, auf einem steilen Felsvorsprung. Die Eisenbahn folgte dem Fluss, der kobaltblau und moosgrün durch das Tal mäanderte, bis nach Behringersmühle. Dort wurden sie von dem alten, hölzernen Bahnhofsschild empfangen.

Die alte Bahn verschnaufte und die Passagiere konnten sich die Beine vertreten und den historischen Bahnhof besichtigen. Bemerkenswert war die Holzdecke der geräumigen Wartehalle, die von verstrebten Balken gestützt wurde. Förster trug Toni auf den Schultern und sie inspizierten gemeinsam das Gebäude und das umliegende Gelände.

Behringersmühle lag zu Füßen des Wallfahrtsortes Gößweinstein in einem Talkessel, in dem sich vier von Dolomitfelsen gesäumte Täler mit ihren Flussläufen von Ailsbach, Püttlach und Wiesent trafen.

Auf der Rückfahrt entbrannte zwischen Ulrike und ihrem Enkelkind eine Diskussion über die Anzahl der Schokoladenkugeln, die Toni naschen durfte.

„Drei Süßigkeiten sind genug, Anton."

Er zog eine Schnute. „Fünf, Oma Ulrike, ich brauche fünf Kugeln."

Nach zähem Ringen einigten sie sich auf vier Schokoladenteil-chen, eine gesunde Mandarine und ein winzig kleines Päckchen Gummibärchen. Toni kaute zufrieden. Die Mandarine teilte er großzügig mit seinem Onkel.

„Als aufgeklärte Oma setze ich auf Einsicht und moderne Ver-handlungsmethoden", grinste Ulrike.

Mandy Bergmann sah ihr Gegenüber voller Zweifel an. Sie konnte es nicht glauben, dass sie tatsächlich hier in diesem Gourmettempel an einem festlich gedeckten Zweiertisch saß. Der Kellner zündete eine Kerze an. Sie hatte die Einladung von Oskar Beer angenommen, warum, wusste sie selbst nicht. Und sie hatte sich schick gemacht. Der karmesinrote Lippenstift passte perfekt zu dem gleichfarbigen Etuikleid. Es war ihr be-wusst, dass diese Farbe ihr gut stand und ihre dunklen Haare be-tonte. Ihr Gastgeber hatte sich ebenfalls in Schale geworfen und reichte ihr nun mit einem charmanten Lächeln die Speisekarte. Die Kommissarin betrachtete seine gepflegten, kräftigen Hände.

„Darf ich uns einen Aperitif bestellen, möchten Sie vielleicht ein Glas Prosecco mit Holundersirup?"

Mandy nickte: „Das hört sich gut an."

Sie stießen an. „Vielen Dank für die Einladung. Sie haben ein sehr schönes Restaurant ausgewählt."

„Die Gerichte werden Sie auch mögen. Der Koch ist ein Ge-nie. Ich bin glücklich, dass Sie meine Einladung angenommen haben."

Nach dem vorzüglichen Mahl und einer unangestrengten, fröhlichen Unterhaltung bestand Oskar Beer darauf, die Kom-missarin nach Hause zu fahren. Er parkte direkt und unbeküm-mert vor ihrem Hauseingang im absoluten Halteverbot.

„Danke für den schönen Abend", sagte Mandy Bergmann.

Oskar Beer lächelte sie an: „Ich habe den ganzen Abend, an dem ich Ihre bezaubernde Gesellschaft genießen durfte, gehofft, dass Sie mir das Durchblättern Ihrer Briefmarkenalben regel-recht aufdrängen würden."

Mandy musste lachen: „Also gut, ich lade Sie noch auf einen Espresso ein. Und dann schicke ich Sie in Ihr Bett."

Bei noch offen stehender Wohnungstür küssten sie sich leidenschaftlich und hinterließen eine Spur von achtlos verstreuten Kleidungsstücken, die ins Schlafzimmer führte. Ein älterer Herr mit Schiebermütze, der seinen Hund noch ausführen wollte, sah kopfschüttelnd an der sperrangelweit offen stehenden Tür vorbei auf das Durcheinander im Flur seiner Nachbarin.

„Die schöne Kommissarin hat Herrenbesuch", erklärte er dem aufmerksam lauschenden Tier. Dann schloss er leise und umsichtig die Wohnungstür.

Pünktlich und zuverlässig meldete sich die Polizistin Sieglinde Silberhorn um ein Uhr nachts auf Mandys Handy.

„Die Feldscheune steht leer. Ich mache jetzt Feierabend."

„Danke für die Nachricht, liebe Sieglinde. Bis morgen dann."

Die Polizistin starrte verblüfft auf ihr Handy. Die Kommissarin hatte sie noch nie „liebe Sieglinde" genannt.

Sonntag, 18. Dezember

Die Kommissare hatten beschlossen am Sonntag eine Pause einzulegen, um sich dann zum Wochenstart erholt in ihre weiteren Ermittlungen zu stürzen. Sieglinde sollte die Feldscheune im Auge behalten.

Mandy Bergmann und Oskar Beer verspürten das Bedürfnis nach frischer Luft und entschieden sich für einen Winterspaziergang an der Wiesent entlang. Die Straße führte sie durch das Schottertal an der Riesenburg vorbei, eine gewaltige, wildromantische Versturzhöhle, zu der man über viele feuchte Stufen gelangen konnte. Die Karsthöhle aus Frankendolomit imponierte mit drei mächtigen Felstoren und zwei überspannenden Gesteinsbögen. Ausladende Überhänge, sogenannte Balmen, boten Lebensraum für außergewöhnliche Pflanzen.

1830 besuchte König Ludwig I. mit seiner Gattin auf Einladung des Grafen Franz Erwein von Schönborn die Höhlenruine, die aufgrund des Besuches mit Wegen und Treppen versehen worden war. Der König, der zu jeder Gelegenheit Verse schmiedete, formulierte folgenden Zweizeiler, den man heute noch, in den Fels gemeißelt, lesen konnte:

„Folgend dem Windzug, kommen zum Felsen die Wolken und weichen, unveränderlich steht aber der Fels in der Zeit."

Sie parkten auf einem Wanderparkplatz am Ortsausgang der kleinen Ortschaft Doos und über eine alte, hölzerne Brücke an das gegenüberliegende Flussufer. Im klaren, von einem Wehr aufgestauten Wasser tummelten sich hunderte von Forellen. Der Himmel war wolkenverhangen und feiner Schnee setzte den Fichten Häubchen auf. Bis auf das beruhigende Plätschern des Flusses herrschte eine andächtige Stille. Händchen haltend wanderten sie gemächlich durch den Schnee am Ufer entlang. Dann führte der Pfad sie ein Stück durch den Wald.

Als sie die trutzige Burg Rabeneck zwischen Nebelfetzen auf der wild zerklüfteten Felskante wahrnahmen, entschieden sie sich für den steilen Aufstieg und erklommen ausgelassen, sich gegenseitig hochziehend den rutschigen Berg. Über eine Brücke führte der Weg unter dem stolzen Wappen der Familie von Rabenstein hindurch in den Burghof, dessen Wände steil in den Himmel ragten. Im Rittersaal loderte ein wärmendes Feuer im offenen Kamin. Die beiden bewunderten die alten Waffen und die glänzenden Ritterrüstungen. Ein gewaltiger, eiserner Wurfstern hatte es Oskar Beer besonders angetan. Sie bestellten Kaffee und Kuchen und wärmten sich auf.

Mandys Begleiter erzählte ihr die traurige Sage von den zwei Söhnen des einstigen Schlossherren, die auf dieser Burg gelebt hatten.

In inniger Geschwisterliebe verbunden, waren sie unzertrennlich und erlebten gemeinsam Abenteuer in den undurchdringlichen Wäldern, die die Ritterburg umgaben. Doch auf einmal lösten sie sich aus diesem engen Verhältnis, mieden einander und verhielten sich wie die größten Feinde. Grund dafür war ein wunderschönes Edelfräulein, das auf einer Burg in der Nähe wohnte und keine Ahnung davon hatte, dass die unsterbliche Liebe beider Brüder für sie entbrannt war.

Eines Tages beschlossen die Verliebten einen Zweikampf auszutragen, der entscheiden sollte, wem die holde Maid gehören würde. Nachts, beim ersten Schrei des Käuzchens, trafen sie sich auf der Burgwiese am rauschenden, mondbeschienenen Fluss. Sie verzichteten auf ihre Schwerter, weil sie kein Bruderblut vergießen wollten. Ein Ringkampf sollte die Entscheidung herbeiführen. Sie kämpften lange in zäher Verbissenheit, beide waren sehr stark und kampferprobt. Vertieft in ihren Streit und achtlos gegenüber der drohenden Gefahr fühlten sie plötzlich, wie der nahe Fluss den Boden unter ihren Füßen weichen ließ. Er nahm sie auf und gab sie nie mehr frei.

Mandy erfreute sich an der schön schaurigen Geschichte. „Die beiden Brüder hätten doch das edle Burgfräulein einfach nach seiner Meinung fragen können."

„Oh, ein Aspekt aus der feministischen Ecke. Damals, liebe Mandy, war es unüblich, dass Ritter und edle Damen ihre Gefühle offenbarten."

Er flüchtete vor ihrem Schneeballbombardement auf einen Waldpfad, der in einem Bogen um die Burg herumführte, und suchte Deckung in der Goethe-Grotte. Dann nahmen sie in bester Laune den Abstieg in Angriff.

Am späten Abend gegen dreiundzwanzig Uhr klingelte Mandys Handy. Die Polizistin Sieglinde Silberhorn schlug Alarm: „Aus der Feldscheune dringt ein Lichtschein."

„Warte, bis wir eingetroffen sind, unternimm nichts, dann stürmen wir die Scheune", ordnete die Kommissarin an.

Sieglinde stieg aus dem Dienstwagen, den sie unauffällig hinter einem dichten Schlehengestrüpp abgestellt hatte. Das Zielobjekt befand sich etwa zweihundert Meter in westlicher Richtung entfernt. Sie nutzte als Sichtschutz den dicken Stamm einer Pappel, die sich am Ufer des Baches erhob, und konnte deutlich an den erhellten Oberlichtern der Scheune erkennen, dass es im Inneren eine Lichtquelle geben musste. Allerdings wusste sie nicht, ob sich Personen in dem Gebäude aufhielten. Sie hatte während ihrer Streife keine Menschenseele gesehen.

Ein Blick auf die Armbanduhr verriet ihr, dass die Kommissare und das Sondereinsatzkommando bald eintreffen mussten. Sie war alleine, ihr Kollege hatte sich krank gemeldet. Es war sehr unheimlich, sich nachts ohne Begleitung in einer schneeverwehten Senke ganz in der Nähe einer vermeintlichen Räuberhöhle aufzuhalten. Sieglinde spürte die Kälte, die durch ihre Schuhsohlen kroch. Sie konnte sich ebenso gut vorsichtig und Deckung suchend an die Scheune heranpirschen und die erhoffte Verstärkung dort in Empfang nehmen. Unter diesem Baum würde sie noch festfrieren. Entschlossen machte sie sich auf den Weg. Als der tremolierende Schrei eines Käuzchens aus dem nahen Wald ertönte, fuhr sie erschrocken zusammen.

Hinter der Scheune angekommen, irrten ihre Augen nach einem sicheren Versteck umher. Sie schlich auf einen schmalen

Dachvorsprung zu, unter dem Holzscheite ordentlich gestapelt waren. In diesem dunklen Winkel würde sie sich verbergen.

Als sie Schritte dicht hinter sich vernahm, die von der weichen Schneeschicht auf der Erde gedämpft wurden, setzte ihr Herz für einen Schlag aus. Bestimmt hatte sie sich geirrt. Ihre von einer polizeigrünen Wollmütze bedeckten Ohren hatten ihr aufgrund ihrer Nervosität einen Streich gespielt. Ein leises Knirschen war zu hören. Sie erstarrte. Schon legte sich schwer und grob eine Hand auf ihre Schulter. Eine tiefe, aufgebrachte Stimme erhob sich: „Hier treibt sich niemand nachts herum und spioniert. Ich sperre dich in den Backofen und zünde das Feuer an. Dann wird dir heiß werden. Das wird dir eine Lehre sein, du neugierige Hexe."

Kräftige Arme schlangen sich wie Schraubstöcke um Sieglindes Oberkörper und zerrten die Polizistin durch den Schnee. Sie wehrte sich mit all ihrer Kraft und versuchte Kampfgriffe anzuwenden, die sie während ihrer Ausbildung an der Polizeischule gelernt hatte. Doch sie hatte keine Chance. Ihr Angreifer verfügte über Bärenkräfte. Er riss die Tür des Backofens auf, durchsuchte blitzschnell ihre Manteltaschen und warf ihr Handy in einem hohen Bogen auf den verschneiten Acker. Dann packte er die Polizistin und warf sie brutal auf den kalten Steinfußboden. Sie prallte gegen die raue Wand, in die das Türchen für das Einschießen der Teiglinge in den eigentlichen Backofen eingelassen war. Die Außentüre wurde mit einem Knall zugeworfen und verriegelt.

Benommen lag die Polizistin auf dem kalten Stein. Sie hatte sich bei dem Sturz den Kopf und das rechte Knie angestoßen. Stöhnend versuchte sie sich aufzusetzen und auf die Füße zu kommen, doch ihr Bein gehorchte nicht. Sie konnte spüren, wie ihre Kniescheibe anschwoll. Panik breitete sich in ihr aus. Sie hatte das Gefühl, in dem engen Gefängnis keine Luft mehr zu bekommen. Sieglinde zwang sich tief und ruhig durchzuatmen und lauschte. Es herrschte absolute Stille. Dann schrillten in ihrem Kopf tausend Alarmsirenen gleichzeitig los. Der Geruch von Rauch drang in ihre Nase. Sie begann zu schreien und trommelte verzweifelt mit ihren Stiefeln gegen die eiserne Eingangstür des Backofens, die sich keinen Millimeter bewegte.

Die Kollegen des Sondereinsatzkommandos hatten ihre Positionen bezogen und warteten, dass aus ihren Funkgeräten der Befehl „Zugriff" ertönte. Gerd Förster und Mandy Bergmann hielten sich noch im Hintergrund.

„Wo steckt eigentlich Sieglinde?", fragte Gerd seine Kollegin. „Sie sollte uns doch hier erwarten."

„Ich kann sie nirgends entdecken", erwiderte Mandy. „Vielleicht ist sie im warmen Auto geblieben. Es ist bitterkalt."

Gerd Förster sprach konzentriert in sein Funkgerät, dann kam der Befehl „Zugriff". Daraufhin brach ein Tumult in der stillen Winternacht aus. Das SEK stürmte die Feldscheune. Die Kommissare näherten sich dem aufgebrochenen Tor, als Gerd Förster irritiert lauschte. Das gedämpfte Geräusch, das er ganz deutlich wahrnahm, kam nicht aus dem Gebäude. Sein Blick fiel auf einen alten, schiefen Backofen. Als seine Augen nach oben wanderten, verlor sein Gesicht jegliche Farbe. Aus dem gedrungenen Kamin stieg weißer Rauch auf. Er rannte zu dem Ofen, entriegelte die Tür und riss sie auf. Ein Schrei hallte durch die Dunkelheit: „Sieglinde!"

Der Kommissar orientierte sich rasch in dem dunklen, stickigen Raum und entdeckte seine Kollegin hilflos am Boden kauernd. Er half der Polizistin behutsam hoch und stellte sie auf die Beine. Humpelnd stützte sie sich auf den Kommissar, der sanft und beruhigend auf sie einredete. Sie schien unter Schock zu stehen und starrte mit leeren Augen an ihm vorbei.

Der Notarztwagen, der zusammen mit Polizeieinsatzfahrzeugen in der Nähe auf den Einsatz wartete, pflügte sich in halsbrecherischem Tempo durch den Schnee. Eine Ärztin nahm die nichtansprechbare Sieglinde Silberhorn in ihre Obhut.

Gemeinsam traten die Kommissare durch die offenstehenden Flügel des gewaltigen Scheunentores. Im flackernden Schein eines offenen Feuers bot sich ihnen eine unwirkliche Szene. Sieben Männer saßen reglos und überrumpelt um einen Tisch, auf dem Kerzen entzündet waren. Widerstrebend hielten sie ihre

Hände hinter den Köpfen verschränkt. Kollegen des Sondereinsatzkommandos bildeten mit angelegten Schusswaffen einen Kreis um die dubiose Versammlung. Trotz des Feuers herrschte in dem Gebäude aus Feldsteinen eine arktische Kälte. Gerd Förster trat auf die Versammlung zu und stellte sich und seine Kollegin vor: „Kripo Bamberg. Darf ich fragen, was Sie hier veranstalten?"

Ein Mann, etwa siebzig Jahre alt, der eine ruhige Autorität ausstrahlte und der Anführer der Gruppe zu sein schien, schickte sich an sich zu erheben.

„Keine Bewegung, bleiben Sie sitzen" bellte ein Teammitglied des SEK hinter seiner schwarzen Sturmmütze.

Der angesprochene Mann sank unwirsch auf den Sitz zurück und übernahm das Wort: „Guten Abend, ich heiße Alfons Wiesheckel und bin der Eigentümer dieses Anwesens. Darf ich fragen, was die Kripo Bamberg hier zu suchen hat? Ich hoffe für Sie, dass Sie einen Durchsuchungsbefehl vorzeigen können."

„Gefahr in Verzug", fuhr die zornige Kommissarin ihn an. „Und versuchter Mord an einer Polizeibeamtin. Das reicht aus, glauben Sie mir." Der jämmerliche Anblick der verstörten Sieglinde Silberhorn hatte sich in ihr Hirn eingebrannt. Sie war fuchsteufelswild und hätte sich am liebsten auf diesen Kerl gestürzt.

Eine klägliche, dunkle Stimme ertönte aus dem Stuhlkreis: „Alfons, ich konnte doch nicht ahnen, dass es sich bei diesem vorwitzigen Luder um eine Polizistin handelt." Ein großer, breitschultriger Mann mit einem wilden, roten Bart blickte bestürzt in die Runde seiner Gefährten.

„Was hast du wieder angestellt, Egon?", fragte der Anführer streng. „Raus mit der Sprache."

„Eigentlich gar nichts, Alfons. Die Frau schnüffelte um die Scheune herum und ich habe sie in den alten Backofen gesperrt. Ich wollte ihr doch nur einen kleinen Schrecken einjagen. Nach unserer Besprechung hätte ich sie natürlich wieder freigelassen. Außerdem war sie in einen dicken Mantel gehüllt. Wie hätte ich wissen sollen, dass sie darunter eine Uniform trägt."

„Du bist ein Vollidiot, Egon", herrschte Alfons Wiesheckel den betretenen Egon an. „Erst denken, dann handeln. Ich predige euch immer, dass unsere Vereinigung mit friedlichen und legalen Methoden kämpft."

Die Kommissarin fiel ihm ungehalten ins Wort: „Meine Kollegin hatte panische Angst, zu verbrennen, dieser Egon hat den Backofen entzündet."

Egon schnaubte verächtlich: „Ich habe sie im Vorraum des Backofens eingesperrt. Die eigentliche Backfläche wird indirekt von außen befeuert. In einem solchen Ofen kann man nicht verbrennen. So etwas funktioniert nur bei Hänsel und Gretel. Das Türchen zum Einschießen der Brotlaibe ist doch viel zu eng, als dass ein Mensch durchpasst."

„Halt den Mund, Egon", befahl Alfons Wiesheckel barsch. An die Kommissare gewandt formulierte er eine aufrichtig klingende Entschuldigung für Egons unverzeihliches Verhalten. Dann wollte er wissen: „Warum sind Sie gekommen? Was wollen Sie von uns? Ich verlange jetzt eine Antwort von Ihnen. Ansonsten fordere ich Sie auf, augenblicklich mein Grundstück zu verlassen. Wir sind fleißige, anständige Landwirte und haben nichts zu verbergen. Wir treffen uns hier und reden, weiter nichts."

Gerd Förster bedeutete den Männern, dass sie ihre Hände herunternehmen dürften und klärte die Versammlung über den Grund ihres Auftauchens auf: „Wir ermitteln in den Mordfällen Baptist Gößwein und Margot Langfritz. Und wir erhielten einen Hinweis, dass die Walberla-Wächter etwas mit diesen beiden Verbrechen zu tun haben könnten. Darüber wollen wir mit Ihnen sprechen. Bei dieser Gruppe hier handelt es sich doch um die Walberla-Wächter?"

Die Bauern blickten sich grimmig an und begannen zu murren. Alfons Wiesheckel gebot ihnen Einhalt. „Jawohl, wir sieben Bauern bilden den Kreis der Walberla-Wächter. Darauf sind wir stolz. Wir haben nichts Unrechtes getan, und wir haben nichts zu verbergen. Für die Morde an den beiden bemitleidenswerten Greisen sind wir selbstverständlich nicht verantwortlich. Ich werde Ihnen erklären, worin unsere Mission besteht."

„Ihre Mission können Sie uns im Verhörraum des Polizeipräsidiums in Bamberg erklären." Mandy Bergmann war nicht mehr bereit, hier in dieser zugigen, kalten Feldscheune weiter zu diskutieren. An die umstehenden Polizisten gewandt gab sie die Order: „Legt den Männern Handschellen an, zumindest einer von ihnen ist gewaltbereit, und schafft sie nach Bamberg."

Und den erschrockenen Männern erklärte sie energisch: „Dort sprechen wir uns in Kürze, Herrschaften. Vielleicht vermittelt Ihnen eine Nacht in einer Untersuchungszelle den Ernst der Lage. Dort können Sie auch in Ruhe darüber nachdenken, ob man eine Polizistin überfällt und einsperrt."

Montag, 19. Dezember

Mandy Bergmann saß in ihrem Büro am Schreibtisch und rieb sich mit den Händen ihr Gesicht. Sie hatte dunkle Ringe unter den Augen und gähnte. Gerd Förster, ihr gegenüber, hatte seinen Drehstuhl ein Stück zurückgefahren und die langen Beine ausgestreckt. Er wirkte übernächtigt. Sie tranken heißen, starken Kaffee.

Hinter ihnen lag ein anstrengender Verhörmarathon. Seit heute Morgen um sieben Uhr hatten sie jeden Bauern der „Walberla-Wächter" einzeln vernommen. Eine Kontaktsperre war verhängt worden, damit sich die Männer nicht absprechen konnten. Sie hatten ein Frühstück bekommen, dann wurde einer nach dem anderen in den Verhörraum gebracht. Jeder einzelne von ihnen war höchst aufgebracht, dass er gezwungen worden war, die Nacht auf einer unbequemen Pritsche in einer winzigen, kargen Zelle zu verbringen. Alle hatten sich unruhig unter der kratzigen Decke hin und her gewälzt und schlecht geschlafen. Aber keiner von ihnen wollte einen Anwalt.

Als ihnen jedoch klar wurde, dass sie nur dann eine Chance hatten, das Untersuchungsgefängnis ganz schnell wieder zu verlassen, wenn sie bereit waren zu reden, zeigten sie sich allesamt kooperativ. Bis auf Egon, der jede Aussage verweigerte und in dumpfes Schweigen verfiel. Alfons Wiesheckel, der besonnen und vernünftig reagierte, hatte die Kommissare ausführlich und überzeugend über die Mission der „Walberla-Wächter" aufgeklärt. Mit seiner ruhigen, sonoren Stimme, den freundlichen, wachen Augen und dem gepflegten Schnurrbart, hatte er einen vertrauenswürdigen Eindruck hinterlassen.

Vor einigen Jahren hatten sich die sieben Bauern zu der Gruppe der „Walberla-Wächter" zusammengeschlossen. Bei einem Feierabendbier in der Dorfwirtschaft waren sie, wie so oft, auf das Thema Kommunalpolitik gekommen. Während des Gesprächs stellte sich heraus, dass sie alle den Eindruck hatten, bei Enteignungen ihrer Häuser, Scheunen oder Äcker zum Beispiel im Zuge von Straßenbaumaßnahmen über den Tisch gezogen worden zu sein. Ebenso, wie bei der Flurbereinigung. Da verloren sie gutes Ackerland und bekamen dafür Felder am Hetzles. Auf denen wurden mehr Steine ausgepflügt, als man sich vorstellen konnte. Andere Betroffene jedoch schienen eine bevorzugte Behandlung zu genießen. Diese Vorfälle lagen viele Jahre zurück, waren sicherlich verjährt und über die Rechtmäßigkeit der Vorgänge konnten sie nur spekulieren.

An diesem Abend beschlossen sie sich zusammenzuschließen und kommunalpolitische Maßnahmen fair, aber kritisch zu verfolgen. Sie suchten das Gespräch mit Politikern, nahmen an öffentlichen Gemeinderatssitzungen teil und schalteten, wenn es sein musste, die regionale und einmal auch die überregionale Presse ein. Ebenso die Radiosendung „Mittags in Franken". Auch zu Demonstrationen vor Rathäusern war es bereits gekommen. Ihr Ziel war es, Mauscheleien zu verhindern und dem Verschwinden von öffentlichen Fördermitteln in unüberprüfbare Kanäle Einhalt zu gebieten. Ihr Terrain war das gesamte Oberfranken.

Wenn ein Politiker nicht mit sich reden ließ und sich wie ein kleiner Pfalzgraf aufführte, suchten die Landwirte ihn auf und redeten ein ernstes Wort mit ihm. Dabei konnte es schon einmal deftig zugehen.

Alfons Wiesheckel räumte bereitwillig ein, einen persönlichen Grund für diese etwas ungewöhnlichen, aber demokratisch legitimierten Maßnahmen zu haben, der in seiner Vergangenheit lag.

Als er ein junger Bursche war, noch nicht einmal volljährig, wurden seine Eltern, einfache, gutgläubige Bauersleute, durch undurchsichtige, seiner Ansicht nach illegale politische Machenschaften um ihre beiden Höfe gebracht. Um einzugreifen, war er damals noch zu jung. Dorfpolitiker hatten seine Eltern motiviert, oder besser gesagt überredet, große moderne Stallungen für Mastvieh zu bauen. Sie vergaben über die örtliche Bank, in deren Vorstand sie saßen, großzügige Kredite und erhöhten die Zinsen nach Gutsherrenart. Dann wurde die Schweinemast unrentabel und seine Eltern stellten aufgrund guter Prognosen auf Milchwirtschaft um. Dazu brauchten und bekamen sie neue

Kredite. Nach noch nicht einmal zwei Jahren entstanden die berühmten Milchseen und sie waren zahlungsunfähig.

Der alte Bürgermeister Langfritz, skrupellos, raffsüchtig und machtgierig, riss sich den Bauernhof seiner Eltern unter den Nagel. Nachdem Gras über die Sache gewachsen war, baute er das Haus zu einem modern ausgestatteten Wohnsitz um und bezog es selbst mit seiner Familie. Das zweite Anwesen, den Altersruhesitz seiner Großeltern, brachte er auf die gleiche Art und Weise in seinen Besitz. Diesen Bauernhof überließ er später dem alten Pfarrer, der seiner Politik deshalb wohlwollend gegenüberstand und dessen Wort gerade in dörflichen Gemeinden etwas galt.

Insgesamt ungeheuerliche Vorwürfe, die nach den vergangenen Jahrzehnten nicht mehr beweisbar waren. Seine Eltern und Großeltern kamen in einer bescheidenen Kate am Ortsrand unter, die er im Laufe der Jahre zu einem stattlichen Bauernhof ausgebaut hatte. Seine Landwirtschaft bot ihm ein gutes Auskommen. Er verbat sich jede Einmischung der selbsternannten Dorfbestimmer und war über Veränderungen in der Landwirtschaft bestens informiert. Die örtliche Bank mied er genauso wie seine Mitstreiter.

Sein Vater war über dieses Unrecht nie hinweggekommen und vor Kummer früh verstorben. Seine Mutter, die ohne ihren Gatten nicht weiterleben wollte, folgte ihm bald.

Die Anschuldigung, über ein starkes Motiv zu verfügen, um sich an den beiden alten Menschen zu rächen und sie grausam zu töten, wies er weit von sich. Er erklärte, dass er Verständnis dafür hätte, den Kommissaren verdächtig zu erscheinen, schwor jedoch, mit den Verbrechen nicht das Geringste zu tun zu haben. Für die Mordnächte konnte er kein Alibi vorweisen. Er sei alleine zu Hause gewesen. Nein, er fuhr keinen weißen Lieferwagen.

Zur Untermauerung seiner Unschuldsbeteuerungen brachte er das Argument ins Spiel, was er wohl für einen Grund gehabt hätte, eine so lange Zeit auf Rache zu sinnen und erst jetzt zuzuschlagen. Eine gewisse Schlüssigkeit dieser Argumentation konnten die Kommissare nicht von der Hand weisen. Andererseits war Alfons Wiesheckel neben Edmund Einöder die einzige Person, die sie bisher kannten, die einen Grund für die Taten hatte.

Die weiteren fünf befragten Männer bestätigten die Ausführungen von Alfons Wiesheckel im Großen und Ganzen. Den Kommissaren blieb nichts anderes übrig, als die „Walberla-Wächter" aus der Untersuchungshaft zu entlassen. Sie hatten nichts Konkretes gegen sie in der Hand und somit keine rechtliche Handhabe, sie noch länger festzuhalten. Allein der hitzköpfige Landwirt Egon Polster musste mit einer Anzeige rechnen.

Die wackere Polizistin Sieglinde Salome Silberhorn saß im Krankenhauszimmer an einem kleinen Resopaltisch und frühstückte. Die Flügel ihres blütenweißen, mit winzigen blauen Blumen bedruckten Hemdchens hatte eine umsichtige Krankenschwester am Rücken mit einem breiten Pflaster zusammengefügt, sodass wenigstens niemand ihre Unterhose sehen konnte. Das hätte ihr zu allem Unglück noch gefehlt. Kurze, mausgraue Haarbüschel standen in allen Richtungen von ihrem Kopf ab und die sonst runden Wangen wirkten eingefallen und blass.

Gereizt schielte sie unauffällig zum Bett ihrer geschwätzigen, neugierigen Krankenhausnachbarin. Diese hatte während der Nacht, als Sieglindes geschwollenes Knie heftig pochte und sie sich nur noch den erlösenden Schlaf herbeiwünschte, mindestens zehnmal den roten Alarmknopf gedrückt. Jedes Mal stürzte Sekunden später eine besorgte Schwester in das Zimmer, knipste die Deckenbeleuchtung an, die wie das Flutlicht eines Fußballstadions jeden Winkel des Raumes ausleuchtete, und kümmerte sich um die hypochondrische Patientin. Und jedes Mal war Sieglinde aus einem leichten Schlummer hochgefahren und blinzelte in das grelle Licht. Sie war vor dem Frühstück, als an Schlaf nicht mehr zu denken war, durch endlos erscheinende, steril gekachelte Flure gehumpelt, um sich am Kiosk gegenüber der Klinik eine Tageszeitung zu kaufen. Vor dem Tresen standen zwei Rollstühle. Darin saßen ältere Herren, jeweils mit einem oberhalb des Knies amputierten Bein, rauchten bestimmt nicht die erste Zigarette und tranken ein Frühstücksbier dazu.

Auf dem mühseligen Rückweg fragte sie ein Jungspund mit wehendem, weißem Arztkittel, ob die Kippe geschmeckt hätte. Erbost bohrten sich ihre Blicke in seinen Rücken. Mit dem Frühstück auf ihrem Tablett war sie zufrieden. Guter starker Kaffee und knusprige Brötchen mit Butter und Johannisbeergelee. Im Forchheimer Klinikum war noch niemand verhungert.

Um dem Bombardement an Fragen ihrer aufdringlichen Bettnachbarin zu entgehen, hatte sich Sieglinde als Ermittlungsbeamtin zu erkennen geben müssen. Sie hatte der Frau erklärt, dass sie die Presseberichte zu ihrem aktuellen, spektakulären Verbrechensfall genauestens und höchst konzentriert studieren müsste. Seit fünf Minuten herrschte nun ehrfurchtsvolles Schweigen. Doch die Polizistin las keineswegs die Zeitung. Düster vor sich hin kauend ging sie streng und erbarmungslos mit sich selbst ins Gericht. Wie hatte sie nur so dumm sein können, sich ohne Begleitung dieser Scheune zu nähern? Und sich dann auch noch überfallen zu lassen, wie ein blutiger Anfänger. Doch damit nicht genug. Statt in dieser brenzligen Situation professionell zu reagieren, bekam sie auch noch eine Panikattacke. Wie überaus peinlich. Als ob man im Vorraum eines Backofens verbrennen konnte. Das war völlig unmöglich. So viel war ihr klar, auch wenn sie ansonsten von Holzbacköfen nicht die geringste Ahnung hatte. Ob Gerd Förster sie nach dieser Blamage weiterhin an den Ermittlungsarbeiten teilhaben lassen würde? Ihr wurde ganz mulmig bei dem Gedanken und das dritte Brötchen schmeckte nicht mehr so richtig gut.

Sie straffte den Oberkörper und fasste einen Entschluss. Sie würde sich in Zukunft noch eifriger in die Ermittlungen stürzen, quasi Tag und Nacht. Sie würde ihren Patzer wiedergutmachen. Der behandelnde Arzt hatte ihr empfohlen, eine weitere Nacht zur Beobachtung im Krankenhaus zu verbringen. Daraus würde nichts werden. Sie war entschlossen ihre Aufgaben sofort wieder aufzunehmen. Ein Aufschub erschien ihr inakzeptabel. Was machte schon eine Beule am Hinterkopf und ein dickes Knie? „Lappalien", dachte sie verächtlich. „Ein Indianer kennt keinen Schmerz. Und eine Polizistin von der Forchheimer Wache schon gar nicht."

Sie beschloss ihren Vortrag heute Nachmittag bei der Seniorenweihnachtsfeier der Pfarrei mit dem Thema „Obacht, Bauernfänger! Vorsicht bei Haustürgeschäften!" geduldig und liebenswürdig und vor allem in höchstem Maße kompetent hinter sich zu bringen und danach gnadenlos den Besitzern von weißen Lieferwagen auf den Zahn zu fühlen.

Als Eberhard mit besorgter Miene, einem großen Blumenstrauß und einer Schachtel mit Nougatherzchen das Krankenzimmer betrat, war Sieglinde gerade dabei, sich in ihre Diensthose zu zwängen.

„Sie will türmen", klärte ihn die Bettnachbarin auf. „Weil ihre wichtigen Ermittlungen nicht zum Stillstand kommen dürfen. Wenn ich das meinen Kartelmädels erzähle."

Die Kommissare besprachen gerade ihr weiteres Vorgehen, als Gerd Försters Apparat klingelte. „Hallo Sieglinde, wie geht es dir?" Er hörte zu und runzelte die Stirn. Dann antwortete er: „Willst du nicht lieber sicherheitshalber noch eine Nacht im Krankenhaus bleiben? Wir wollten dich heute Nachmittag besuchen und leckeren Kuchen mitbringen."

Die Stimme am anderen Ende redete mit aller Überzeugungskraft auf ihn ein. Dann stellte sie zögerlich die entscheidende Frage: „Gerd, ich darf euch doch weiterhin bei den Ermittlungen unterstützen? Es tut mir leid, dass ich Mist gebaut habe."

Der Kommissar beruhigte sie: „Natürlich arbeitest du weiter mit. Wir brauchen dich doch. Aber in Zukunft ziehst du nicht mehr alleine los, versprochen?"

Er nickte, zufrieden mit der Antwort. „Bis morgen früh um acht Uhr zur Besprechung, Sieglinde, und pass' auf dich auf."

Gerd Förster informierte seine Kollegin: „Sieglinde will nicht länger im Krankenhaus bleiben. Sie sagt, es geht ihr besser. Sie hatte Angst, dass wir sie von den Ermittlungen ausschließen. So ein Unsinn. Jeder macht mal Fehler. Und schließlich kann sie nichts dafür, dass unsere Personaldecke so dünn ist. Ansonsten wäre sie nicht alleine gewesen."

Mandy antwortete skeptisch: „Sie sollte sich aber nicht mehr alleine nachts in der Gegend herumtreiben."

„Ich kann mich dunkel daran erinnern, dass eine Kollegin von mir in unserem letzten Fall alleine in den Wald zu einer Hütte sprintete, in der sich ein mutmaßlicher Killer aufhielt."

„Das war etwas ganz anderes", behauptete Mandy eiskalt und grinste fröhlich vor sich hin.

„Klar." Gerd Förster wollte nicht nachkarteln. Er fragte sich, warum seine Kollegin bester Laune zu sein schien, obwohl ihre Ermittlungen festgefahren waren und der Druck durch den Polizeipräsidenten und die lokale Presse stetig zunahm. Dann konzentrierte er sich wieder auf ihren aktuellen, schwierigen Fall. „Der Staatsanwalt hat es rundweg abgelehnt, dass wir die Walberla-Wächter noch länger festhalten. Wir verfügen über keinerlei Beweise, es gibt keine Zeugen, nichts", fasste er frustriert die Situation zusammen.

„Ich weiß Gerd, aber vielleicht gibt es doch einen Grund, warum Alfons Wiesheckel so eine lange Zeit auf die Umsetzung seiner Rachepläne gewartet hat. Wir kennen ihn nur noch nicht."

„Aber Baptist Gößwein und Margot Langfritz waren doch die Nutznießer dieses Unrechtes und nicht die Verursacher. Nach den Schilderungen des Bauern war der alte Bürgermeister, Rudolf Langfritz, der Drahtzieher. Und der ist tot. Oder steckten sie alle unter einer Decke? Wir müssen mit der Tochter der alten Frau Bürgermeister sprechen. Vielleicht weiß sie etwas. Aber die Geschehnisse liegen Jahrzehnte zurück."

Mandy dachte nach. „Wir sollten Alfons Wiesheckel zu Hause aufsuchen und ihn noch einmal befragen. Er hat wirklich ein sehr starkes Motiv."

Gerd Förster nickte. „Ich weiß immer noch nicht, was ich von Edmund Einöder halten soll. Ist dieser Mann wirklich in der Lage, ein solches Verbrechen zu begehen? Und wenn nicht, wer hat die Kaliumcyanidkapseln in seinem Keller versteckt?"

„Wenn wir das wissen, haben wir den oder die Täter."

Sieglinde Silberhorn fuhr nach Hause. Ihr blieben noch einige Stunden Zeit bis zum Beginn der Seniorenweihnachtsfeier am Nachmittag. Die Polizistin konnte Weihnachtsfeiern nicht ausstehen. Und warum musste vor so einer Feier eine Info-Veranstaltung sein und ein Vortrag gehalten werden. Aber sicherlich wurden feine Plätzchen und Kaffee aufgetischt. Immerhin ein Trost. Zuerst sah sie nach ihrem gebrechlichen Vater, der glücklicherweise von den Ereignissen in der letzten Nacht nichts mitbekommen hatte. Sie gab ihm einen Kuss und drückte ihn fest. Dann schlug sie vor, eine Tasse Tee zusammen zu trinken. Ihr Vater freute sich, dass sich seine Tochter Zeit für ihn nahm. Sieglinde wurde von Neugier geplagt. Sie platzte heraus: „Wie war dein Schnuppertag in der Tagespflegeeinrichtung? Jetzt erzähle doch mal."

„Schrecklich, da waren lauter alte, verwirrte Menschen."

„Was habt ihr denn den ganzen Tag über gemacht?"

Ihr Vater schilderte den Tagesablauf in der Seniorenstätte. Nach dem Frühstück nahmen die Senioren in einem Stuhlkreis Platz und begannen unter Anleitung einer Pflegerin mit der Sitzgymnastik. Über ihre Fingerkuppen wurden gestrickte, bunte Figuren gestülpt, um so die Hände vor dem Oberkörper im Takt der Musik zu bewegen. Anschließend wollte ihn eine Praktikantin duschen. Da wehrte er sich aber energisch. Er hatte nichts gegen junge Frauen, im Gegenteil. Aber waschen und duschen konnte er sich noch alleine. Nach dem Mittagessen ruhten alle Gäste. Als Höhepunkt des Tages zeigte ein ehrenamtlich tätiger Herr eine Diashow über die Tulpenblüte in Holland.

„Da war ich mit deiner Mutter schon vor dreißig Jahren. Stell dir vor, dort im Garten vor dem Heim haben sie zur Straßenseite hin eine originale Bushaltestelle nachgebaut. Da sitzen immer zwei, drei Senioren und warten auf den Omnibus. Der kommt aber nie. Wenn es dann Zeit zum Essen ist, gehen sie zurück in die Einrichtung. Angeblich werden es immer mehr, die ganz ruhig auf den Bus warten. Die Betreuung in der Einrichtung ist ganz wunderbar und liebevoll, für gebrechliche, verwirrte, alte

Menschen. Aber ich bin schließlich ein rüstiger Mann in den besten Jahren."

„Das heißt, Papa, du willst dort nicht mehr hin?"

„Oh doch, Sieglinde. Auf jeden Fall."

„Das verstehe ich jetzt nicht."

„Ich habe in meiner Gruppe eine ganz charmante Dame kennengelernt. Eine ehemalige Studienrätin. Sie ist hochintelligent und belesen. Und sie hat Humor. Wir haben uns sofort toll verstanden und festgestellt, dass unsere Interessen auf der gleichen Ebene liegen. Morgen habe ich sie nach Igensdorf in ein Café eingeladen. Dort gibt es ein Frühstück für zwei Personen, das heißt Bussi, Bussi, mit Sekt, Lachs und allem Drum und Dran."

Sieglinde verdrehte die Augen, gönnte ihrem Vater aber den fünften oder sechsten Frühling. Nach dem aufschlussreichen Gespräch hielten beide einen kleinen Mittagsschlaf.

Pünktlich um sechzehn Uhr betrat die Polizistin den Gemeindesaal. Sie trug ihre Uniform über einem frisch gebügelten Hemd und ihr stolzer Vater hatte ihre Krawatte ordentlich zurechtgerückt. Als sie die Dienstmütze vom Kopf nahm, entdeckte sie Regina Engeltal, die Gastgeberin dieser Veranstaltung. Die Pfarrerin begrüßte sie herzlich und bedankte sich für ihre Bereitschaft, einen Vortrag zu halten. Das Oberhaupt der kleinen evangelischen Pfarrgemeinde hatte sich für diesen feierlichen Anlass in Schale geworfen. Das nachtblaue Kostüm mit der cremefarbenen Seidenbluse stand ihr sehr gut.

Sie erklärte Sieglinde den Ablauf der Veranstaltung, während ihre Tochter Lea-Sophie an ihrer Hand zerrte. Der glitzernde Gabentisch, auf den die Pfarrerin für jeden Senior ein liebevoll verpacktes, kleines Geschenk platziert hatte, erregte ihre ganze Aufmerksamkeit. In den blonden Locken des kleinen Mädchens steckte die Blüte eines roten Weihnachtssterns.

Die einheimischen Mitglieder der Stubenmusik würden in wenigen Minuten auf ihren Zittern, Gitarren und sogar einer Harfe Weihnachtslieder spielen und die Zuhörer auffordern mitzusingen. Danach war Sieglinde an der Reihe. Nach dem Vortrag, auf den alle Besucher mächtig gespannt waren, folgte der gesellige Teil der Veranstaltung und zum Schluss die Bescherung, die ein Nikolaus zelebrieren sollte. Das war jedes Jahr eine lustige Aufführung, fanden die Verantwortlichen.

Die Pfarrerin verdeutlichte der Polizistin, dass sie aufgrund ihrer Erfahrungen in den letzten Jahren einen interessanten Programmpunkt in die Feier einbaute, der das Interesse der Senioren weckte und ihnen Gesprächsstoff lieferte. Ansonsten seien Unruhe oder gar unchristliche Auseinandersetzungen zu befürchten. Eine besinnliche Atmosphäre und ein friedvoller Ablauf der Veranstaltung seien ihr wichtig. Dann wurde sie von ihrer quengelnden Tochter fortgezogen.

Sieglinde studierte gewohnheitsmäßig ihre Umgebung. Zwei lange, festlich geschmückte Tische waren in dem Saal nebeneinander aufgebaut. Auf beiden Seiten hatten erwartungsvolle Senioren Platz genommen. Auf der Bühne neben dem schlicht und geschmackvoll geschmückten Weihnachtsbaum spielten die Stubenmusiker „Leise rieselt der Schnee". Einige der Senioren sangen inbrünstig mit. Sieglinde nahm sich einen Kaffee und ein Nussplätzchen und sah sich im Gemeindehaus um. Eine junge Frau mit Rastalocken, Minirock, geringelten Strumpfhosen und Springerstiefeln stand neben der angelehnten Terrassentür im Freien an der Hauswand und rauchte genervt eine selbst gedrehte Zigarette. Als sie die Polizistin wahrnahm, fühlte sie sich offensichtlich genötigt eine Erklärung abzugeben. Sie drückte die Kippe aus und schloss fröstelnd die Glastür.

„Hallo, ich mache gerade eine kurze Pause. Mein Name ist Maria. Ich muss im Rahmen meines Sozialpädagogikstudiums Praktika absolvieren. Einmal in der Woche leite ich hier in der Pfarrei die Männergruppe ‚Senioren II', das ist die Gruppe ab achtzig Jahren. Letzte Woche behandelten wir das Thema ‚Sex im Alter'." Marias Wangen in dem hübschen, schmalen Gesicht verfärbten sich glutrot. „Das war keine gute Idee. Für heute habe ich den Schwerpunkt ‚Erinnerungen an meine Kindheit' ausgewählt. Entschuldigen Sie bitte. Ich muss wieder rein."

Aus dem Gruppenraum, in dem sechs betagte Herren in einem Stuhlkreis saßen, drang plötzlich die zittrige Stimme eines Mannes. „Bei uns gab es immer Kürbisse. Süße Kürbisse. Saure Kürbisse. Kürbisse als Suppe. Eingemachte Kürbisse. Kürbiskuchen."

Dann folgte ein Schrei: „Ich hasse Kürbisse."

Die Praktikantin Maria fuhr erschrocken zusammen und hauchte verunsichert: „Du, Gerch, ich kann dich echt verstehen, ehrlich. Das muss total uncool für dich gewesen sein. Voll arg. Aber, aber", sie suchte fieberhaft nach einem positiven Aspekt, wie sie es an der Uni gelernt hatte. „Du, aber die Vitamine, du. Deine Mutter hat es doch bestimmt gut gemeint mit dir."

Die Pfarrerin winkte Sieglinde. „Sie sind an der Reihe."

Ein Raunen drang durch den Saal, als sie die Bühne betrat. „Eine echte Polizistin. Die kennt sich aus. Es geht um irgendwelche Bauernseufzer." Ehrfürchtiges Schweigen folgte. Nach ihrem Vortrag wurde Sieglinde mit donnerndem Applaus belohnt. Es gab keine Fragen. Die Senioren wandten sich wieder ihren Unterhaltungen, dem Glühwein und den Weihnachtsplätzchen zu. Die sanften Klänge von „Oh, Tannenbaum", gefühlvoll interpretiert von den Stubenmusikern, erfüllten den Raum.

Sieglinde setzte sich auf einen freien Platz zu einer Gruppe von alten Damen, die festlich gekleidet waren. Das Gesprächsthema drehte sich keineswegs um zwielichtige Haustürgeschäfte, wie es die Pfarrerin erhofft hatte. Sieglinde schnappte die Gesprächsfetzen „Margot und Baptist" auf. Interessiert spitzte sie die Ohren. Die alte Waltraud „Walli" Geier führte das Wort. Unheilschwanger verkündete sie: „Wenn die Morde mit der Tragödie von damals zusammenhängen, wird das nächste Opfer der Burgsteinbestie Ottilie Sauerbier sein. Die soll ihre Tür im betreuten Wohnen in Gräfenberg nur gut verriegeln, die alte Kratzbürschtn."

„Halt den Mund, Walli. Lass die alte Geschichte ruhen! Das tut kein Gut nicht", wies die Seniorin neben Walli diese streng zurecht.

Doch Walli, die sich heimlich eine dritte Tasse Glühwein organisiert hatte, war nicht mehr zu bremsen.

„Die herrschsüchtige Margot hat die arme Rosemarie bei sich aufgenommen und dann, als herauskam, dass das Mädchen schwanger war, aus dem Dorf vertrieben. Abgeschoben nach Nürnberg. Zu der Tante von Rudolf. Das Kind hat so bitterlich geweint und war völlig verzweifelt, und keiner der drei ‚rechtschaffenen Bürger'", sie spuckte das Wort verächtlich aus, „hat ihr geholfen."

„Welche Rosemarie?", mischte sich Sieglinde in das Gespräch ein. Walli Geier blickt sie mit leicht glasigen Augen an und erklärte ihr ungeduldig: „Na, die Häfner Romy, wer denn sonst."

Von einer Sekunde auf die andere blickte Walli Geier verwirrt um sich. „Wo bin ich hier? Ich will in meine gute Stube."

Die Pfarrerin legte sanft die Hand auf Sieglindes Schulter. „Waltraud Geier leidet unter fortschreitender Altersdemenz. Sie hat vergessen, was sie gesagt hat, und ist verwirrt. Ich werde sie nach Hause begleiten. Die gute Walli bringt immer alles durcheinander. Ihre Gedankengänge gleichen verknoteten Arabesken." Regina Engeltals Lippen formten sich zu einem nachsichtigen Lächeln. „Welche Räubergeschichte hat sie denn heute erzählt?"

Dienstag, 20. Dezember

Sieglinde Silberhorn erschien pünktlich und aufgeregt zu der Besprechung mit den Kommissaren. Ihr dickes Knie hatte sie aufgrund der Neuigkeiten völlig vergessen. Gerd Förster sah ihr sofort an, dass sich etwas Wichtiges ereignet haben musste.

„Na, Sieglinde, haben dich die Senioren zur Polizistin des Jahres gewählt?"

Mit blitzenden Augen und roten Wangen begann sie auf der Stelle zu berichten: „Stellt euch vor, auf der Weihnachtsfeier gestern hat eine alte Dame, Walli Geier, also ich denke Walburga, eine ganz interessante Geschichte aus der lange zurückliegenden, dörflichen Vergangenheit erzählt. Sie behauptete, dass drei damals sehr angesehene Bürger der Ortschaft eine Rosemarie Häfner im Stich gelassen haben, als sie von ihrer Schwangerschaft erfuhren. Es muss sich um ein junges Mädchen gehandelt haben, denn sie sprach von einem Kind. Und dieses Kind wurde nach Nürnberg abgeschoben, zu einer Tante von Rudolf Langfritz, dem alten Bürgermeister. Es fielen die Namen Margot Langfritz, Baptist Gößwein und Ottilie Sauerbier. Diese alte Frau schwebe nun in höchster Gefahr, da sie das dritte Opfer der Burgstallbestie sein würde. Sie wohnt in Gräfenberg in einem betreuten Seniorendomizil.

Mehr Informationen habe ich leider nicht in Erfahrung bringen können. Walli Geier wurde von der Pfarrerin nach Hause begleitet. Die alte Dame leidet unter demenziellen Störungen und war plötzlich durcheinander und orientierungslos. Von einer Sekunde auf die andere. Vielleicht hatte es etwas mit dem Glühwein zu tun. Vorher hatte sie noch ganz überzeugend geklungen. Regina Engeltal hat mich darauf hingewiesen, dass sie häufig wirre Geschichten erzählt, die ihrer Ansicht nach nicht unbedingt der Wahrheit entsprechen. Aber wenn ihr meine Meinung hören wollt: Diese Geschichte hört sich für mich überhaupt nicht verwirrt an."

Mandy Bergmann verspürte ein heftiges Kribbeln, das sich an ihrem Haaransatz entlang ausbreitete. Ihre Intuition vermittelte ihr glasklar und unmissverständlich, dass die Erzählung der Seniorin sehr wohl einen Sinn ergab.

„Das könnte ein Puzzleteilchen sein", sagte Gerd Förster. „Das Teil, das uns gefehlt hat. Wir werden diese Informationen sofort überprüfen. Es kommt mir so vor, als ob die verborgenen Hintergründe unseres Falles langsam, aber sicher an die Oberfläche dringen. Sieglinde, großartige Arbeit."

Die Polizistin strahlte vor Freude über das dicke Lob. Sie war nach wie vor voll in das Team integriert. Gerd Förster legte das weitere Vorgehen fest: „Sieglinde, du recherchierst in den Polizeidateien und im Internet und versuchst unsere neuen Informationen mit Fakten zu untermauern. Mandy und ich möchten uns mit der Tochter von Margot Langfritz im Haus ihrer Mutter treffen. Rufe sie bitte an und bestelle sie dorthin. Danach besuchen wir Ottilie Sauerbier in diesem Seniorendomizil und befragen sie nach den damaligen Geschehnissen."

Die beiden Kommissare fuhren mit ihrem Dienstwagen in hohem Tempo über den geräumten und gestreuten Frankenschnellweg. In Forchheim verließen sie die Autobahn. Die Landstraße war stellenweise mit tückischem Glatteis überzogen und Gerd Förster drosselte das Tempo. Sie passierten einen Hang, auf dem sich eine Gruppe von Kindern, gehüllt in dicke Anoraks und mit bunten Mützen auf den Köpfen, im Schnee austobte. Sie warfen sich bäuchlings auf lange blaue Plastiktüten und rasten vor Freude kreischend den Hügel hinunter. Drei kleine, kecke Jungs stapelten sich übereinander auf einem Sack und stürzten sich tollkühn in die Tiefe. Als sie über ihre selbst konstruierte Schanze rutschten, hoben sie ab, wirbelten in der Luft durcheinander und landeten, sich kugelnd vor Lachen, im weichen Schnee. Mandy erfreute sich an der fröhlichen, unbeschwerten Szene.

Die matte, hellgelbe Wintersonne erhob sich hinter einem Fichtenwäldchen, das wie eine Insel inmitten von verschneiten Ackerflächen lag. Schäfchenwolken setzten dem dunstig blauen Himmel weiße Tupfer auf. Es würde ein schöner, sonniger Wintertag werden.

Als sie die kleine Ortschaft erreichten und das vereinsamte Wohnhaus von Margot Langfritz ansteuerten, lief deren Tochter Monika gerade auf die Treppe vor dem Hauseingang zu. Sie trug einen langen, grauen Strickmantel, dessen Farbe gut zu ihren aschblonden Haaren passte. Eine Aura von unendlicher Traurigkeit umgab sie. Die ältere Bauersfrau mit dem geblümten Kopftuch beobachtete neugierig die Szene von der anderen Straßenseite aus, verborgen hinter ihrer Scheibengardine. Sie begrüßten sich und Monika Endres entriegelte das Türschloss.

„Danke, dass Sie gleich gekommen sind, Frau Endres. Wir haben ein paar Fragen an Sie, die uns sehr wichtig sind", sagte Gerd Förster. „Setzen wir uns doch ins Wohnzimmer", sagte sie.

In der guten Stube war es angenehm warm.

„Ich lasse die Heizung laufen, damit das Haus nicht auskühlt und die Leitungen einfrieren", erklärte Monika Endres beherrscht. Als sie sich jedoch im gemütlichen Zimmer ihrer Mutter umschaute, traten ihr Tränen in die Augen.

„Ich kann es immer noch nicht fassen, dass meine Mutter tot ist. Jede Nacht plagen mich Albträume und ich sehe sie wieder und wieder sterben. Was ist das nur für ein Mensch, der ihr das angetan hat? Immer, wenn ich mich in unserem Haus aufhalte, muss ich weinen. Entschuldigen Sie bitte." Sie holte ein Taschentuch aus ihrem Mantel.

„Sie brauchen sich nicht zu entschuldigen, Frau Endres. Es tut uns von ganzem Herzen leid, was mit Ihrer Mutter passiert ist. Wir tun alles in unserer Macht Stehende, um dieses Verbrechen aufzuklären, das versichere ich Ihnen. Nun brauchen wir Ihre Hilfe. Sind Sie in der Verfassung, uns einige Fragen zu beantworten?"

„Natürlich, Herr Kommissar, fragen Sie, deshalb bin ich ja hierhergekommen." Sie schnäuzte sich.

Mandy Bergmann zeigte auf die goldgerahmte Fotografie auf dem Kaminsims. „Das Mädchen auf dem Bild, um das Ihre Eltern die Arme legen, das sind nicht Sie, nicht wahr? Sie sind naturblond und das Mädchen hat dunkle Haare."

Monika Endres lächelte: „Nein, das Mädchen auf dem Bild bin nicht ich. Das ist Rosemarie Häfner. Ich war auch als Kind nie so schön wie sie."

„Können Sie uns etwas über Rosemarie Häfner erzählen?", hakte die Kommissarin nach. „Anscheinend kannten Ihre Eltern sie gut."

„Nicht viel, Frau Kommissarin. Ich war damals erst sechs Jahre alt, als Romy bei uns einzog. Das weiß ich noch, weil ich im September 1966 eingeschult werden sollte. Ich war furchtbar aufgeregt und freute mich auf die Schultüte." Sie durchforstete ihre Erinnerungen und erzählte weiter.

Romy hatte damals einige Wochen bei ihnen gewohnt. Im Sommer 1966. Ihre Mutter hatte ihr damals erklärt, dass Romy bei ihnen leben würde, weil sie keine Eltern mehr hatte. Das hatte Monika Endres damals sehr erschreckt. Ein Leben ohne ihre lieben Eltern konnte sie sich gar nicht vorstellen. Sie würde eine große Schwester bekommen, versprach ihre Mutter. Aber sie hatte sich nicht gefreut. Bis zu Rosemaries Einzug in ihr Haus war sie nämlich die kleine Prinzessin ihres Vaters gewesen. „Prinzessin auf der Erbswurst", lautete der Kosename für seine Tochter. Alles hatte sich nur um sie gedreht. Und auf einmal hatte er sich nur noch für Romy interessiert. Ständig scharwenzelte er um sie herum. Monika empfand eine tiefe, nagende Eifersucht. Eines Nachts, als sie sich wieder in den Schlaf weinte, hörte sie, wie ihre Eltern sich fürchterlich stritten. Sie brüllten sich an wie noch nie zuvor.

„Am nächsten Tag war Romy verschwunden. Für immer. Ich war froh, dass sie weg war. Das hört sich brutal an, aber ich lebte eben in der Gedankenwelt eines kleinen, naiven Mädchens. An mehr kann ich mich nicht erinnern."

Jeder in seine Gedanken versunken, machten sich die Kommissare auf den Weg nach Gräfenberg, um Ottilie Sauerbier einen Besuch abzustatten und zu befragen. Das Kasberger Windrad erhob sich auf einer Anhöhe aus einem Nebelmeer. Sein stetiges Kreisen wollte nicht so recht in die liebliche Landschaft passen. Geschweige denn der ganze Turm. Über eine kurvenreiche, verschneite Landstraße erreichten sie ihr Ziel. Das Seniorendomizil „Abendröte" thronte auf einem Hügel, von dem aus man einen überwältigenden Ausblick auf die „Fränkische" hatte. Den gläsernen Haupteingang flankierten kugelrund geschnittene Buchsbäumchen in Tontöpfen. Weiß leuchtende Lichterketten rankten sich um die Zweige. Die Kommissare traten in die Eingangshalle, die von Marmorsäulen gesäumt war. Die edlen, grauen Bodenfließen glänzten im Licht der dezenten Deckenstrahler. Der Duft von Bratwürsten und Sauerkraut zog durch das Gebäude. Bald war Mittagessenszeit. Suchend blickten sie sich um, als eine Frau in einem konservativen Hosenanzug und raspelkurz geschnittenen grauen Haaren aus einem Büro kam und sie bemerkte.

„Guten Tag. Mein Name ist Lydia von Limburg. Ich bin hier die Geschäftsführerin. Kann ich Ihnen behilflich sein?"

Gerd Förster zeigte seinen Dienstausweis und stellte sie vor. „Wir möchten Ottilie Sauerbier besuchen und mit ihr sprechen. Ist das möglich?"

„Natürlich ist das möglich. Sie befinden sich hier in einer Einrichtung des ‚Betreuten Wohnens'. Das bedeutet, dass unsere Bewohner hier selbstständig ihr eigenes Leben führen. Sie wohnen in komfortablen, hochwertig ausgestatteten Eigentumswohnungen und können auf Wunsch diverse Dienstleistungen in Anspruch nehmen. Außerdem verfügen wir hier über Gemeinschaftsräume, in denen regelmäßig Angebote für die Senioren stattfinden. Ich bin ihre Ansprechpartnerin bei allen Fragen und Nöten.

Frau Sauerbier ist derzeit im Bastelstüberl und leitet die Handarbeitsgruppe. Sie war früher Lehrerin für Hauswirtschaft und Handarbeit", erklärte ihnen die Leiterin. Sie und das Personal legten in ihrem Hause großen Wert darauf, dass die Senioren Neigungen und Interessen aus ihrem früheren Leben weiterhin pflegen konnten. Das förderte die geistige und körperliche Fitness.

„Bitte kommen Sie mit, ich bringe Sie zu Frau Sauerbier."

Unterwegs ergriff die rührige Leiterin die Gelegenheit, ihnen einige Räume zu zeigen und auf das aktuelle wöchentliche Programm hinzuweisen. Sie bewunderten höflich eine kleine, aber gut ausgestattete Bibliothek, mehrere Computerterminals mit Internetzugang und einen verspiegelten Gymnastikraum, in dem große blaue und grüne Bälle, ordentlich aufgereiht vor einer Sprossenwand, auf ihren Einsatz warteten. Im Gruppenraum versuchten einige Senioren einen roten Luftballon daran zu hindern, die Erde zu berühren.

„Das ist der Auftakt zu unserer wöchentlichen Veranstaltung ‚Gehirnjogging‘", klärte Lydia von Limburg sie auf. Sie klopfte an eine Tür und öffnete sie. „Das ist unser Bastelstüberl. Hallo, Frau Sauerbier. Hier ist Besuch für Sie. Die Herrschaften sind von der Kripo Bamberg und wollen Sie sprechen." Sie wartete keine Antwort ab und wandte sich an die Kommissare. „Wenn Sie noch Fragen haben, finden Sie mich im Speiseraum." Geschäftig eilte sie davon.

„Guten Tag. Dürfen wir eintreten?", fragte Gerd Förster etwas lauter als normal in Richtung Frau Sauerbier. Die Seniorin in dem Ohrensessel blickte irritiert auf. Mandy schätzte die alte Dame auf ungefähr neunzig Jahre. Für ihr Alter machte sie einen erstaunlich rüstigen Eindruck. Sie trug ein altrosafarbenes Twinset und einen langen, schmalen, grauen Rock. Ihre dünnen Beine steckten in schwarzen Stützstrümpfen und die Füße in geschnürten Gesundheitsschuhen. Die schlohweißen Haare hatte sie zu einem festen Knoten frisiert. Eine elegante Perlenkette zierte ihren mageren Hals. Sie setzte sich kerzengerade auf und belehrte ihren Überraschungsbesuch mit strenger Miene: „Sie stören meinen Handarbeitsunterricht. Ich kenne Sie nicht. Gehen Sie wieder."

Unbeeindruckt von der rüden Abfuhr nahmen die Kommissare unter den missbilligenden Blicken von Ottilie Sauerbier auf einem schmalen Plüschsofa Platz. Gerd Förster versuchte geduldig die energische, alte Dame zu einem Gespräch zu bewegen. „Wir sind von der Kripo Bamberg und möchten gerne mit Ihnen reden. Ich verspreche, dass wir nur ein paar Minuten Ihrer Zeit in Anspruch nehmen werden. Vielleicht könnten die beiden anderen Damen solange den Raum verlassen."

Die Teilnehmerinnen der Handarbeitsgruppe, etwa im gleichen Alter wie ihre Leiterin, hatten Stricknadeln in der Hand, auf denen sich grüne Wollmaschen reihten.

„Ich habe eine Masche verloren, Ottilie. Was soll ich denn jetzt tun?", jammerte die eine Seniorin. Die Kommissare nahm sie überhaupt nicht zur Kenntnis.

Die andere Seniorin belehrte ihre Mitstreiterin: „Ich verliere auch oft etwas. Das muss man dann suchen. Du musst die Masche suchen, Lina."

Ottilie Sauerbier reagierte überaus empört auf die Störung: „Ich erkläre meinen Schülerinnen soeben ein kompliziertes Strickmuster für Wollstrümpfe. Kleine Heidschnucken sollen um die Ferse wandern. Das ist kompliziert. Bald ist Essenszeit und eine Stunde später beginnt das Klavierkonzert."

Mandy ergriff ungeduldig das Wort. Der sanfte Charme ihres Kollegen würde in dieser Situation nicht weiterhelfen. „Frau Sauerbier, sagt Ihnen der Name Rosemarie Häfner etwas?"

Die Seniorin erstarrte inmitten ihrer Strickbewegung. Dann presste sie die schmalen Lippen aufeinander und schüttelte entschlossen den Kopf.

„Frau Sauerbier, zwei alte Menschen wurden ermordet. Margot Langfritz und Baptist Gößwein. Kannten Sie diese Personen?"

Sie bekam keine Antwort. „Wir wollen Sie warnen. Wenn es stimmt, was wir in Erfahrung gebracht haben, könnten Sie in Gefahr sein. Hören Sie mir überhaupt zu?"

„So einen Unsinn habe ich schon lange nicht mehr gehört, junge Frau, gehen Sie jetzt bitte."

Mandy versuchte ruhig zu bleiben und startete einen neuen Versuch: „Seien Sie auf der Hut. Lassen Sie niemanden in Ihre Wohnung, dem Sie nicht hundertprozentig vertrauen können. Und schon gar keine Weihnachtsmänner."

Ottilie Sauerbier sah Mandy an, als hätte sie den Verstand verloren. Dann antwortete sie mit böser Stimme: „Wenn Sie mich weiter belästigen, rufe ich die Polizei." Sie nahm das Strickzeug wieder auf und ignorierte ihren Besuch. „Sie müssen die rechte Stricknadel auf diese Weise in die untere Masche führen, meine Damen. Ich darf doch um Ihre volle Aufmerksamkeit bitten. Dieses Muster ist wirklich anspruchsvoll."

Die abgefertigten Kommissare fanden die Chefin der Einrichtung im Speisesaal. Sie platzierte kleine Kerzenleuchter genau in der Mitte eines jeden Tisches. Gleichzeitig redete sie beruhigend auf eine gebrechliche alte Frau ein, die sich schwer auf einen Stock stützte. „Sie können nicht die Rettung alarmieren, wenn Sie Hilfe beim Ausziehen der Stützstrümpfe brauchen, meine Liebe. Das ist kein Notfall."

„Doch, das ist ein Notfall."

So ging es einige Male hin und her. Schließlich klopfte die Seniorin mit dem Gehstock wütend auf den Boden und verließ dann empört den Raum.

Fragend blickte die Geschäftsführerin die Beamten an. „Frau Sauerbier hat sich strikt geweigert mit Ihnen zu sprechen, habe ich recht?"

„Leider", bestätigte Gerd Förster ihre Vermutung. „Sie wollte nicht mit uns reden."

„Das habe ich mir gedacht. Die Seniorin leidet unter Altersstarrsinn in einer extremen, unzugänglichen Form. Wenn sie nicht will, will sie nicht. Da kann man nichts machen."

Mandy fragte Lydia von Limburg: „Könnten Sie nicht intervenieren, damit die alte Dame mit uns redet. Es ist wirklich sehr wichtig. Und sie kennt Sie doch."

„Wo denken Sie hin, Frau Kommissarin. Unsere Bewohner führen hier ein selbstbestimmtes Leben. Sie treffen ihre Entscheidungen ausschließlich selbst. Das müssen Sie akzeptieren. Wenn Sie mich jetzt entschuldigen würden. Gleich ist Mittagessenszeit."

Als sie unverrichteter Dinge wieder in ihrem Dienstwagen saßen, meinte Mandy bewundernd: „Was diese Lydia von Limburg für eine Geduld aufbringt im Umgang mit den alten Menschen. Ich weiß nicht, ob ich das könnte."

„Das musst du ja auch nicht. Schließlich bist du Polizistin und keine Altenbetreuerin. Es ist Mittagszeit, Mandy. Der Bratwurstduft im Seniorendomizil hat mir Appetit gemacht. Hast du Lust auf dem Rückweg an Rickys Imbissstand Mittagspause zu machen?"

„Großartige Idee, Gerd. Dann gib mal Gas."

Fünfundzwanzig Minuten später zwängte Gerd Förster das Fahrzeug in eine freie Parklücke direkt vor dem Imbissstand ihres Kumpels Ricky. Über die weißen Stehtische und die Biergarnituren hatte er einen Pavillon mit Panoramafenstern aufgebaut. Bunte Lichterketten umrahmten die Kanten des Zeltes, sodass es wie ein beleuchteter Würfel wirkte. Ein Heizpilz strahlte behagliche Wärme aus. Zwei der Sitzgruppen waren mit vergnügten Monteuren besetzt, die aufgrund der Witterungsverhältnisse früher Feierabend gemacht hatten. Für diese Truppe brutzelte Ricky auf dem Grill Berge von Bratwürsten und verteilte zwischendurch Dosenbier. „Hallo, ihr zwei", rief er fröhlich, als er die Kommissare erblickte. „Mal wieder schwer am Ermitteln, was? Setzt euch direkt neben den Heizpilz, da ist es am wärmsten. Ich habe gleich für euch Zeit. Das Übliche, wie immer?"

„Wie immer", bestätigte Gerd Förster.

Nachdem Ricky die hungrigen Monteure versorgt hatte, brachte er den Kommissaren seine legendäre Currywurst mit Pommes und Mayonnaise. Dazu heißen Tee. Mandy blickte auf den Rhein-Main-Donau-Kanal, in dessen dunklem Wasser ein Schubverband ruhig vorbeiglitt. Auf dem langen Oberdeck stand ein Christbaum mit roten Kugeln, neben dem ein kleiner Junge kniete und mit einem großen Plastikbagger spielte. Versonnen aß Mandy eine frische heiße Pommes, die sie in Mayonnaise getunkt hatte, und bemerkte dann: „In ein paar Tagen ist Weihnachten, Gerd. Ob wir bis dahin unseren Fall gelöst haben?"

„Das hoffe ich, Mandy. Ich habe so ein Gefühl, dass wir sehr bald einen Durchbruch erzielen werden. Die alte Dorfgeschichte beschäftigt mich. Vielleicht liegt die Lösung des Rätsels in der Vergangenheit."

Mandy nickte: „Lecker, die Pommes, wie immer. Glaubst du, dass Ottilie Sauerbier gelogen hat?"

„Ich bin davon überzeugt, dass sie gelogen hat. Sie hat Romy Häfner gekannt, und das werden wir auch beweisen."

Ihr Freund Ricky näherte sich und balancierte ein kleines Tablett mit drei gefüllten Sektgläsern. „Ich weiß, dass ihr im Dienst keinen Alkohol konsumiert, aber ich möchte zur Feier des Tages ein kleines Glas Sekt mit euch trinken."

„Was hast du denn zu feiern, Ricky?", erkundigte sich Gerd Förster mit aufrichtigem Interesse.

„Stellt euch vor, meine Gattin Susi, dieses Teufelsmädel, hat es neben der Betreuung unserer lebhaften Zwillinge, dem Haushalt und der Buchführung für mein Geschäft geschafft, ihre abgebrochene Ausbildung zur Krankenschwester wieder aufzunehmen. Nachts, wenn die Kinder schliefen, hat sie gebüffelt. Sogar Latein musste sie lernen. Gestern hat sie die Prüfung zur examinierten Krankenschwester mit Auszeichnung bestanden und sofort ein Jobangebot vom Bamberger Klinikum erhalten. Ist das nicht wunderbar?"

Die Kommissare gratulierten herzlich und freuten sich mit Ricky.

Mandy grinste und hänselte ihn: „Dann kann sie dich ja nach wilden Schlägereien wieder professionell zusammenflicken."

Ricky entgegnete ernsthaft: „Ich bin seit Jahren sauber, Mandy, das weißt du doch."

Dann fuhr er aufgeregt fort: „Endlich haben wir genug Geld, um uns einen richtigen Urlaub leisten zu können. Emma und Emil sollen das Meer sehen. Heute Morgen haben wir eine Woche Teneriffa gebucht, im Frühjahr. Stellt euch das mal vor. Ich liege im Sand und trinke kaltes Bier. Emma und Emil mischen den Mini-Club auf und meine kulturbegeisterte Susi wird jeden alten Stein umdrehen."

Als die Kommissare sich wieder auf den Weg zu ihrer Besprechung mit Sieglinde Silberhorn machten, umarmte Ricky sie herzlich: „Ich wünsch' euch ein besinnliches Weihnachtsfest und ein gutes, gesundes, neues Jahr." Lange winkte er ihnen nach.

Die Polizistin erwartete ihre Kollegen bereits im Besprechungszimmer. Der lange Tisch war mit Computerausdrucken übersät. Als die Ermittler den Raum betraten, knisterte es vor Spannung. Sieglinde heftete gerade eine grobkörnige Fotografie an die breite Pinnwand neben die Tatortfotos von Baptist Gößwein und Margot Langfritz. Ihre Kollegen traten näher heran und betrachteten aufmerksam das Bild.

„Ich habe alles gründlich recherchiert." Sie lockerte ungeduldig ihren Krawattenknoten und holte tief Luft. Dann zeigte sie auf das Foto. „Ich habe mir im Internet die Jahrbücher der Volksschule vorgenommen, die damals in dem kleinen Dorf, in dem unsere beiden Opfer lebten, existierte. Heutzutage werden die Kinder mit Schulbussen in größere Ortschaften gebracht. Hier könnt ihr das Jahresabschlussfoto der achten Klasse der Volksschule im Juli des Jahres 1966 sehen. Bei der Klassenlehrerin, die links im Vordergrund steht, handelt es sich um Ottilie Sauerbier. Sie war Lehrerin für Hauswirtschaft und Handarbeit und damals zweiundvierzig Jahre alt."

Gerd Förster betrachtete die schwarzweiße Fotoaufnahme genauer. Eine groß gewachsene, schlanke Frau mit halblangen, hellen Haaren und einem schmallippigen Mund blickte streng in die Kamera. Eine gewisse Ähnlichkeit mit der strickenden Seniorin, die das Gespräch mit ihnen verweigert hatte, war nicht zu übersehen. Sieglinde deutete auf ein hübsches, ernst dreinblickendes Mädchen mit dicken, dunklen Zöpfen. „Das ist Rosemarie Häfner, eine ihrer Schülerinnen. Das habe ich anhand der Namensliste herausgefunden. Die Schüler wurden von links nach rechts benannt."

Mandy zeigt sich beeindruckt und stellte fest: „Ottilie Sauerbier hat uns also angelogen. Sie kannte Rosemarie Häfner. Wahrscheinlich sogar sehr gut."

Der Kommissar nickte bestätigend: „Davon wollte sie uns nichts erzählen. Warum nicht?"

Sieglinde war nicht mehr zu bremsen: „Es geht noch weiter. Als ich den Namen Rosemarie Häfner im Computer eingab, stieß ich auf einen Zeitungsartikel vom 27. Juli 1966, der, groß aufgemacht, über einen tragischen Verkehrsunfall berichtete. Die Eltern von Rosemarie Häfner, Elisabeth und Lorenz Häfner, waren am Vortag auf schreckliche Art und Weise verunglückt. Ein Personenwagen mit überhöhter Geschwindigkeit, dessen Fahrer die Situation falsch einschätzte, raste in ihren Traktor. Beide Eltern wurden auf den Asphalt geschleudert und erlagen noch am Unfallort ihren schweren Verletzungen. In dem Presseartikel wird noch erwähnt, dass die damalige Bürgermeistergattin das arme, verwaiste Mädchen großherzig mit offenen Armen in ihre Familie aufgenommen hat."

„Aber nur für einige Wochen, dann war es vorbei mit der Großherzigkeit, wenn sich Monika Endres, die Tochter von Margot Langfritz, richtig erinnert", merkte Mandy an. Sie grübelte: „Warum hat die Bürgermeisterfamilie das Mädchen nicht bei sich behalten? Sie hatte bei einem tragischen Unfall ihre Eltern verloren. Man konnte es ihr doch nicht antun, sie einfach wegzuschicken."

Gerd Förster sagte: „Monika Endres hat erwähnt, dass ihr Vater, der damalige Bürgermeister Rudolf Langfritz, einen Narren an Rosemarie gefressen hatte, sodass sie sehr eifersüchtig reagierte. Vielleicht war nicht nur Monika eifersüchtig. Rosemarie Häfner war ein weit entwickelter, hübscher Teenager. Das könnte doch der Grund für Margot Langfritz Entschluss gewesen sein, das Mädchen wegzuschicken. Oder sie fand heraus, dass Romy schwanger war. Damals galt das noch als Skandal." „Oder beides", ergänzte Mandy.

Sieglinde fuhr fort: „Walli Geier hat behauptet, Rosemarie Häfner wurde nach Nürnberg zu einer Tante von Rudolf Langfritz abgeschoben. Ich habe die Geburten in den damaligen Nürnberger Krankenhäusern in dem infrage kommenden Zeitfenster überprüft. Am 27. Dezember 1966 haben zwei Frauen namens Rosemarie Häfner in unterschiedlichen Krankenhäusern zwei Kinder zur Welt gebracht. Eine Dorothea Häfner und einen Maximilian Häfner. Als Wohnsitz von Rosemarie und Dorothea Häfner wurde eine Adresse in Nürnberg-Erlenstegen angegeben. Sie waren bei einer reichen Unternehmerwitwe gemeldet, Gerlinde von Furtenbach, geborene Langfritz."

Gerd Förster hatte einen Gedankenblitz: „Sieglinde, kannst du die gemeldeten, weißen Lieferwagen mit der Ziffer Drei oder Neun einer bestimmten Ortschaft zuordnen?"

„Ich habe die gemeldeten Fahrzeuge nach Ortschaften sortiert, Gerd. Ich vermute, du möchtest die Liste der Fahrzeughalter aus dem Dorf unserer Opfer."

„Genau."

Sieglinde vollführte einige Mausklicks, dann ratterte der Drucker los. „Hier bitte schön, Gerd, die Liste."

Gemeinsam beugten sie sich über den Ausdruck, fünf Fahrzeughalter waren untereinander aufgeführt. Gerd Förster las laut vor:

„Egon Polster, Edmund Einöder, Dorothea Coutier, Thomas Baier, Eva Pfister."

„Sieh mal an", bemerkte Mandy. „Zwei Kandidaten kennen wir ja bereits. Eine Dorothea ist auch dabei. Leider keine Dorothea Häfner."

Sieglinde stutzte: „Wie heißt die Fahrzeughalterin, Dorothea Coutier? Diesen Nachnamen habe ich heute schon irgendwo gelesen. Moment, bitte." Sie wühlte ungeduldig in ihren verstreuten Unterlagen. „Hier, da haben wir den Namen. Ich habe mehrere Einträge gefunden. Also, Dorothea Häfner hat in Nürnberg Abitur gemacht und im Anschluss an der Ostküste der USA in Boston Kunst studiert, Malerei, und mit Auszeichnung abgeschlossen. Danach absolvierte sie eine Art Zusatzstudium an einer Kunstakademie in Paris. Dort lernte sie ihren zukünftigen Ehemann kennen, einen erfolgreichen Schauspieler. Wie hieß der wohl mit Nachnamen?"

„Coutier", tippte Mandy hoffnungsvoll.

„Bingo", Sieglinde freute sich über ihre Ermittlungsfortschritte. „Etienne Bernard Coutier. Es fand eine glamouröse Hochzeit statt, über die alle Zeitungen in Frankreich ausführlich berichteten. In einem Leuchtturm auf einer kleinen, französischen Insel, irgendetwas mit Mönch. Dieser Etienne Coutier verunglückte auf tragische Weise. Während eines Thailandurlaubes hat ihn ein wild gewordener Elefant totgetrampelt."

„Respekt Sieglinde, eine großartige Recherche. Jetzt ergibt die ganze Geschichte langsam einen Sinn", Gerd Förster versprühte Begeisterung.

„Ich fasse zusammen, Kolleginnen. Edmund Einöder ist der Halter eines weißen Lieferwagens. Vielleicht ist er doch nicht so durcheinander, wie er uns glauben machen will. Egon Polster ist ebenfalls im Besitz eines weißen Transporters. Die ‚Walberla-Wächter' stehen nach wie vor unter Verdacht. Entweder sie haben die Verbrechen gemeinsam begangen oder der Bauer Egon Polster hat aufgrund seines unbeherrschten Wesens einen Alleingang unternommen.

Wir müssen sofort einen Durchsuchungsbeschluss erwirken und dann die Spurensicherung losschicken. Die Fahrzeuge müssen genauestens untersucht werden. Vielleicht finden sich ja DNA-Spuren.

Dann haben wir noch eine Dorothea Coutier, deren Mutter, Rosemarie Häfner, möglicherweise vor vielen Jahren von drei Dorfhonoratioren im Stich gelassen und nach Nürnberg zu einer Tante von Rudolf Langfritz abgeschoben wurde. Was bedeuten diese Ereignisse von damals aktuell für unseren Fall?"

Mandy Bergmann unterbrach ihn: „Mir drängt sich die Frage auf, warum ein weißer Lieferwagen von einer Dorothea Coutier hier gemeldet ist? Das verstehe ich nicht. Liegen Erkenntnisse vor, wo sie sich jetzt aufhält?"

Sieglinde klärte sie triumphierend auf: „Das wollte ich vorhin noch erwähnen, sie wohnt seit etwa einem Jahr in der kleinen Ortschaft."

„Was?", Gerd Förster war verblüfft.

„Ja, sie hat einen alten Bauernhof gekauft, ihn renoviert und sich ein Atelier eingerichtet. Ihre Vernissagen und Kunstausstellungen finden über den Landkreis hinaus viel Aufmerksamkeit und Zuspruch. Die Kritiker überschlagen sich beinahe vor lauter

Enthusiasmus. Diese Informationen habe ich alle aus dem Internet. Ihr Anwesen liegt gleich am Ortseingang. Wir sind schon ein paarmal daran vorbeigefahren."

„Dorthin fahren wir nachher." Der Kommissar sprang auf. „Ich muss nur schnell zum Chef wegen des Durchsuchungsbeschlusses. Ich bin gleich zurück, organisiert ihr bitte schon alles. Diese Frau möchte ich zu gerne kennenlernen."

Als sie sich der kleinen Ortschaft näherten, brach die Dämmerung herein. Es begann leicht zu schneien. Die Straßenlampen warfen gelbe Lichtkegel auf die dünne Neuschneedecke. Das Bauernhaus von Dorothea Coutier lag etwa hundert Meter von der Dorfstraße zurückversetzt. Ein mit Kies bestreuter Weg führte in einen asphaltierten Hof, der durch das Fachwerkhaus und ein flaches Nebengebäude begrenzt wurde. Über der alten, schiefen Eingangstür aus massivem Eichenholz mit eingeschnitzten bäuerlichen Szenen brannte eine antike Laterne. Fichtenzweige, zusammengehalten von silbernen und roten Kordeln, fassten die Tür ein. Aus dem Gebäude drang kein Lichtschimmer. Still und friedlich lag es in der Dunkelheit. Die Fassade war frisch verputzt und in einem zartrosa Ton gestrichen. Die Fachwerkbalken setzten sich in blutroter Farbe davon ab. In verzinkten Eimern, die entlang der Vorderfront des Hauses platziert waren, steckten weiß lackierte, hohe Reisigbündel, um die Lichterketten mit strahlend weißen Birnchen geschlungen waren. Anscheinend waren sie an eine Zeitschaltuhr gekoppelt. Auf ihr Klingeln und Klopfen reagierte niemand. Das Haus war verlassen.

„Dorothea Coutier ist nicht zu Hause", stellte Mandy enttäuscht fest und rieb sich die kalten Hände. „Das Garagentor steht offen und der Stellplatz ist leer. Sie ist mit ihrem Wagen unterwegs. Wo kann sie nur sein?"

Sie drückte die schwere Klinke der Holztür nach unten. „Abgeschlossen, schade."

„Auch wenn die Tür nicht abgeschlossen wäre, können wir nicht einfach in das Haus eindringen, Mandy. Wir kommen morgen früh mit einem Durchsuchungsbeschluss wieder." Gerd Förster wusste, dass es seiner Kollegin in den Fingern juckte. Aber ein Eindringen ohne richterlichen Beschluss kam überhaupt nicht infrage. Er hatte vorhin seinen Chef leider nicht angetroffen. Ihnen waren im Moment die Hände gebunden. Er ließ seine Blicke noch ein letztes Mal über den schönen, alten Bauernhof schweifen, als die Scheinwerfer eines Wagens die Einfahrt heraufkrochen. Ein alter Jeep parkte neben ihrem Dienstwagen und eine Frau sprang leichtfüßig heraus. Erstaunt und verunsichert nahm sie die drei Personen zur Kenntnis, die im dämmrigen Hof ihrer Freundin standen.

Dann erkannte sie zu ihrer Erleichterung Gerd Förster. „Guten Abend zusammen", begrüßte Klarissa König ihn und seine Begleitung erfreut. „Was machen Sie denn hier?"

„Wir wollten mit Dorothea Coutier sprechen. Aber sie scheint nicht zu Hause zu sein."

Klarissa König runzelte irritiert die Stirn unter der bunten Lappenmütze. „Das ist aber merkwürdig. Dorle und ich sind verabredet. Ich komme gerade von der Arbeit und wir wollten zusammen Kaffee trinken und Kuchen essen. Und ein bisschen quatschen. Dorle hatte vor, ein neues Rezept auszuprobieren. Eine karamellisierte, verkehrt herum gebackene Apfeltarte. Na gut, vielleicht ist ihr etwas dazwischengekommen. Dann fahre ich jetzt nach Hause."

„Einen Moment noch, Frau König. Ich habe noch eine Frage." Gerd Förster trat näher zu ihr und sah sie ernst an. „Ist Ihnen in letzter Zeit an Ihrer Freundin etwas aufgefallen? Verhielt sie sich anders als sonst? Hat sie irgendetwas geäußert, das Ihnen merkwürdig erschien?"

Klarissa König dachte nach. Sie wollte eben den Kopf schütteln und die Fragen, die sie nicht verstand, verneinen, als ihr eine flüchtige Erinnerung in den Sinn kam. „Jetzt, wo Sie danach fragen, Herr Kommissar, fällt mir eine Äußerung von Dorle ein, die ich nicht zuordnen konnte. Ja, die sogar unheimlich war. Aber dabei handelte es sich um einen so flüchtigen Moment, dass ich den Vorfall schon wieder vergessen hatte." Mit zögerlicher Stimme schilderte sie ihr Erlebnis.

Vor einigen Tagen waren die Freundinnen gemeinsam mit ihren Langlaufskiern losgezogen und hatten in ihrer Lieblingswirtschaft in Großenohe eine Pause eingelegt und Kaffee getrunken. Sie hatten sich über Belanglosigkeiten unterhalten. Über den hervorragenden Zustand der Loipen, die von vier freiwilligen Männern aus Gräfenberg gespurt und gepflegt wurden. Darüber, dass es ärgerlich war, dass viele Nutzer nichts in die Spendenboxen warfen. Es war ein schöner Tag, den sie zusammen verbrachten. Dann, ganz plötzlich, der Zusammenhang fiel ihr nicht mehr ein, hatte sich Dorotheas Gesichtsausdruck verändert. Er war nicht mehr offen und herzlich wie sonst gewesen, sondern hart und verbissen. Ein Schatten hatte sich über ihr Antlitz gelegt. Ganz flüchtig hatte Klarissa in ihren Augen ein wahnsinniges Glitzern wahrgenommen, das sofort wieder verschwunden war, so schnell, wie es sich gezeigt hatte. Sie war sich sicher gewesen, dass sie sich getäuscht hatte. Aber an den Satz, den sie dabei geäußert hatte, konnte sie sich noch sehr gut erinnern. Dorle hatte gesagt: „Das Unrecht kommt zurück wie ein Bumerang." Und es gab keinen Zusammenhang dafür.

Sie saßen sich gegenüber am Küchentisch. In dem kleinen Zimmer war es kuschelig warm. Eine schon weit heruntergebrannte, rote Kerze in einem altmodischen Messingständer mit Henkel flackerte. Auf dem Herd zog in einem verbeulten Blechtopf ein selbst gemachter Punsch. Dünn geschnittene Orangenscheiben schwammen auf seiner Oberfläche und der würzige Duft von Zimt und Nelken zog durch den Raum.

Feingliedrige, glatte Hände umfassten zärtlich derbere, größere, faltigere. „Wir haben es bald geschafft, mein Lieber. Morgen Nacht ist unsere Mission vollendet."

„Darüber bin ich sehr froh, meine Schöne, mein Bein macht nicht mehr mit."

„Ich weiß, nur noch morgen, ein letztes Mal. Dann ruhst du dich aus und ich kümmere mich um dich. Niemals werde ich dich im Stich lassen. Das verspreche ich dir."

„Ich danke dir. Du bist meine einzige Freude."

„De rien.

Weißt du was? Wir kosten jetzt den Punsch, er duftet wunderbar."

Sie stießen feierlich an.

„A ta santé, ma chère!"

„A ta santé, Guillaume!"

Die Kommissare hatten beschlossen Ottilie Sauerbier zu beschützen, ob sie nun wollte oder nicht. Ihrer Meinung nach konnte sie in großer Gefahr schweben. Für den Dienstag- und Mittwochabend wurde Sieglinde Silberhorn eingeteilt, Wache zu schieben. Da ihr kein Kollege zugeteilt werden konnte, hatte Gerd Förster ihr eindringlich eingeschärft, sofort telefonisch Unterstützung anzufordern, wenn sich etwas Auffälliges ereignen sollte. „Keine Alleingänge mehr, Sieglinde, verstanden?"

Sie hatten sich auf einen Überwachungszeitraum von achtzehn Uhr, wenn die Leiterin der Einrichtung das Haus verließ, bis ca. dreiundzwanzig Uhr geeinigt. Wenn Ottilie Sauerbier zu Bett gegangen war, würde sicherlich kein Nikolaus mehr an ihrer Tür klingeln, um mit ihr zu plaudern und Glühwein zu trinken. Zu so später Stunde wäre ein Besuch einfach zu auffällig und sie würde mit Sicherheit nicht öffnen.

Die Polizistin saß in einem unauffälligen, schwarzen Zivilfahrzeug, das sie ein Stück die Straße hinauf in der Reihe zwischen anderen Fahrzeugen geparkt hatte, und langweilte sich. Pünktlich um achtzehn Uhr hatte Lydia von Limburg das Seniorendomizil verlassen und den Haupteingang verriegelt. Sofort zündete sie sich eine Zigarette an und rauchte gierig. Dann knöpfte sie ihren Mantel zu und verschwand zu Fuß in der Dunkelheit. Sie hatte Sieglinde nicht bemerkt. Ein gutes Zeichen.

Die Polizistin konnte von ihrem Standpunkt aus nicht nur den Haupteingang, sondern auch die Eingänge zu den Eigentumswohnungen der Bewohner der Anlage gut im Auge behalten. Die Haustüren erreichte man über offene Laubengänge. Unten rechts wohnte Ottilie Sauerbier. Ein schwacher Lichtschein drang aus dem Fenster neben ihrer Haustür. Sieglinde vermutete, dass dort die Küche war und das Licht aus einem der nach hinten gelegenen Zimmer kommen musste. Die ehemalige Handarbeitslehrerin hielt sich bestimmt in ihrem Wohnzimmer auf. Das befand sich auf der Südseite und führte auf eine geräumige Terrasse. Sieglinde hatte vorhin das Seniorendomizil unauffällig umrundet und sich jedes Detail eingeprägt. „Bestimmt nicht billig, so ein Apartment hier", vermutete sie. Inzwischen war es einundzwanzig Uhr und die Zeit kroch im Schneckentempo dahin. Nichts Auffälliges hatte sich in den letzten drei Stunden ereignet. Eine dicke Frau in einem Trainingsanzug führte ihren Boxer spazieren und ein Liebespaar küsste sich unter einer Straßenlaterne.

Sieglinde goss sich aus einer Thermoskanne heißen, starken, süßen Tee in einen Becher und trank vorsichtig. Sie verspürte enormen Hunger und ärgerte sich, dass sie nicht daran gedacht hatte, Proviant einzupacken. Sie wühlte im Handschuhfach und in der Ablage des Dienstfahrzeuges. Als einzige Ausbeute ihrer verzweifelten Suche fiel ihr ein Päckchen Kaugummi in die Hände. Es sah aus, als würde es schon mindestens zehn Jahre dort vor sich hin gammeln. Verdrießlich schob sie sich einen Streifen in den Mund. Vanillegeschmack, auch das noch.

Das Liebespaar konnte nicht voneinander ablassen und die Polizistin fragte sich, ob sie wohl keinen wärmeren Ort für den Austausch ihrer Zärtlichkeiten zur Verfügung hatten. Oder dieses Verhalten hatte etwas mit unaufschiebbarer Leidenschaft zu tun. Bei diesem Stichwort wanderten ihre Gedanken zu Eberhard, ihrem Verehrer. Verfügte er in seinem Gefühlsrepertoire über leidenschaftliche Anwandlungen? In Bezug auf seine unbändige Wanderlust – sicherlich. Aber in Bezug auf Sex?

Jeden Abend, punkt achtzehn Uhr, ließ er sich auf seinem Sofa nieder und zappte durch die Kanäle, bis er seine Lieblingssoap gefunden hatte, „Mit dem Wanderfreund durch Berg und Tal". Nach einigen Minuten sackte er nach hinten in die Kissen und schnarchte leise vor sich hin. Wenn ihm ein durchdringender Schnarchton entfuhr, setzte er sich kurz orientierungslos auf, um dann sofort wieder selig weiterzuschlummern.

Einmal war sie in sein Schlafzimmer geschlichen, um sich in ein rotes Spitzennegligé zu zwängen, das sie in einem Kaufhaus in Bamberg erstanden hatte. Zum Glück war sie dort niemandem begegnet, den sie kannte. Als sie sich neben Eberhard auf dem Sofa niedergelassen hatte und sich an ihn kuschelte, grunzte er kurz auf, um dann weiterzuschlafen. Vielleicht mag er kein Rot, grübelte Sieglinde. Über dieser wesentlichen Frage nickte sie ein. Als ein Schrei durch die Nacht tönte, riss sie erschrocken die Augen auf. Wo war sie überhaupt?

Sie starrte auf den Laubengang, der zu Ottilie Sauerbiers Wohnung führte. Bewegte sich dort eine Gestalt? Sie konnte nicht das Geringste erkennen. Die Lampe über dem Eingang funktionierte nicht. Sie verließ den Wagen und achtete darauf, keine Geräusche zu verursachen. Langsam näherte sie sich der Treppe und schlich auf den Gang im Erdgeschoss zu. Da war niemand. Wieder ein Schrei, weiter hinter ihr. Hektisch und mit rasendem Herzen fuhr sie herum. Eine kreischende Katze mit aufgestelltem Fell raste um die Hausecke, gefolgt von einem liebestollen Kater. Sie verschwanden blitzschnell in der Gartenanlage, dann war es wieder still.

Sieglinde wischte sich den Schweiß von der Stirn und bemühte sich um Fassung. Ein Blick auf die Uhr sagte ihr, dass es bereits dreiundzwanzig Uhr zehn war. Die gesamte Wohnanlage sowie das Appartement der Handarbeitslehrerin lagen in völliger Dunkelheit. Die gestresste Polizistin beschloss, auf der Stelle nach Hause zu fahren und sich in ihr warmes Bett zurückzuziehen. Für heute hatte sie genug.

Ein Weihnachtsmann mit einem langen, weißen Bart schlich um das Haus der Konditoreibesitzerin Manuela Henneberger. Auf seinem Rücken trug er einen Rucksack. Er sah sich wachsam um, kletterte auf die Rückenlehne einer Bank, die an der Hauswand ihren Platz hatte, und spähte dann verstohlen in den hell erleuchteten Raum.

Neben einem riesigen Christbaum hatte sich die Geschäftsfrau in einem blauen Seidenpyjama auf dem Sofa ausgestreckt und schaute Fernsehen. Zu ihren Füßen, jeder auf einem Brokatkissen, kauerten drei verschlafene Möpse.

Als sich der Weihnachtsmann am Fenstersims festkrallte, um das Gleichgewicht nicht zu verlieren, spitzte einer der Hunde die kleinen Ohren und begann gefährlich zu knurren. Als hätte er sich mit den beiden anderen abgesprochen, brachen alle drei verzogenen und neurotischen Möpse gleichzeitig in ohrenbetäubendes Kläffen aus.

Manuela Henneberger erhob sich verärgert, öffnete das Fenster und inspizierte den finsteren Garten. Dann befahl sie den tobenden Hunden mit unerbittlicher Stimme: „Gloria, Ginger, Gwendolyn, still jetzt."

Den Weihnachtsmann, der unter der Gartenbank kauerte, hatte sie nicht bemerkt. Enttäuscht, dass seine Überraschung vereitelt worden war, entfernte sich Weihnachtsmann Klausi lautlos …

Mittwoch, 21. Dezember

Um acht Uhr in der eisigen Frühe fuhren die Kommissare auf dem Weg zu Dorothea Coutiers Bauernhaus gerade durch das Dorf Dobenreuth an der schönen, kleinen Kirche und am in die Jahre gekommenen Dorfbackofen vorbei. Die Hochebene des trapezförmigen Walberla wurde von einem weißen Kleid umhüllt.

Gerd Förster warnte seine Kollegin, die am Steuer saß: „Achte auf die Geschwindigkeit, Mandy. Da vorne rechts in der hölzernen Hoflaube steht manchmal ein Blitzgerät."

Mandy bremste und gleich darauf passierten sie die beschriebene Stelle, an der tatsächlich ein grüner Kasten auf drei Beinen stand.

„Danke für den Tipp, Gerd."

Wenige Minuten später klingelten sie, mit dem Durchsuchungsbeschluss in der Hand, an der Haustür von Dorothea Coutier. Niemand öffnete. Die Garage war leer. Sie klopften mehrere Male energisch gegen das Eichenholz, dann öffnete Gerd Förster das Türschloss, ohne dass ein Kratzer zu sehen war. Sie betraten gemeinsam mit den Kollegen der Spurensicherung das Bauernhaus. Auf ihr lautes Rufen hin meldete sich niemand. Im Eingangsbereich, auf den abgetretenen, hellen Holzdielen, die neu abgeschliffen und eingelassen waren, streckten sich wertvolle, farbenfrohe, handgeknüpfte Läufer aus. Auf der linken Seite an der grobkörnig verputzten, weißen Wand hatte eine restaurierte Bauernkommode ihren Platz. Eine behauene, flache Kupferschale enthielt verschiedene Schlüssel, Streichholzschachteln, Wollhandschuhe, eingewickelte Bonbons und eine dunkelgrüne Strickmütze.

Die Tür zum Wohnzimmer stand weit offen. Dorothea Coutier hatte offensichtlich eine Zwischenwand durchbrechen lassen, um einen weitläufigen Raum zu schaffen, der geschmackvoll und behaglich eingerichtet war. Ein überbordendes Bücherregal, das dem Raum Wärme verlieh, bedeckte eine niedrige Wand bis unter die Decke. An den restlichen Flächen zwischen den gebeizten Balken hingen gerahmte Zeichnungen in zarten Farben und transparente Aquarelle. Souvenirs aus aller Welt verliehen dem Raum eine besondere Note.

Gerd Förster stellte fest, dass die verkohlten Reste von Buchenholzscheiten im offenen Kamin erkaltet waren. Das Feuer musste mindestens schon seit gestern Abend erloschen sein.

„Dorothea Coutier hat sich hier sehr schön eingerichtet, das gefällt mir", stellte die Kommissarin bewundernd fest. Sie betrat die quadratische Küche, deren eine Wand von einer rot glänzenden, modernen Küchenzeile beherrscht wurde. Den Mittelpunkt der Küche bildete ein wuchtiger, alter Holztisch, um den sich unterschiedliche renovierte Stühle gruppierten. Auf der matt glänzenden Oberfläche waren verschiedenfarbige und unterschiedlich hohe, schmale Gläser arrangiert, in denen jeweils eine Blume steckte. Mandy zeigte sich von der Idee begeistert, einen alten ausrangierten Holzbierkasten mit Flascheneinteilung als Gewürzregal zu benutzen.

Das geräumige Badezimmer entpuppte sich als Wellnessoase. Ein Whirlpool thronte auf einem Podest inmitten des Raumes, dessen eine Wand vom Boden bis zur Decke verspiegelt war. Die Wand hinter der runden Badewanne zierten Fayencen in allen Blautönungen, die man sich nur vorstellen konnte.

„Donnerwetter", Mandy konnte sich nicht satt sehen. „Frau Coutier hat das Bauernhaus in ein Kleinod verwandelt."

Eine knarrende Treppe führte sie in den ersten Stock. Linker Hand befand sich das Atelier. Durch die Oberlichter, auf die man den Schnee rieseln sah, und durch große Dachfenster, deren Ränder von filigranen Eisblumen umrankt waren, drang von allen Seiten viel Licht in den Raum. Dort waren mehrere Staffeleien mit Gemälden in unterschiedlich fortgeschrittenen Stadien aufgestellt. Tuben waren ordentlich nach Farben sortiert, die Pinsel steckten, gründlich gereinigt, der Größe nach sortiert in Wassergläsern.

Gegenüber lag das Schlafzimmer, das von einem überdimensional großen, französischen Bett beherrscht wurde. Die Liegewiese war ordentlich gemacht und eine burgunderrot schimmernde Tagesdecke sorgfältig darüber gebreitet. Das Ölbild dahinter, so breit wie das Bett, zeigte eine romantische Seenlandschaft in leuchtenden Farben. An deren Ufersaum, zwischen Schilfpflanzen, tummelten sich vier nackte junge Frauen, heiter in ihr Spiel vertieft. Gegenüber dem Bett, zwischen zwei gedrungenen Sprossenfenstern, stand ein hoher, schmaler Tisch mit geschwungenen Beinen vor einer lindgrünen Wand, die ein silbern gerahmter, ovaler Spiegel zierte. Auf der Ablage befand sich eine aufgeklappte Schmuckschatulle, die mit schwarzem Samt ausgeschlagen war. Zwei Ohrringe funkelten Mandy an. Sie hatten die Form von winzigen, silbernen Seesternen, die von Saphirsplittern eingefasst wurden.

Ein weiteres Ölbild, das neben dem bogenförmigen Zugang zum begehbaren Kleiderschrank hing, erregte die Aufmerksamkeit der Kommissarin. Das Portrait einer schönen Frau mit langen, roten, welligen Haaren und grünen Augen, deren Iris von goldenen Tupfern umrahmt wurden, war darauf abgebildet. Mandy Bergmann entzifferte die Signatur rechts unten auf dem Bild. „Dorothea Coutier in Öl von Dorothea Coutier." Ein Selbstportrait! Sie trat zwei Schritte zurück und ließ das Gemälde auf sich wirken. Es war großartig. Dann neigte sie den Kopf. Hing es nicht ein wenig schief? Merkwürdig. Dorothea Coutier schien ein akkurater Mensch zu sein. Kurz entschlossen griff sie nach dem Barockrahmen und hob das Gemälde behutsam aus der Halterung. „Da sieh' mal einer an", murmelte sie zufrieden. Ein rechteckiger Backstein steckte lose im bröseligen Mauerwerk. „Gerd, kommst du bitte mal, ich glaube, ich habe eine Entdeckung gemacht."

Beide betrachteten den Stein.

„Ziehst du ihn heraus, Gerd? Das könnte ein Versteck sein."

Der breite Klotz ließ sich mühelos entfernen. Förster griff in die raue Aushöhlung und tastete sie ab. Ein Gegenstand war zu spüren, der sich wie ein großes Buch anfühlte. Er zog es vorsichtig heraus, legte seinen Fund auf der Bettdecke ab und hob das mit einer goldenen Einlegearbeit verzierte Deckblatt. Es war eine Kombination aus Fotoalbum und Tagebuch mit skizzierten

Motiven. Das Werk war ziemlich umfangreich. Neugierig begann der Kommissar die schweren Seiten umzublättern.

Die erste schwarzweiße Fotografie mit gezackten Rändern zeigte ein junges Mädchen, das stocksteif in einem vornehmen Salon stand und mit ernster Miene in die Kamera blickte. Sie hielt einen in eine rosa Decke gewickelten Säugling, der zufrieden schlief, auf dem Arm. Eine ältere Dame in einem altmodischen Kostüm wachte an ihrer Seite. Sie blickte streng und ohne Herzenswärme auf ihre Schützlinge. Das Mädchen, es handelte sich zweifelsfrei um Rosemarie Häfner, machte einen sehr unglücklichen Eindruck.

Auf den Fotos, die folgten, wirkten die Szenen immer entspannter. Gerlinde von Furtenbach, die Tante von Rudolf Langfritz, mit einer fest betonierten Dauerwelle auf dem Kopf, fütterte sorgsam, gerührt und mit entzücktem Gesichtsausdruck ein Kleinkind mit wilden Locken und runden Wangen.

Auf einer anderen Aufnahme tollte ein ungefähr dreijähriges Mädchen in einem Rüschenkleidchen durch einen riesigen Garten vor einer herrschaftlichen Villa und versuchte einen Purzelbaum zu schlagen. Die gesamte Kindheit von Dorothea Coutier war in diesem Album dokumentiert. Eine unbeschwerte, fröhliche Kindheit, wie es schien. Sie hatten in Erfahrung gebracht, dass Gerlinde von Furtenbach bereits Witwe war, als sie Rosemarie Häfner bei sich aufnahm. Die Ehe mit dem wohlhabenden Unternehmer war kinderlos geblieben. Sie schien, nach einer holprigen Anfangsphase, sehr glücklich zu sein, dass das Schicksal es gut mit ihr gemeint und ihr eine kleine „Familie" beschert hatte.

Einmal verharrten die drei vor einem Grab, auf dem ein großer Rosenstrauß abgelegt war, und hielten die Hände gefaltet. Auch die kleine Dorothea betete in höchster Konzentration. Auf dem Grabstein aus Granit waren die eingemeißelten Namen Elisabeth und Lorenz Häfner zu entziffern.

Fröhliche Urlaubsfotos folgten. Auf einem breiten Sandstrand ließ Dorothea Häfner einen grünen Drachen steigen. Ihre Mutter und ihre Tante saßen in den damals modischen Badeanzügen und gestreiften Hauben in einem Strandkorb und sahen ihr lächelnd zu. Vor einem Fischstand ließ Dorothea Häfner einen Matjeshering über ihrem weit geöffneten Mund baumeln. Auf dem nächsten Foto biss sie zu und rollte die Augen vor Übermut.

Mit einem Doktorhut auf dem roten Schopf und einer Prüfungsurkunde in der Hand jubelte Dorothea Häfner zusammen mit ihren Kommilitonen auf einem Campus. Im Hintergrund wehte die amerikanische Flagge.

Weitere Bilder, jetzt in Farbe, zeigten eine Riesenhochzeit mit Dorothea in einem cremefarbenen, spitzenbesetzten Brautkleid, wie sie lachend und voller Schwung ein Blumenbouquet hinter sich warf. Ein schlanker, dunkelhaariger Mann an ihrer Seite, der aussah wie Alain Delon, konnte seine verliebten Blicke nicht von ihr wenden.

Die letzte Bilderserie zeigte Motive, die aus einem Land in Südostasien stammen mussten. Elefanten trabten durch ein grünes Gewirr aus Dschungelpflanzen und Lianen. Die Ränder der Seiten und die Streifen zwischen den Fotos waren mit ergänzenden Textpassagen und Tuschezeichnungen versehen.

„Nun", meinte Mandy, „eine liebevolle, künstlerisch gestaltete Dokumentation verschiedener Lebensabschnitte. Offensichtlich ist es Rosemarie und Dorothea Häfner bei Gerlinde von Furtenbach richtig gut gegangen. Sie scheinen zu einem Dreigestirn zusammengewachsen zu sein. Aber warum versteckt sie dieses Album, es ist doch völlig harmlos."

Gerd Förster schlug die letzte Seite auf. So etwas in der Art hatte er fast schon erwartet. „Deshalb."

Das Foto zeigte eine ältere, gebrechliche Frau in einem Krankenhausbett. Sie war bleich und ihre Wangen waren eingefallen. Die Patientin schien von einer schweren Krankheit gezeichnet zu sein. Die dicken, ebenholzschwarzen Haare von Rosemarie Häfner waren dünn und grau geworden. Die vollen Lippen ausgezehrt und aus den großen veilchenblauen Augen war jeder Glanz und Lebensfunke verschwunden.

Darunter stand in dicken, roten Lettern geschrieben:

„Der Lehrer ist tot.
Aber die, die dich seelenlos verraten haben, sind noch am Leben.
Ich werde für dich Vergeltung üben, meine geliebte Mama!
Und die wird fürchterlich sein.
Ich schwöre es!"

Das Wort Vergeltung war dreimal unterstrichen.

Ottilie Sauerbier hatte sich rundheraus geweigert für einige Tage in einen sicheren Unterschlupf zu wechseln. Auch Polizeischutz lehnte sie ab. Sieglinde Silberhorn hatte nicht den Hauch einer Chance, auch nur die Schwelle zum Apartment der ehemaligen Handarbeitslehrerin zu überschreiten. Die Kommissare hatten den Eindruck, dass die alte Dame den Ernst der Lage überhaupt nicht erfasste oder nicht erfassen wollte. Auch die energische Intervention von Frau von Limburg, deren sofortiges Eingreifen Gerd Förster gefordert hatte, führte zu keinem Erfolg. Quälend war auch der Umstand, dass sie bezüglich der Anzahl der potenziellen Opfer auf der Todesliste über keinerlei Gewissheit verfügten. Abgesehen von den Mutmaßungen der an Demenz erkrankten Waltraud „Walli" Geier. Der Täter konnte auch ganz woanders zuschlagen. Aber wo und wann? Zu guter Letzt könnte die Fährte auch falsch sein, und Edmund Einöder oder die Walberla-Wächter lösten ungestört Zyankalikapseln in Kinderglühwein auf und machten sich auf den Weg.

Sieglinde bezog erneut um achtzehn Uhr ihren Wachposten. Außer ihr war wieder kein Kollege abkömmlich. Lydia von Limburg verließ, wie am Abend zuvor, auf die Sekunde pünktlich die Einrichtung und ging rauchend ihrer Wege. Gegen neunzehn Uhr erschien wieder die dicke Frau mit ihrem Hund. Sieglinde ließ die Standheizung auf vollen Touren laufen und widmete sich der zweiten Packung Kartoffelchips. Sie war fest entschlossen an diesem Abend nicht einzunicken. Das Liebespaar war nirgends zu entdecken. Sie suchte gerade einen Radiosender, dessen Musik ihrem Geschmack entsprach, als ihr Handy piepste. In-

teressiert studierte sie das Display. Oh, eine SMS von Eberhard.
Wie außergewöhnlich! Normalerweise lehnte er diese modere,
elektronische Form der Kommunikation kategorisch ab. Neugierig geworden, las sie den kurzen Text, während sie sich eine
Handvoll Paprikachips in den Mund schob.

„Ich vermisse dich und das rote Spitzenneglige. Freue mich auf
heute Nacht. Begehrliche Küsse, dein Eberhard."

Sieglinde blieb vor Verblüffung der Mund offen stehen. Eifrig
und geschmeichelt tippte sie unbeholfen auf die kleinen Tasten
ein. Sie gehörte eher der Kategorie der Telefonbenutzer an. Das
ging schneller und es konnten in kurzer Zeit mehr Informationen übermittelt werden. Wenn sich Eberhard jedoch solche
Mühe machte, wollte sie auf dem gleichen Weg antworten. Völlig
vertieft in ihre zeitraubende Beschäftigung zuckte sie erschrocken zusammen, als eine kreischende, hohe, sich überschlagende
Stimme durch die Nachtluft schallte. Die dramatische Szene, die
sich auf dem Laubengang im Erdgeschoss des Seniorendomizils
abspielte, versetzte sie in höchste Alarmbereitschaft.

Ottilie Sauerbier stand im bodenlangen Nachthemd vor ihrem
Wohnungseingang. Die Silhouette zeichnete sich ganz deutlich
unter der von einem tüchtigen Hausmeister reparierten Leuchte
ab. In ihr graues Haar waren Lockenwickler gedreht, die von
Plastiknadeln gehalten wurden, deren Spitzen bizarre Schatten
auf die Hauswand warfen. Es sah aus, als ob abscheuliche Ta-
ranteln darauf herumkriechen würden, die nicht wussten, wohin
sie wollten.

Zwei Weihnachtsmänner mit langen roten Mänteln und volu-
minösen, buschigen Bärten wehrten verzweifelt und vergeblich
die rasch folgenden Schläge ab, die Ottilie Sauerbier mit ihrem
Spazierstock erstaunlich kraftvoll gegen sie führte. „Schert euch
weg, ihr Lausbuben", schrie sie aufgebracht. „Ich habe genug
von euren dummen Streichen. Ich will keine Plätzchen. Ich will
keinen Glühwein. Ich will Super Nanny schauen. Fort mit euch,
sonst mache ich euch Beine."

Die überrumpelten Weihnachtsmänner nahmen die Beine in
die Hand und flohen mit wehenden Rockschößen. Die streitbare

Bewohnerin des Seniorendomizils knallte erbost die Tür hinter sich zu. An sämtlichen zur Straße führenden Fenstern erschienen hinter den Gardinen sensationslüsterne Seniorengesichter.

Die Polizistin beobachtete, wie die Nikoläuse auf einen weißen Transporter, der näher an der Hauptstraße parkte als ihr Dienstfahrzeug, zurannten. Das hieß, genauer gesagt rannte der eine, der andere humpelte hinterher und hatte große Probleme, dem ersten zu folgen. Der erste Weihnachtsmann sprang schnell auf den Fahrersitz, die zweite verhüllte Gestalt erklomm schwerfällig, wie unter Schmerzen, die Stufen zum Beifahrersitz. Der Motor des Fahrzeuges wurde gestartet und es schlingerte mit Vollgas über die matschige Straße davon, während die Beifahrertür endlich zugezogen wurde.

Sieglinde parkte so schnell sie konnte aus. Sie schimpfte mit sich selbst, weil sie in der falschen Richtung stand und suchte fieberhaft nach einer schnellen Möglichkeit, den Pkw zu wenden. Rückwärts setzte sie den Wagen in den Weg, der zum Haupteingang der Senioreneinrichtung führte, rammte das rechte Buchsbaumgefäß, dessen Scherben in alle Richtungen wirbelten. Dann startete sie durch. Sie raste in Richtung Hauptstraße und konnte in der Ferne gerade noch die roten Rücklichter des flüchtenden Fahrzeugs erkennen, das den Kasberger Höhenzug ansteuerte. Aufgrund ihrer flotten, riskanten Fahrweise verringerte sich der Abstand allmählich. Doch dann, gerade als die tausendjährige Kasberger Linde an ihr vorbeihuschte, trat sie in einer scharfen Kurve zu fest auf das Bremspedal und der Dienstwagen geriet ins Schleudern. Hilflos und panisch bemerkte die Polizistin, wie das Fahrzeug auf einen tiefen, verschneiten Graben rechts von ihr zurutschte. Sie lenkte hektisch dagegen und steuerte nun erbarmungslos den Graben auf der linken Seite an. Der Wagen gehorchte ihr nicht mehr und sie stieß einen angstvollen Schrei aus. Nach einem weiteren verzweifelten Lenkmanöver griffen die Reifen wieder und das Auto glitt in die Spur zurück. Am ganzen Körper zitternd, lies Sieglinde es ausrollen. Sie klammerte sich am Lenkrad fest und atmete tief durch. Sie konnte hier nicht mitten auf der Straße stehen bleiben. Sie musste weiterfahren.

Vom Fluchtwagen fehlte jede Spur. Vor der gefährlichen Schleuderpartie glaubte sie jedoch wahrgenommen zu haben, dass er weiter geradeaus in Richtung Oberehrenbach gerast war. Also hinterher.

Sie traf eine Entscheidung. Möglicherweise steuerten die Weihnachtsmänner die Ortschaft an, in der Dorothea Coutier seit einem Jahr lebte. Etwas Besseres fiel ihr nicht ein. Hoffentlich würde sie dort die Spur wiederaufnehmen können. Mutig nahm sie es mit der eisglatten, bergabwärts führenden, gewundenen Landstraße nach Oberehrenbach auf, während sie gleichzeitig über die Freisprechanlage die beiden Kommissare auf den neuesten Stand der Ereignisse brachte.

Als sie endlich den Ortseingang erreichte, war sie mit den Nerven am Ende. Sie mochte sich die Konsequenzen gar nicht vorstellen, wenn sie den Transporter verloren hatte. Doch sie hatte Glück.

Kurz vor den ersten Häusern, auf einem kleinen Parkplatz, der von der Hauptstraße abzweigte, entdeckte sie den Lieferwagen, notdürftig verborgen von alten, knorrigen Zwetschgenbäumen. Die Parkbucht lag in völliger Dunkelheit, nur der fahle Mond, der ab und zu kurz zwischen den Wolken auftauchte, spendete ein wenig Licht. Sie stellte ihren Dienstwagen so weit wie möglich von dem Lieferwagen entfernt ab und beobachtete ihn. Niemand schien sich darin aufzuhalten. Auf dem verschmutzten Nummernschild konnte man undeutlich die Zahl Neun erkennen. Sie stieg aus ihrem Wagen, ohne das Fahrzeug vor sich aus den Augen zu lassen und griff nach ihrer Dienstwaffe. Dann näherte sie sich langsam dem Transporter. Entschlossen riss sie die Beifahrertür auf. Er war verlassen. Seine Insassen hatten sich aus dem Staub gemacht. Sie stellte fest, dass der Schlüssel noch im Zündschloss steckte. Wohin konnten die Weihnachtsmänner geflüchtet sein? Waren sie jetzt zu Fuß unterwegs, oder hatten sie hier ein anderes Fahrzeug geparkt, um ihre Spuren zu verwischen? Doch wie hätten sie das so schnell bewerkstelligen sollen? Wenn sie fort gelaufen waren, konnten sie noch nicht weit gekommen sein.

Sie blickte sich um und konnte nur zwei Möglichkeiten erkennen. Entweder waren sie der Dorfstraße gefolgt, oder sie hatten sich über die verschneiten, hügeligen Wiesen und Äcker davongemacht. Aber das machte doch keinen Sinn. Oder planten die flüchtigen Nikoläuse, sich im dahinterliegenden Wald zu verstecken? Bei dieser Eiseskälte am späten Abend? Gerd Förster und Mandy Bergmann würden sicherlich bald eintreffen. Sie hatte sofort ihren Standort durchgegeben und die Situation geschildert. Der Kommissar würde wahrscheinlich eine Großfahndung einleiten.

Sieglinde beschloss sich die kalten Füße zu vertreten und lief an dem ersten Bauernhof vorbei. Dahinter, vor dem nächsten Anwesen, führte ein gewundener Flurbereinigungsweg, gesäumt von Apfelbäumen, einen kleinen Berg hoch, schlug einen Haken und verschwand zwischen wildem Gestrüpp.

„Grüß Gott", vernahm Sieglinde eine Stimme, die von oben zu kommen schien. Irritiert sah sie hoch zu den Fenstern des Bauernhauses. Eines davon war geöffnet und ein alter Mann, der seinen linken Arm auf ein Kissen auf dem Fenstersims gebettet hatte und in seiner rechten Hand eine Pfeife hielt, an der er genüsslich zog, winkte ihr freundlich zu.

„Suchen Sie etwas Bestimmtes, Frau Polizistin? Kann ich Ihnen behilflich sein?" Er schien sich über die Abwechslung und einen kleinen Plausch zu freuen. Sieglinde ergriff die Gelegenheit beim Schopf: „Sind hier vor wenigen Minuten zwei Nikoläuse vorbeigekommen, in roten Mänteln und mit weißen Bärten?"

Der Pfeifenraucher amüsierte sich: „Das hätte ich nicht gedacht, dass die Polizei noch an den Nikolaus glaubt."

Sieglinde schnaubte wütend und stapfte weiter. „Moment, Moment, junge Frau. Das war ein Scherz. Nichts für ungut. Vor ungefähr zehn Minuten sind tatsächlich zwei Weihnachtsmänner hier vorbeigelaufen, als ob der Sensenmann persönlich hinter ihnen her wäre."

„Und wo sind sie hin?"

„Sie rannten den Flurbereinigungsweg hinauf. Der eine war nicht gut zu Fuß."

„Führt dieser Weg irgendwohin? Zu einem Haus oder einer Scheune?"

Der alte Mann überlegte, dann schüttelte er den Kopf. „Dort oben befindet sich nur ein alter Felsenkeller, früher wurde dort Fassbier gelagert, für die Kellerwirtschaft in der Sommerzeit. Aber diese guten, alten Zeiten sind schon lange vorbei."

Die beiden Kommissare und die Polizistin waren dem Weg zu Fuß gefolgt. Bereitstehende Einsatzeinheiten sollten sich noch zurückhalten, um die flüchtigen Personen nicht zu warnen. Von dem Pfeife rauchenden Mann hatten sie weitere Auskünfte erhalten. Die verzweigten Gänge des Felsenkellers maßen insgesamt etwa hundert Meter und es war zu erwarten, dass sie das Gittertor verschlossen vorfinden würden.

Gerd Förster hatte aus dem Werkzeugkasten im Kofferraum des Dienstwagens einen Satz Einbruchinstrumente entnommen. Mandy Bergmann holte aus dem Handschuhfach zwei Taschenlampen und Ersatzbatterien.

Nach zehn Minuten hatten sie die Kuppe erreicht. Ein schmaler Pfad zweigte vom Feldweg ab und führte an einem Bach entlang, an dessen steilem Ufer sich dicke, unterspülte Erlenwurzeln festklammerten. Der gefrorene Schnee knirschte unter ihren Stiefeln. Mandy leuchtete ab und zu mit ihrer Taschenlampe kurz auf die Erde, konnte aber keine Fußabdrücke erkennen. Die Schneeschicht war zu fest. Nach einigen Metern erreichten sie ein bogenförmiges, stabiles, zweiflügliges Gittertor, das sich, ungefähr zwei Meter hoch, in den schroffen Felsen einfügte. Ein auf dem Gehflügel fest verschraubter Stahlriegel war in eine Halterung vor den Standflügel geschoben und mit einem massiven Vorhängeschloss gesichert. Sie standen schweigend vor dem verschlossenen Eingang und ihre Atemwölkchen erhoben sich in den Nachthimmel. Die Kommissarin richtete den Strahl ihrer Taschenlampe auf das Schloss und Gerd Förster brauchte nur wenige Sekunden, um es geschickt und geräuschlos mit einem Dietrich zu knacken.

„Gelernt ist gelernt", flüsterte er zufrieden, schob den Riegel zurück und öffnete den Gehflügel. „Jemand scheint das Schloss regelmäßig zu ölen", stellte er fest.

Mandy leuchtete auf den Boden und entdeckte dort einige weiße Kunststofffasern. „Seht euch das an. Barthaare von einem Weihnachtsmann. Die beiden flüchtigen Personen könnten sich in diesem Felsenkeller aufhalten. Vielleicht haben sie hier ein Versteck."

Der Kommissar übernahm das Kommando: „Wir gehen jetzt hinein. Mandy und ich laufen voraus und du, Sieglinde, bleibst dicht hinter uns und übernimmst unsere Rückendeckung."

Sie setzten sich in Bewegung und folgten dem Strahl ihrer Taschenlampen. Sie hätten gerne auf das verräterische Licht verzichtet, aber in dem Felsenlabyrinth herrschte völlige Dunkelheit. Der festgetretene Erdboden, der im Eingangsbereich durch die Luftzufuhr trocken gewesen war, wurde nun feuchter, ebenso wie die rauen Felswände. Sie konnten aufrecht gehen und schlichen den Hauptgang entlang, der sie immer tiefer in den Berg führte.

Sieglinde fühlte eine zunehmende Beklemmung in sich aufsteigen. Die senkrechten Gesteinswände schienen sich immer mehr aufeinander zuzubewegen. Nicht mehr lange und die unerbittlichen Mauern würden sie wie eine Wanze zerquetschen. Sie leuchteten jede Abzweigung und jeden Hohlraum im Felsen aus, bevor sie weiterliefen. In den Steinnischen waren dicke Holzbohlen angebracht, auf denen früher die Bierfässer gelagert hatten. Unzählige Fledermäuse, die in den Stollen überwinterten, hingen in Trauben von der Decke herab. In den rissigen Stollendecken fanden sie gleichmäßige Witterungsbedingungen vor. Hießen sie nicht kleine Hufeisennasen oder große Mausohren? Die Kommissarin mochte sich gar nicht vorzustellen, welches Getier sich noch in diesem Felsenkeller aufhalten könnte. Immer wieder stoppten sie kurz, schalteten die Taschenlampen aus, spähten nach einem Lichtschein und lauschten angestrengt in die sie verschluckende Dunkelheit.

„Es riecht nach Petroleum", flüsterte Gerd Förster. „Die beiden Nikoläuse verstecken sich hier irgendwo. Vielleicht in einem der Nebengänge." Er lauschte erneut, doch es herrschte absolute Stille. Selbst die Fledermäuse schienen in ihrem leichten Zittern innezuhalten. „Seid vorsichtig, sie sind gewaltbereit und unberechenbar."

Ein polterndes Scheppern breitete sich plötzlich wellenförmig in den verzweigten Gängen aus und hallte als vielfaches Echo von den Wänden zurück.

„Verdammt, was ist das für ein Geräusch?", fragte der Kommissar irritiert.

Kläglich kam die leise Antwort der Polizistin: „Ich bin mit dem Fuß gegen einen Blecheimer gestoßen. Ich habe ihn nicht gesehen. Tut mir leid."

Dann fuhr sie mit flacher Stimme fort: „Steinchen und Sand rieseln auf meinen Kopf. Der Stollen wird doch nicht einstürzen, Gerd?"

Er wollte gerade antworten, als er im Schein seiner Taschenlampe hinter einem Felsvorsprung eine zum Schlag erhobene Holzlatte ausmachte, die über Mandys Kopf schwang, die diese Nische ausleuchten wollte. „Pass auf, Mandy", brüllte er. Seine Kollegin reagierte sofort und drehte sich blitzschnell zur Seite. Dennoch traf sie die Latte am Kopf und sie stürzte zu Boden. Entschlossen sprang der Kommissar hinter den Felsvorsprung, blendete mit seiner starken Taschenlampe in die dahinterliegende Aushöhlung und hielt seine Waffe schussbereit in der anderen Hand.

Zwei Weihnachtsmänner mit zerzausten Bärten und schief sitzenden Kapuzen starrten ihn an, der eine hielt die Dachlatte noch in der Hand.

„Hände hoch", befahl Gerd Förster barsch. „Und lassen Sie die Latte fallen."

Die Weihnachtsmänner gaben jeden Widerstand auf und hoben langsam die Hände. Die Holzlatte fiel zu Boden.

„Mandy, hörst du mich? Bist du verletzt? Sieglinde, kümmere dich um sie und fordere Verstärkung und einen Notarzt an."

Mandy stöhnte und rappelte sich mithilfe der Polizistin hoch. „Das ist nur ein Kratzer, Gerd. Kaum der Rede wert.“ Sie stellte sich schwankend und mit dröhnendem Schädel neben ihn, richtete ihre Pistole auf die beiden Nikoläuse und herrschte sie an: „Runter mit den Mützen und den Bärten. Das Verkleidungsspiel ist zu Ende. Und keine Tricks mehr.“

Die beiden Weihnachtsmänner strafften die Schultern und zogen die Mützen und Bärte weg. Achtlos warfen sie sie auf den Boden. Inmitten eines provisorischen Lagers aus Matratzen, Decken, Petroleumlampen und Proviant standen Dorothea Coutier und Wilhelm Bärenreuther vor ihnen. In ihren Augen war nicht ein Funken Reue zu erkennen. Unvermittelt stürmte Dorothea Coutier auf den Kommissar zu, stieß ihn kräftig zur Seite und rannte in Richtung Hauptgang. Doch Sieglinde Silberhorn hatte den Fluchtversuch beobachtet, packte die Flüchtende am Arm und nahm sie in den Polizeigriff.

Die beiden Nikoläuse saßen im Verhörraum des Polizeipräsidiums in Bamberg. Mandy Bergmann, um deren Kopf ein breiter Verband gewickelt war, schaltete das Aufnahmegerät ein. Nachdem sie die vorgeschriebenen Angaben für das Protokoll in das Mikrofon gesprochen hatte, kam sie gleich zur Sache. „Sie stehen in dringendem Verdacht, Baptist Gößwein und Margot Langfritz heimtückisch ermordet zu haben. Sie haben die beiden Opfer zu Hause aufgesucht, ihr Vertrauen erschlichen und dann mit Kaliumcyanid vergiftet, sodass sie langsam und qualvoll sterben mussten.

Und damit nicht genug. Sie wurden auf ehemalige Burganlagen geschleppt und dort zur Schau gestellt. Mit einer perfiden Inschrift und einer gruseligen Zeichnung auf der Stirn.“

„Völliger Unsinn“, ertönte die tiefe, empörte Stimme von Wilhelm Bärenreuther, dem alten Apotheker. „Sie stellen hier Behauptungen auf, die sie nicht beweisen können. Wir sind unschuldig. Was denken Sie, warum wir hier ohne einen Anwalt sind. Es ist schließlich nicht strafbar, sich als Weihnachtsmann zu verkleiden. Ich bestehe darauf, dass Sie uns auf der Stelle gehen lassen."

Mandy Bergmann griff unter den Tisch und holte einen Rucksack hervor. Sie öffnete ihn und stellte eine Thermoskanne und drei Becher vor die Beschuldigten.

„Sie haben den Rucksack in dem Lieferwagen zurückgelassen, der auf Dorothea Coutier zugelassen ist. Ich vermute, Sie haben ihn in der Eile vergessen. Mit der heftigen Gegenwehr von Ottilie Sauerbier konnten Sie nicht rechnen. Die wehrhafte, alte Dame ist über neunzig Jahre alt. Aber das wissen Sie ja selbst ganz genau."

Die Kommissarin roch vorsichtig mit einigem Abstand an der aufgeschraubten Flasche, als hätte sie Angst, mit der Öffnung in Berührung zu kommen.

„Das ist Glühwein, Kinderglühwein, nicht wahr? Sie als Apotheker wissen doch sicherlich, dass sich Kaliumcyanid besser in Wasser als in Alkohol auflöst?"

Sie füllte einen Becher mit dem Getränk: „Trinken Sie doch einen Schluck, Herr Bärenreuther."

Der alte Apotheker zuckte entsetzt zurück. Wie käme ich denn dazu, mit Ihnen Glühwein zu trinken. Und was sind das denn für Methoden, die Sie hier vorführen?" Schließlich räumte er ein: „Also gut, der Kinderglühwein enthält aufgelöstes Zyankali. Es stammt aus den Beständen meiner ehemaligen Apotheke. Dorothea weiß nichts davon. Sie ist unschuldig. Ich übernehme die gesamte Verantwortung. Es ist mir egal, was Sie mit mir machen. Aufgrund meines schweren Altersdiabetes werde ich in absehbarer Zeit unentrinnbar erblinden und mein rechtes Bein verlieren. Dann hat das Leben für mich ohnehin keinen Sinn mehr."

Dorothea Coutier, auf deren blassem Gesicht die zarten Sommersprossen stärker als normalerweise hervortraten, legte sanft ihre schlanke Hand auf die von Wilhelm Bärenreuther. „Es hat keinen Sinn mehr, Guillaume. Es ist aus."

Sie wandte sich mit ihren eiskalten, meergrünen Augen an die Kommissare: „Ich gestehe die Morde an Baptist Gößwein und Margot Langfritz. Als drittes Opfer sollte Ottilie Sauerbier an die Reihe kommen. Dieses Vorhaben ist bedauerlicherweise missglückt. Alle drei Dorfhonoratioren haben den Tod verdient. Ich habe Wilhelm angestiftet, mir bei der Ausführung der Taten zu helfen. Ihn trifft keine Schuld. Er ist ein alter, schwer kranker Mann."

„Erklären Sie mir Ihr Motiv", verlangte Gerd Förster. „Warum ermorden Sie hilflose Greise?"

Dorothea Coutier schob sich eine lockige, hellrote Strähne hinter ihr Ohr, dann begann sie mit ruhiger Stimme zu erzählen: „Meine geliebte Mutter, Rosemarie Häfner, wurde mit vierzehn Jahren schwanger. Zur damaligen Zeit galt dies als nicht wieder gut zu machende Schande." Sie blickte dem Kommissar fest in die Augen und fuhr fort.

Ihrer Tochter hatte sie immer erzählt, dass ein Klassenkamerad, in den sie sich verliebt hatte, ihr Vater war. Sie war sozusagen ein Unfall. Erst auf ihrem Totenbett, vor einem Jahr, gestand sie ihr die Wahrheit. Sie hatte Vertrauen zu ihrem Lehrer geschöpft und besprach sich mit ihm, wenn sie Kummer hatte. Sie himmelte ihn an, in völliger kindlicher Unschuld. Und er hatte dieses Vertrauen ausgenutzt und sie verführt, dieses skrupellose Schwein. Heutzutage würde so ein verantwortungsloser Mistkerl wegen sexuellen Missbrauchs von Schutzbefohlenen verurteilt werden. Ihre Mutter wusste nicht mehr ein noch aus. An dem Tag, als sie sich in höchster Not ihren Eltern anvertrauen wollte, kamen diese bei einem schrecklichen Unfall ums Leben. Sie wurde zuerst von der Familie des damaligen Bürgermeisters, Rudolf Langfritz, aufgenommen. Als diese die Schwangerschaft bemerkten, wurde sie zu einer Tante nach Nürnberg geschickt. Gerlinde von Furtenbach nahm sie aufgrund moralischer Vorbehalte widerstrebend auf. Als Dorle auf die Welt kam, besserte sich das Verhältnis, und sie wuchsen zu einer kleinen Familie zusammen. Tante Gerlinde war im Grunde ein warmherziger, großzügiger Mensch. Sie hatten es gut bei ihr. Sie ermöglichte es ihrer Mutter, den mittleren Schulabschluss zu machen und eine Ausbildung als Schneiderin zu absolvieren. Dorle durfte das Gymnasium besuchen und nach bestandenem Abitur finanzierte sie ihr das Kunststudium.

Kurz bevor ihre Mutter starb, berichtete sie von drei Personen im Dorf, die sie damals flehentlich um Hilfe bat. Sie war in der Ortschaft aufgewachsen und wollte sie auf keinen Fall verlassen. Alle drei hatten sie kaltherzig abgewiesen und sie im Stich gelassen. Sie hatten das unschuldige, junge Mädchen verraten. Bevor sie ihrer Tochter die Namen nennen konnte, schloss sie für immer ihre lieben Augen.

Ihre Mutter war, seit sie denken konnte, immer von einer tiefgehenden Traurigkeit umgeben. Sie hatte versucht diesen Umstand vor ihr zu verbergen. Doch Dorle konnte sie nichts vormachen. So beschloss sie ihre Mutter zu rächen, grausame Vergeltung an den drei Verrätern zu üben. Sie kaufte das alte Bauernhaus und zog in den Ort, aus dem ihre Mutter stammte. Durch die ehrenamtliche Gemeindearbeit lernte sie ältere Menschen kennen, die sie zu den damaligen Geschehnissen befragen konnte. Glücklicherweise traf sie Wilhelm Bärenreuther. Er war ein Klassenkamerad ihrer Mutter und damals in sie verliebt. Er wusste, wer die drei Menschen waren, die ihre Mutter verraten hatten. Sie schlossen einen teuflischen Pakt. Ihre Interessen ähnelten sich auf gewisse Weise. Von ihm erfuhr sie, dass Margot Langfritz eifersüchtig auf ihre Mutter war und um die eheliche Treue ihres Gatten fürchtete.

Der Pfarrer Baptist Gößwein zeigte überbordende, moralische Empörung, und gab ihrer Mutter die Schuld an ihrer Schwangerschaft. Der Mann nannte sie ein hemmungsloses Flittchen. Er weigerte sich kategorisch den Lehrer, der leider inzwischen verstorben war, zur Rechenschaft zu ziehen.

Der gradlinigen Handarbeitslehrerin, Ottilie Sauerbier, tat ihre Mutter leid. Sie wollte ihr helfen. Doch sie schaffte es nicht, dem massiven Druck der Dorfgemeinschaft standzuhalten.

Dorothea Coutier machte eine kleine Pause, dann fuhr sie mit veränderter, hasserfüllter Stimme fort: „Sie haben für ihr Versagen und ihren Verrat gebüßt und sie haben es nicht besser verdient. Schade nur, dass mir Ottilie Sauerbier entwischt ist."

Sie stieß hervor: „Meine Mission ist erfüllt", dann griff sie mit ihrer rechten Hand blitzschnell nach dem mit Kinderglühwein gefüllten Becher und trank ihn in einem Zuge aus. Wilhelm Bärenreuther erhob sich in Panik von seinem Stuhl und wollte seiner Freundin den Becher entreißen. Sein krankes Bein sackte schmerzhaft unter ihm weg und der Versuch misslang. Die anwesenden Polizisten beobachteten die dramatische Szene in aller Seelenruhe. Nichts geschah. Außer sich vor Zorn schrie Dorothea Coutier sie an: „Da ist kein Zyankali drin."

„Natürlich nicht", antwortete Mandy. „Wir haben die Kanne ausgetauscht. Meinen Sie im Ernst, wir stellen vergifteten Glühwein in Ihre Reichweite?"

Die Künstlerin warf den Becher mit solcher Wucht gegen die Wand, dass er zerbarst und die restliche Flüssigkeit sich wie Blut über das Mauerwerk ergoss. Drei Polizisten waren erforderlich, um die tobende, um sich schlagende Dorothea Coutier aus dem Verhörraum in eine Zelle zu schaffen. Der schockierte Wilhelm Bärenreuther wurde, ohne Widerstand zu leisten, ebenfalls abgeführt. Zuvor hatte er noch eingeräumt, sich den Schlüssel zum Felsenkeller heimlich besorgt und eine Überlebensausrüstung dort gelagert zu haben. Im Notfall wollten sie sich dort verstecken und abwarten, bis sich die Lage beruhigte. Der Plan war, sich anschließend nach Frankreich abzusetzen.

Mandy hielt sich den schmerzenden Kopf: „Was hat sie damit gemeint, Gerd, dass ihre Interessen denen von Wilhelm Bärenreuther ähnelten?"

„Nun, ich denke, der alte Apotheker war als Klassenkamerad in Rosemarie Häfner verliebt. Er konnte es nicht tolerieren, wie sie behandelt und verstoßen wurde. Doch als kleiner Junge war er machtlos. Erst jetzt ergab sich die Gelegenheit, Rosemarie zu rächen.

Außerdem habe ich den Eindruck, dass er, völlig verzweifelt über sein schlimmes Schicksal, ein letztes Abenteuer erleben wollte. Er ist ein großer, kräftiger, geistig reger Mann. Es war ihm unmöglich sich mit den gesundheitlichen Folgen seiner Krankheit abzufinden. Mit dem körperlichen Verfall. Vielleicht hat dieses schleichende Todesurteil ihn von einem gutherzigen Menschen in einen Teufel verwandelt. Er wollte spüren, dass er noch lebte. Seine neue Freundin bot ihm die Gelegenheit."

„Meinst Du, Dorothea Coutier ist wahnsinnig?"

„Ich weiß es nicht, Mandy. Ich kann mir aber vorstellen, dass nach dem tragischen Unfalltod ihres Ehemannes ein Schalter bei ihr umgelegt wurde. Und dann stirbt vor einem Jahr ihre Mutter mit erst fünfundsechzig Jahren. Nach ihrer festen Überzeugung an gebrochenem Herzen. Das könnte der Auslöser für ihren diabolischen Plan gewesen sein. Ich vertrete die Ansicht, dass ein Mensch nicht beliebig viele traumatische Erlebnisse verarbeiten kann. Die Psyche kann sich dadurch verändern. Wäre ihr Mann noch am Leben, stünde sie vielleicht friedlich in ihrem alten Leuchtturm auf Noirmoutier an der Staffelei und würde weiterhin wunderschöne Bilder malen."

„Warum zeichnete sie auf das Kreppband einen an einem Apfelbaum erhängten Menschen?"

„Die erhängte Person soll das Symbol für ihre Mutter darstellen, als Opfer eines verhängnisvollen Verrats. Die Henker sind die drei Verräter, die sie im Stich ließen."

Dann fragte er besorgt: „Hast du Kopfschmerzen?"

„Ach was, wegen dieser kleinen Schramme doch nicht."

„Mit dem Turban siehst du richtig sexy aus. Oskar Beer wird zweifellos entzückt sein."

Geschickt wich er dem Notizblock aus, der knapp an ihm vorbeiflatterte. Als er lächelte, konnte man die kleine Lücke zwischen seinen Schneidezähnen deutlich erkennen.

„Der weiß immer alles", grummelte seine Kollegin vor sich hin.

Freitag, 23. Dezember

Klarissa König, die mit ihrem Gatten Gregor am Stammtisch des Goldenen Hirschen saß, war am Boden zerstört. Wie hatte ihr bei ihrer Menschenkenntnis nur entgehen können, dass sich hinter dem schönen, zarten Gesicht von Dorothea Coutier eine kaltblütige Mörderin verbarg. Sie hatte sich gerne mit ihr angefreundet und sich in ihrer Gegenwart wohlgefühlt. Gemeinsam waren sie einträchtig auf ihren Skiern durch den Schnee geglitten und hatten viel Spaß gehabt.

Gregor versuchte sie zu trösten: „Du erkennst das Böse nicht, wenn du es siehst, Klarissa. Die Teufelshörner sitzen nicht auf der Stirn. Na komm, ich bestelle dir ein leckeres Gericht zum Abendessen. Worauf hast du Appetit?"

Manuela Henneberger nahm einen tüchtigen Schluck von ihrem trockenen Frankenwein und schlug in die gleiche Kerbe: „Seien wir froh, dass dieser überaus tüchtige, charmante Kommissar die Mörderin überführen konnte. Das war vielleicht eine verzwickte Geschichte. Respekt, der Mann ist wirklich fähig. Und er hat die alte Handarbeitslehrerin gerettet. Sonst würde sie jetzt auch auf einer kalten Felsnase im Schnee sitzen. Mausetot."

Sie dachte einen Moment lang nach, dann behauptete sie: „Bereits bei unserem Langlaufkurs ist mir ihr stechender Blick aufgefallen. Ich bekam eine Gänsehaut."

Ihr Lebensgefährte Klausi korrigierte sie mutig: „Du bekamst eine Gänsehaut, weil sich Anneliese beinahe im Tiefschnee derhutzt hätte."

Die Konditoreibesitzerin schnaubte verächtlich und nahm sich die Speisekarte vor. Dabei breitete sie genüsslich ihre Sicht der Dinge weiter aus.

„Klarissa ist alleine mit dieser Burgsteinbestie durch den tiefen Wald gefahren. Sei froh, dass sie dich nicht gemeuchelt hat. Ich finde, man sollte Auswärtigen gegenüber immer ein gewisses Misstrauen an den Tag legen."

Regina Engeltal griff ein, als sie bemerkte, dass Klarissa erblich: „Warum hätte Dorle Coutier Klarissa ermorden sollen?

Hinter ihrem grausamen Treiben steckt doch eine ganz andere Geschichte."

Sie genoss ihr dunkles Bier, das sie in aller Ruhe trinken konnte. Ihr Ehemann Theo hatte heute Abend Babysitterdienst.

Konrad Schüpferling brütete über seinem Bier über den erwähnten Skiunfall seiner leichtsinnigen Gattin. Dann brach es aus ihm heraus: „Statt dass die Hobbergaas sich ihren haushaltlichen Pflichten widmet, stürzt sie sich einen gefährlich steilen Berg hinunter und poussiert obendrein noch mit dem Skilehrer. Als ob sie nichts anderes zu tun hätte. Die Gartenzwerge im Keller müssen für den Sommer frisch lackiert werden. Aber nein, die Madam muss ja Skifahren."

Klausi sah ihn verständnislos an: „Du kannst doch deiner Gattin auch einmal ein Vergnügen gönnen, Konrad. Ich achte sehr darauf, dass meine Manuela sich Erholungsphasen gönnt."

Dieses Statement vernahm die Konditoreibesitzerin mit Genugtuung.

Konrad reagierte aufgebracht: „Du Mausmelker, und was wäre passiert, wenn etwas passiert wäre, Klausi? Ein Totalausfall wäre die Folge gewesen. Ein hauswirtschaftlicher Supergau. Soll ich meine Mahlzeiten etwa selber kochen? Soll ich die Straße kehren? Soll ich meine Socken persönlich waschen? Wer finanziert denn diese extravaganten, überkandidelten Freizeitinteressen? Ein Marder hat die Kabel der Lambadasonde meines Golfs durchgebissen. Trotz ausgelegter, vergifteter Wachteleier. Weißt du, was mich das kostet? Meine Gattin interessiert das nicht. Jetzt hat sie sich auch noch für die Wallfahrt an Pfingsten angemeldet."

Gregor versuchte ihn zu beschwichtigen: „Ich bin davon überzeugt, mein lieber Konrad, dass deine dich liebende, fürsorgliche Gattin genau jetzt zu Hause an ihrem Herd steht, und für dich ein wunderbares Abendessen zubereitet."

Die steile Falte auf Konrads Stirn entspannte sich. Er bestellte noch ein Bier.

Rainer Rohlederer und Chiyoko, die ebenfalls am Stammtisch Platz genommen hatten, folgten der Unterhaltung nur am

Rande. Der aufmerksame Rainer zerkleinerte konzentriert zwei Scheiben Schweinebraten und einen rohen Kloß für seinen Besuch, der inzwischen bereit war, die fränkische Küche zu kosten. Die zierliche Kambodschanerin hatte aufgrund seiner Fürsorge schon ein wenig zugenommen und vollere Wangen bekommen.

Manuela dachte insgeheim, dass man bei ihrem Anblick nicht mehr automatisch an „Brot für die Welt" erinnert wurde. Da sie jedoch immer noch so leicht fror, hatte ihr die Mutter von Rainer Rohlederer eine dicke, rosa Wollmütze mit einer vielblättrigen, roten Rose an der linken Seite gehäkelt, die Chiyoko stolz auch im Wirtshaus nicht ablegte. Mit beeindruckender Geschwindigkeit verschwanden der Schweinebraten und der Kloß mithilfe der Essstäbchen in Chiyokos Knospenmund.

Der dicke Ewald trat an den Stammtisch und konnte sich an dem Bild nicht sattsehen. Nie im Leben hätte er sich vorstellen können, dass man Fleisch mit etwas anderem als mit Besteck oder mit den Händen essen konnte.

Schüchtern lächelte er Rainer und Chiyoko an. „Gestern im Fernsehen", setzte er an, „habe ich gelernt, wie man eine schöne Frau aus dem fernen Asien anspricht."

Die Stammtischgäste warteten neugierig.

„Alles Roger in Kambodscha?"

Von der gleichen Autorin erschienen im Fahner Verlag:

Ilse-Maria Dries
MORD IM SAUTROG
ISBN 978-3-942251-02-0
€ 12,80

Ilse-Maria Dries
NACHTGIEGER
ISBN 978-3-942251-06-8
€ 12,80

 # Spannung aus dem Fahner Verlag

Bob Meyer
TEIRESIAS TOD
ISBN 978-3-942251-41-9
12,80 €

Bob Meyer
HOKUS POKUS EXITUS
ISBN 978-3-942251-30-3
12,80 €

Bob Meyer
SCHERAUER SCHEREREIEN
ISBN 978-3-942251-25-9
12,80 €

Bob Meyer
DIE BULGARISCHE METHODE
ISBN 978-3-942251-10-0
12,80 €

Heinrich Veh
GOLDSCHÄTZCHEN
ISBN 978-3-942251-37-2
12,80 €

Heinrich Veh
TÖDLICHES SPIEL
ISBN 978-3-942251-29-7
12,80 €

Heinrich Veh
ROKOKOMORD
ISBN 978-3-942251-28-0
12,80 €

Heinrich Veh
IM BANN DER WEISSEN FRAU
ISBN 978-3-942251-20-4
12,80 €

Heinrich Veh
WENN DEM MORGEN GRAUT
ISBN 978-3-942251-15-0
12,80 €